緋弾のアリア XXXV

Aria the Scarlet Ammo

侵掠の花嫁（ファム・ファタール）

35

赤松中学

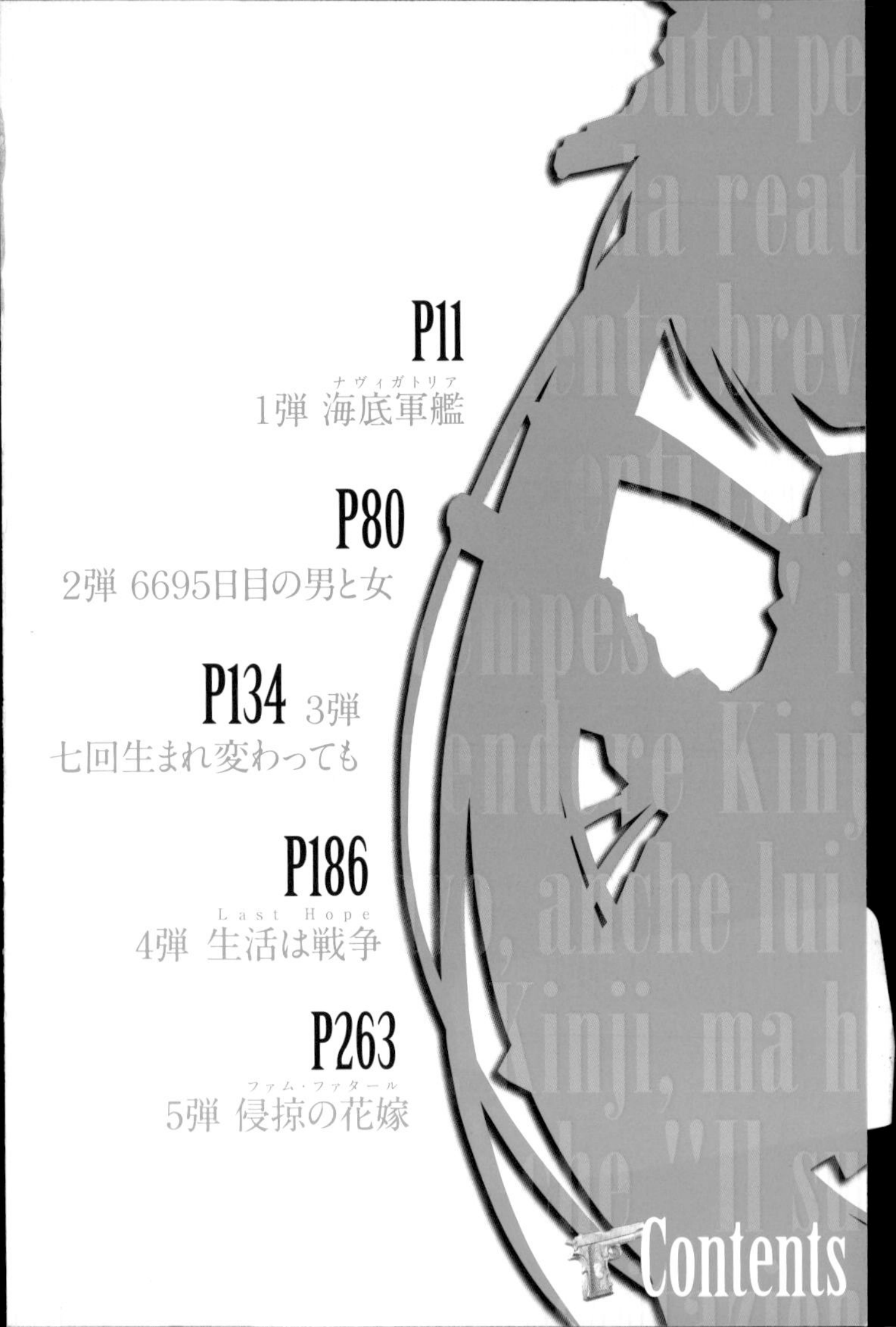

Contents

口絵・本文イラスト●こぶいち

1弾　海底軍艦（ナヴィガトリア）

旭日（あさひ）を背に、黄金の原潜・ノアの艦橋に立つモリアーティ教授は――

条理予知（コグニス）の力を使いこなし、どんな出来事でも誘発させられるチート能力の持ち主。

その力で第一次世界大戦を勃発させ、今も世界にサード・エンゲージを起こそうとしている、史上屈指のヤバい国際テロリストだ。

だがヤバいのは、モリアーティのノアだけじゃない。

ネモの原潜ノーチラス。ルシフェリア・モリアーティ4世の海底軍艦ナヴィガトリア。

俺（おれ）たちは極寒のオホーツク海で、N字陣を組んだ3艦――Nの艦隊を前にしているのだ。

しかもそれすら、ヤバさの一部でしかない。

最もヤバい動きをしてるのは、シャーロックの駆る原潜イ・ウー。

イ・ウーは今なおNめがけて突進しており、既に魚雷を4発も放っている。

魚雷は俺たちが乗る流氷の横を通過した時に視認できたが、旧ソ連が開発したタイプ65――炸薬（さくやく）を500kgも搭載できる、対原子力空母・対原潜用の超大型魚雷だった。

しかし、それが向かう先のN艦隊は動かない。ヒステリアモードの聴覚に集中しても、機関音が聞こえない。前進も後退もせず、3艦で成すN字形の陣形を崩さずにいる。

そこでさらに、

「お……おいッ……！」

後方約1㎞にいるシャーロックに聞こえるハズもないツッコミがつい出てしまう事に、イ・ウーが——その背を開花させるように、垂直発射システム(VLS)のハッチを8門開いたのだ。

そしてすぐさま、バシュバシュバシュバシュバシュゥゥゥッッッ————！！！

う……撃ちやがった……！　対艦巡航ミサイルだ！

「真上へ撃った——ロケット弾(ラケーテ)かッ。現代のものは初めて見た……！」

「ひぃいいぃ！」

白い煙の帯を引いて飛ぶSLCM(巡航ミサイル)を見上げ、ナチス・ドイツ軍人のラプンツェルが驚き、一般人のサンドリヨンが悲鳴を上げる。

「——トマホーク……！」

かつて米軍属だったかなでが言う通り、あれはタクティカル・トマホーク。アメリカの軍需メーカー・レイセオン社が開発した第4世代トマホークだ。ガチの軍用ミサイルで、全長5m半、炸薬重量(ペイロード)450㎏。シャーロックのヤツめ。買ったのか盗んだのか知らんが、魚雷は威力重視、ミサイルは精密さ重視で、東西を問わず好き放題に搭載してやがるな。メカニックの壺(コン)の苦労が偲(しの)ばれるぜ。

数瞬ずつ時間差を付けて空へ打ち上げられたトマホーク8機が、ロケットブースターの白煙を階段状に並べる。最初の４機がまず上空で前方へ方向転換し、ノアとノーチラスに狙いを定めた。かなり遅れて、より上空で３機が僅かに前方へ方向転換を始める。これはロフテッド軌道で、ほぼ直上からナヴィガトリアを狙うつもりらしい。残りの１機は故障しているのか、上空を後方へ逸れて飛んでいく。

ジャキジャキッと水平翼を展開して航空機形状になり、動力をターボファンエンジンに切り替えて無航跡になった４機のトマホークは、前進する第１波。なおも上昇する３機は、第２波と見立てる事ができる。見れば魚雷もノアを狙う２本・ノーチラスを狙う１本から、ナヴィガトリアへ向かう１本が極端に遅れている。これも着弾に時間差のある波状攻撃になっている様子だ。

それにしても、シャーロックは――モリアーティにもネモにも因縁があるからだろうが、初っ端から殺す気満々だな。普段は紳士的なくせに、イザとなると超攻撃的な男だ。まあ、分からないでもないか。なんたってアイツは……アリアの曾爺ちゃんだしな！

「魚雷、Ｎ艦隊まで距離凡そ８００と１０００！　誘導式だ――雷跡の修正を確認！」

海軍軍人の雪花が叫ぶ通り、タイプ65にはホーミング性がある。停船中のＮの３巨艦が今さら回避運動を始めようと、もう絶対に避けられない。

この海戦、初手でいきなりシャーロックが勝つ流れだぞ。

だがそれでは、ネモが危ない……！

「――ネモ！」

サンドリヨンから奪ったNとの通信機に、俺が警告のため叫ぶ。通信機からは、

『エリーザ、レノアエル、迎え撃て！』

数瞬後、ノーチラスの甲板ハッチがバシバシ開いて――バシュバシュバシュバシュッ！

ノーチラス艦内の部下らしき者たちに交戦を指示する、ネモの甲高いフランス語がする。

艦対空ミサイルを10発も発射した。扇骨のように散開したそれは、シースパロー。風圧で飛びそうな軍帽をネモが手で押さえるのが見えた時、さらにノーチラスから海中を伝ってゴゴンッ、ゴゴゥンッ、という震動音が複数回届く。これは水中発射管を開口し、魚雷を撃った音だ。すぐさまノーチラスから伸び始めた雷跡は、4本。全てがイ・ウーの放った魚雷へ的確に向かっている。EUが近年開発したという、魚雷迎撃魚雷か。

――未だ加速しきれてないシャーロックのトマホークは、ネモの個艦防空用ミサイルに迎撃される……かと思いきや、第1波の4機の内の1機が無数の小火球を放った。火炎で光波ホーミングを欺瞞する、フレアだ。さらにもう1機がNの前方を横切るようにターンしながら、銀色のフィルムを盛大にバラ撒いていく。反射で電波ホーミングを欺瞞する、チャフだ。シャーロックはNによる迎撃を予知し、第1波のトマホーク4機のうち2機をその妨害に使うつもりで撃っていたんだ。最初から。

だが、ここはネモの放ったシースパローが物量で勝利した。欺瞞をかいくぐって迎撃を

成し遂げたものもあり、そうでないものたちも異常を検知し、自律的に頃合いを見て自爆したのだ。花火のように広がったシースパロー10発分の爆風破片効果弾頭は、トマホーク第1波の4機を飲み込んで全滅させた。攻撃と欺瞞、手数の迎撃。まるで空のチェスだ。

空でドカドカと巻き起こった炎が、フレアとチャフの閃光と入り交じって海面と流氷に乱反射する。眼の奥が痛くなるほどの眩しさだ。ドカドカと続いた爆音が俺たちの周囲の海面を泡立たせる中、今度は海中でドウウッッッ!!　ドウッッ!!　とネモの魚雷が爆発し、シャーロックの魚雷3本を誘爆させた。

俺たちの乗る流氷とNの中間辺りの海中に3つの巨大な光球が生じ、海面が島のように盛り上がり、ドドドドドドオオオォォォォ――――ッ!　と、この世の終わりのような轟音を上げて破裂した海が流氷群ごと空へ上がっていく。

（……っ……!）

シャーロックの魚雷の爆発は、小型戦術核と見紛うほどだ。500kg×3発であの威力――ウルチタン爆薬か。浅深度で古めかしい外殻を見せておいて、弾頭には最新・最強の炸薬を満載。いかにもシャーロックがやりそうな事だぜ。

フレア、チャフ、トマホークとシースパローの爆炎が渦巻いている空の手前へ、魚雷の炎熱が水と水蒸気を打ち上げていく。まるで逆回しの集中豪雨のように。

3棟のビルのように聳え立った水と水蒸気は、上空で3つのキノコ雲を形成していく。

その雲から水が豪雨となって降り注ぐ、海面——その下からも瀑布のような鳴動が轟いている。これは真空になった爆心めがけて、水が流れ戻っていく音だ。Ｎ艦隊は地獄絵図と化した空間の先５００ｍほどにいて無傷だが、今やその艦影は全く見えなくなった。

（これが——海戦……！）

　陸戦とはスケールのまるで違うその光景に、俺も、かなでも、眼のレーザーはブラフで光らせただけだったらしいアリアも、絶句する。失神して崩れ落ち、氷床に尻をぶつけて「痛っ！」と1人で自動的に意識を取り戻したサンドリヨンは結果的に言葉を出せてるが。

　それでも戦争経験者のラプンツェルと雪花は今なお冷静で、

「大波浪だ、迫っているぞ……！」

「——到達まで10秒！　各員、備えよ！」

　と、俺たちに警告してきた。それで我に返って見ると、魚雷の爆発が造山活動のように押し退けた海水が——高波となって、この流氷へ迫っている。

「きゃあっ……！」

　かなでが目を丸くした次の瞬間、その流氷混じりの波を——黒い巨艦が、逆位相の波で左から右へと砕いていく。ドドドドドド……と、イ・ウーが俺たちの後方から右前方へ大きく旋回航行しているのだ。距離は今、正面約１００ｍ。その喫水線は、さっき見た時より下がっている。潜航し始めてるぞ。

「曾お爺様！」

「シャーロック……！」

　呼びかけたアリアと俺にシャーロックは視線を寄越しながら、艦橋からN艦隊を指した。

『行くぞ』と言うかのように。そしてすぐ、ノアの方へと向き直ってる。一瞬たりとも、モリアーティには警戒を緩めない。言い換えれば、シャーロックにいつもの余裕が無い。そんなアイツは初めて見た。それだけ、モリアーティ教授はガチの強敵って事か。

　そして——ヒステリアモードの俺には分かったぞ。

　シャーロックのトマホークと魚雷が迎撃されて出来た空と海の大混乱は、前後にズレはあるものの……Nからの見かけの幅が揃ってる。高さも、ミサイル群が形成した炎と光の雲の下辺に、海から上がったキノコ雲の上辺がちょうど重なって見えるだろう。

　あれは、衝立だ。

　シャーロックは第１波攻撃が全て迎撃される事を推理し、その迎撃を利用して——空にフレアとチャフの混ざった爆煙を広げ、海に轟音を立て、敵との間に水の壁を作ったんだ。光波、電波、音波いずれのレーダーも遮り、自分の姿を見えなくするために。

　そうなった途端シャーロックは右旋回し、潜航を始めてもいる。向かって右に位置するノアの、さらに右側へ出るための動きだ。そこならナヴィガトリアの艦砲もノーチラスの兵器も怖くない。モリアーティの乗る黄金の原潜、ノアそのものが盾になるからだ。

　波浪から俺たちを護ったイ・ウーは、間もなく水面下に沈む背の大型ハッチを３つ開く。大陸間弾道弾でも発射されたら俺も失神する所だったが、そこから這い出てきたものを見て……別の意味で、気が遠くなってきた。

「ホッキョアアアアアアァァァァァ――――――ッッッッ！」「キョアッ、キョアッ、ギョアァァアァ――――ッッッッ！」「クコココココ……キョォォォォア――！」

……プ、プテラノドン、だ……！　しかも、３匹。

　１匹は俺がロンドンで見たやつで、広げた幅９ｍほどの翼が黒い。もう1匹の全身には濃いオレンジの縞模様があり、鶏冠も赤く目立ち、翼開長も10ｍを優に超えてる。大きさから見て、どうもこっちはオスらしい。って事は、つがいですか。残りの1匹は黒いメスだが、さらに一回り小さい７ｍサイズ――２匹の子供と思われる。

　滑走路不要のＶＴＯＬ機の如く飛び上がったプテラノドンたちは、シャーロックが分子化石、つまりＤＮＡから甦らせた翼竜。どデカいコウモリみたいな、恐竜の一種だ。

　３匹が直径20㎝はある目玉をギョロリと剥き、俺たちの姿を確認するように瞳孔を収縮させると……サンドリヨンは再び気絶し、尻もちをついて意識を取り戻す天丼をやってる。

　ロンドンでメヌエットが言っていた通りプテラノドンは恒温動物らしく、オホーツクの寒さを物ともせず上昇していく。Ｎ艦隊から姿を隠せる積雲へ飛んでいるところを見るにあれには犬ぐらいの知能があって、シャーロックが生きた艦載機として躾けてあるんだな。

イ・ウーが海に、プテラノドンたちが雲に消えた数秒後……

ピカッッッ！　と、N艦隊の方で、稲光のような閃光が迸る。

発光とほぼ同時に、シャーロックが作った水壁の最下部が大きく吹き飛んだ。

水壁の穴のこっち側、向かって左の海域で――ドドドドドドドッ！　野球場ぐらいの広範囲に亘って、横倒しの飛沫が上がりまくる。そこに浮かんでいた氷山空母ハバククの残骸も、多数が弾け飛ぶように砕けた。あれは、着弾――仰角マイナスで海面へ撃たれた榴弾の破片が、無数に降り注いだ光景。それも、小規模な船団や歩兵陣地ならワンパンで壊滅させられる打撃力――海底軍艦ナヴィガトリアの、艦砲射撃だ！

ナヴィガトリアこと戦艦バーラムが搭載するマークⅠ連装砲は15インチ。８２０kgもの鉄片をマッハ２で撒き散らすマークⅧb榴弾が狙ったものは、第２波攻撃のタイプ65魚雷。遅延後に再加速したらしい位置を進んでいた、最後の１本だ。

全長約９mのタイプ65魚雷は、超音速の鉄片群が浅い海中に生じさせた不規則な水圧につ・ん・の・め・るようになり、海上にスクリュー側から飛び出す。それから海面をバタンバタン転がりつつ自重で折れ曲がり、安全装置が働いたらしく不発のまま海に沈んでいく。

キノコ雲になっていた水が海に降り終わり、再びN艦隊が見えるようになってきた中、ドオオォオオォウウゥンッ……！　という重低音の砲声が俺たちの乗る流氷に今到達した。

超音速の砲弾より後に届いたその音は、ナヴィガトリアを中心にした巨大な波紋を海面に作っている。単独射撃したらしい第2砲塔の左砲の上空に濛々（もうもう）と上がっているのは、砲煙。煙というより、雲といった方がいい規模のやつだ。自然の雲——ナヴィガトリアの上空にあった白雲は砲音の振動で押し退（の）けられてしまい、天使の輪のような形に変わっている。写真やプラモで見る分には、カッコいいだけだったが……本物の戦艦は、地獄製造機だな。周囲の気候すら変えちまうなんて。

——艦砲の大音響が作った波紋が俺（おれ）たちの乗る流氷まで到達し、足下が覚束（おぼつか）なくなる。揺れる視界では上空から第2波のトマホーク3機がナヴィガトリアめがけて襲いかかり、それをナヴィガトリアの高角砲が精密に撃破している。どう見ても、射撃管制システム（FCS）を用いた対空砲火だ。潜水艦に超改装されてる時点で想像できた事ではあるが、あの戦艦はイージス化もされているんだ。

……パラパラッ……バラバラバラッ……！

揺れる流氷の上に俄（にわ）か雨（あめ）のような音が鳴り始めたので、空を見ると——

「——っ……！」

それこそ雨霰（あめあられ）と、この海域一帯に大小の氷が降り注いでいる。小さい物は小石ほどだが、大きい物は冷蔵庫ぐらいのサイズだ。速度は形状によって異なるものの、着水の様子から見て、銃弾のようなスピードの氷もある。一体どうして、どこから飛んで来たんだ。

「……これは、ハバククの氷だっ……」

ナチス制帽の鍔を上げて空を仰ぐラプンツェルが呻き、それで分かった。

これはナヴィガトリアの榴弾が砕いた、氷山空母の残骸の破片。自分の近傍にある木やガラスに敵の銃弾が当たると破片が飛び散るから注意するよう武偵高で教わったが、その艦砲版だ。同じ銃砲でも、拳銃と艦砲は概念からして違う。着弾点から100mは離れたここにまで、数秒遅れで二次被害が及ぶものなのだ。

落ちる氷が、俺たちの流氷にも次々と叩きつけられてくる。足下は波浪で揺れ、回避は困難だ。バシィッ！　ガツッ！　一辺が30㎝～50㎝ある氷が流氷を割らんばかりの速度で衝突し、あちこちにクレーターを作る。もし下手な当たり方をしたら、致命傷を負うぞ。

年少者のかなでを護ろうと、雪花が氷上を駆け――その動きで、氷の飛来する方に背を向けた。そこに直径70㎝ぐらいの氷塊が襲いかかり、

「――危ないっ！」

ドンッ、と、雪花を背で突き飛ばしたラプンツェルに――グシャッッ！　と、鈍い音を立てて激突した。首から胸にかけての、正面から。

「……ラプンツェル！」

振り返って叫ぶ雪花は無事だが、その身代わりになったラプンツェルが氷上を転がって――倒れる。俺たちとの戦いで魔の花々の力を失ったその細い体が、ピクリとも動かなくなり……石つぶてのようなハバククの破片に、次々と打たれるがままになっている。

「わぁあああぁ！　ラプンツェル様ぁ！」

　部下のサンドリヨンが駆け寄り、抱き起こそうとすると——カクンと力なく頭を垂れたラプンツェルの口から、真っ赤な血が流れ出てくる。半狂乱のサンドリヨンは出血を止めようとラプンツェルの口を押さえるが、血はその指の間から止めどなく溢れ出ていく。

　降り注ぐ氷片を掻い潜り、俺、雪花、アリア、かなでも一斉に駆けつけるが——

「く……頸椎が砕けてるぞ。それとこの出血は、肋骨が折れて内臓に突き刺さったんだ。ヘタに動かすなサンドリヨンっ」

「ラプンツェル、死ぬなラプンツェル！　貴様は使命を終えて……これから新しい日々を生きようと、生き直そうと、自分と語ったばかりではないか！　死ぬなァ！」

「かなで、あんた昔キンジの傷を超能力で治したって聞いたけど——」

「こ、ここまでの重傷を治せるかは分かりません……でも、やってみます！」

　皆に容態を看られながら、ラプンツェルは心肺停止の状態に陥る。氷の海に沈みかけた自分を救った雪花を救い、自分が造った氷山空母ハバククに襲われて命を落とすとは——なんという、悲劇的な運命の巡り合わせだろうか。

　だが医者ではない俺には、この場で出来る事がない。俺には戦う事の他に何の取り得もないんだ。それなのに、あまりにも巨大なものたちの前で、戦う事すらできずにいる。

（……クソッ……！）

怒りを込めて振り返れば、飛来する氷の粒は小さくなっている。大きな物が降り終わり、小さい氷片が吹き流れているところだ。辺りを滞空する無数の氷は朝日の光を反射して、そこらじゅうで流星群のように煌めいている。

その向こうでは今なお燃え落ちないフレアとチャフによる炎と光の瞬き、爆炎と砲撃の黒雲、海に落ちた莫大な水が跳ね返って上がる白い水蒸気、それらが三重の渦を巻く。

さらにその先に居並ぶ、Nの艦隊——

あれが次に俺たちを狙ったら、本当に終わりだ。

水蒸気の切れ間に煌めくノアの艦橋に立つモリアーティは、イ・ウーが潜む南の海ではなく——南南西の水平線、国後島方面を悠然と眺めている。ノーチラスのネモは双眼鏡でイ・ウーを探しているようだ。潜水戦艦ナヴィガトリアのルシフェリアは、艦橋から黒いビキニみたいな衣装の上半身を乗り出して笑みを浮かべている。

そんなN艦隊の直下、海面に……ズズズズ……と、海霧が流れ始めた。霧の上層では雪の結晶が数限りなく舞っている。それがNの3艦を中心にしてジワジワと円く広がり、洋上を広く覆い隠していく。ネモとルシフェリアが不審げに見回しているところを見るに、Nの仕業ではないようだ。

というか、俺はあれを知っている。海霧はカツェが香港でタンカーを隠匿した魔術の霧。雪の結晶が舞う様は、ジャンヌが地下倉庫で使ったダイヤモンドダスト。それらが甚大な規模になったやつだ。シャーロックが——昔イ・ウーで身に付けた魔術を、今イ・ウーの浮上位置を隠すために使った。

シャーロックは盲目だが、視覚に頼らず周囲の状況が把握できる。海面の視界を封じた以上、N艦隊より優位に立ったと考えていい。少なくともナヴィガトリアの主・副砲塔はイ・ウーの出現位置が予測できておらず、互い違いに全方位を向く態勢を取っている。

イ・ウーは海中をターンして、ノアの向かって右に出るだろう。しかしそれが判明した途端、ノーチラスとナヴィガトリアがN形陣を解いて動く可能性がある。そうなるとイ・ウーは囲まれてメッタ打ちにされる。それをどう足止めするつもりなんだ、シャーロック。

（——っ……！）

その答えを、俺のヒステリアモードの頭が思いつく。

思いついてしまう。できれば思いつかず、スルーしたかった手を。

その答え合わせをするかのように、俺はNに背を向けて後方の海を見る。そこでは……やっぱりか！　シャーロック！　さっき故障して軌道を後方に逸れたように見えた1機のトマホーク巡航ミサイルが、こっちへ向かってきているのだ。垂直にQの字を描くようなコースを飛び終えて、最低最悪の第3波攻撃をするために。

トマホークの速度は減速中。200km／h。ここの距離は今、1kmを切ったところだ。大きく舌打ちした俺を見て、雪花も西の空を振り向く。

「ゆ……誘導弾！　ここを狙っているものと思われるぞ！　イ・ウーとは敵なのか、味方なのかッ!?」

　雪花の警告でトマホークに気付いたサンドリヨンが悲鳴を上げ、瀕死(ひんし)のラプンツェルを超能力で治療し始めていたかなでも青ざめてる。

「いや、あれは攻撃じゃない」

　俺は眉を寄せまくり、歯ぎしりしまくりで、それだけ言う。

　あれは攻撃手段じゃない。輸送手段だ。

　さっき『行くぞ』と示した通り、シャーロックが俺とアリアをN艦隊に運ぶための！

　つまり――ノアはシャーロックが自分で攻めるが、ナヴィガトリアとノーチラスは俺とアリアが押さえろって話だ。あの巨艦を1人1艦ずつ襲えと。マジかよ。マジなのかよ。

　あんなスケールの戦いに、体1つで――アリアと俺の体2つで、突っ込めってのかよ。

と、尻込みする俺を……ここの戦いの大きさを、もっと大きな勇気で覆うような――

「行くわよキンジ！」

　アリアの声が、鞭打(むちう)つ。

　ああ、チクショウ――そうだ。いつだってそうなんだよ。

　どんなに恐ろしく、どんなに不利な戦いでも、反撃の起点はアリア。その小さな体に、誰よりも大きな勇気を備えたアリアなんだ。そして、

（アリアが行くなら——）

ターボファンエンジンの唸りを上げて、水平翼を広げたトマホークが近づいてくる。

３００ｍまで接近したので見えたが、その先端下部からはワイヤーが吹き流しのように垂れている。なんちゅう雑な乗り込み機構だ、シャーロック。次会ったら絶対殴る。

（——俺も、行くしかないからな！）

俺はサンドリヨンの通信機を制服のポケットに突っ込み、トマホーク、アリア、自分が直線上に並ぶ流氷の縁へと走る。

どうあれ、急がないとロシアの警備艇、ヘタしたら海軍が来ちまうしな。レーダー網の妨害はＮやシャーロックが事前にしてるんだろうが、雷鳴のようだったナヴィガトリアの砲声が択捉島に聞こえなかったハズもない。

それにこれは国際テロリスト組織・Ｎの頭を押さえる千載一遇のチャンスだ。みすみす逃したら、後で武偵庁に大目玉を食らいかねん。一武偵として、やらなきゃならないぜ。

「雪花——かなでとラプンツェル、それとサンドリヨンを頼むぞ！」

俺は叫んで、搭乗と呼べるのかすら分からないその時を待ち受ける。迫るトマホークは１２０㎞／ｈに減速した。高度は２ｍまで下げた。距離、１００ｍ。５０ｍ。２０ｍ——

——チリチリチリチリィィ——ッ！　と、ワイヤーの先端が流氷の縁を擦り、リレーのバトンを受け取るように回れ右して走ったアリアがそれに追い越される瞬間、パンッ！

軽快な靴音を立ててジャンプし、当たり前のようにワイヤーに掴(つか)まる。続いて俺も秋草(しゅうそう)で加速し、同様の動きで掴まった。

　腕が抜けそうな衝撃をやり過ごすと、アリアと俺はもう煌(きら)めく海の上だ。2人の重さが掛かった頭を下げるかと思いきや、トマホークは機首上げ(ピッチアップ)でバランスを取った。それでも高度は若干下がり、俺の足が海に付きそうだ。海面スレスレを飛ぶトマホークはスピードアップし、掻(か)き分(わ)けた空気が海水を左右へV字に撥(は)ね上(あ)げまくる。

　バサバサバサッ！　という風切り音に振り仰げば——おっと、ナナメ下からスカートの中を見る事にはなってしまったが、それに匹敵する凄(すご)い光景だ。アリアは大きなピンクのツインテールを超能力(ステルス)で広げて翼にし、左右のテールが作る揚力に差を付けて空中姿勢を変えている。

　それでアリアはワイヤーを掴んだままクルリと背面飛行になったかと思うと、もう一度反転してトマホークの上に乗った。飛んでくる時に見えたが、このトマホークのそこにはご丁寧にグリップが増設されていたからね。

　アリアはそれを掴んで床体操でいう上水平支持(プランシェ)の体勢になり、トマホークを銃身とするスコープのような位置についた。赤紫色(カメリア)の両眼(りょうめ)を勇ましくN艦隊に向けるアリアの直下で俺はワイヤーを地味にヨジ登り、左右の翼の付け根辺りにあったグリップを掴む。そこで吊(つ)り輪(わ)でいう中水平支持の体勢になると、俺は雷撃機に吊下(ちょうか)された魚雷みたいなカンジだ。

そこからさらに、トマホークは加速するが——上下左右には動かなくなる。

ここからどうすりゃいいのかな。前方にはチャフとかフレアもあるから、アクティブ・レーダーには頼れないいし。という疑問は、

「上げるわよ！」

というアニメ声と、可変翼のようにバッと広がったピンク髪を見て解けた。ここからの操縦は、アリアがあの動くツインテールの翼でするって事だ。

時速は今、２００㎞に至ろうというところ。アリアがテールにフラップを作り、高度を５０ｍまで上げた。そのまま俺たちは第１波攻撃のミサイル群が作った黒雲の下、魚雷が作った白い水蒸気の上を突っ切る——

（……ッ……！）

上は俺たちを炙るフレアとギラつくチャフ、ミサイルに用いられたＮ－ニトロ化合物とニトロセルロースの高速燃焼した雲。下は魚雷の過塩素酸アンモニウムが炸裂したガスと蒸発した海水が混ざり合った雲。地獄の空だってもっとマシなもんだろうよ。

そこを抜けると、アリアはトマホークを左旋回させる。海上を５ｍほどの高さまで覆うシャーロックの霧とダイヤモンドダストを眼下に、Ｎの艦隊を空襲するコースに入ったぞ。

左——どうやらアリアはノーチラスから先に攻撃するつもりらしい。まあ単純にネモがキライだからだろうね。

『――初めまして、「緋弾のアリア」！「不可能を可能にする男（エネイブル）」！』

不意にポケットの通信機から声がして、ヒステリアモードの耳がそれを捉えた。この、脳や胸を吹き抜けていく風のような声――モリアーティ教授だ。

同じ通信が聞こえているらしいネモは困惑顔でノーチラスから、ルシフェリアは不敵な笑みを浮かべてナヴィガトリアから、それぞれ俺（おれ）たちを見ている。

モリアーティは黄金のノアから、空の俺たちを歓迎するように腕を広げ――

『では、講義の時間といこう！』

シャーロックと同じ二つ名・『教授』らしい事を言ってくる。

「物騒な講義もあったもんだ。だが講義なんかしてる場合か？　シャーロックに狙われているってのに、ノンキなヤツめ。お前はずっとアイツに会いたくなかったんだろ。今まで通り、逃げ回った方がいいんじゃないか？」

俺はシャーロックの威を借りて、脅してみるが――モリアーティは、笑う。

『ハハハ。うん、私は彼が嫌いだ。だから君たちの方を見ていたい。どうあれ探偵風情、私は背を向けていたって後れを取ることはないのだよ』

なんか喋（しゃべ）り方（かた）が似てるな、シャーロックに。モリアーティとシャーロックが険悪なのは、同族嫌悪ってやつもあるのかもね。

「じゃあ今は講義の時間ってことで、教授のお株を奪って俺が講義してやる。19世紀じゃお前の相手は探偵だったのかもしれないがな。21世紀の今は――武偵だッ！」

俺がモリアーティを狙っているかのようなこのセリフは、ハッタリだ。シャーロックはモリアーティのノアにだけ2本の魚雷を放ち、俺たちには分かるようにノアへ向かった。シャーロックがノアのモリアーティを、アリアがノーチラスのネモを攻めるわけだから、俺のターゲットは消去法でナヴィガトリアのルシフェリアという事になる。

それにナヴィガトリアのルシフェリア・モリアーティ4世には、俺が強襲逮捕するべき理由も法的にハッキリある。ヤツは日本領海内で、俺たちの保護下にあるラプンツェルに重傷を負わせた。その現行犯だ。

ルシフェリア。かなでに髪や肌の色が似ていようと、容赦はしないぞ。首に縄をつけてしょっ引いてやる。そしたら旄牛（ヤク）みたいなそのツノによく似合うだろうよ。

と、俺が考えた時――そのルシフェリアと思われる、初めて聞く声が通信機からした。

『――撃ち落とせェい！　全門斉射じゃ！』

見ればルシフェリアは俺たちを手で示し、艦橋の中へ指示をしている。ただその命令は雑なもので、部下に丸投げってムードだ。俺たち1機を撃ち落とすために全門斉射というありえん対応を指図するあたり、戦艦の構造や運用法も分かってない。そんなのに艦長をやられてたんじゃ、乗員たちはたまったもんじゃないだろうよ。

そしてたまったもんじゃないのは俺たちもだ。ナヴィガトリアから、次々と対空砲火が始まったぞ。

ドガガガガガガガガガガッ！　バリバリバリバリバリッ！　という耳を劈く音を上げ、３０㎜８連装機銃、１２・７㎜４連装機銃、１０・２㎝連装高角砲、副砲のマークⅡ単装速射砲——俺たちを狙える位置のものに限ってではあるが、何十もの銃口が一気に弾幕を張っていく。防空用じゃない装備まで、あらかた火を吹いてるぞ。ムチャクチャだ。

「……ッ——！」

今やＮの上空は、一つ飛び方を間違えれば命は無い死の迷路。

だがここは、アリアの勘の力が勝る。火器管制システムが搭載されてるのはともかく、そもそも戦艦バーラムの武装は大戦時のもの。現代のファランクスのような速射性は無く、常日頃から銃撃戦で敵弾を避けまくってるアリアが操るトマホークを捉えられない。

まあ考えてみれば、戦時中のプロペラ機でさえ対空砲火を掻い潜って戦艦を攻撃してたわけだしな。弾幕なんか、戦闘慣れしてる者には無効って事か。とはいえこれをぶっつけ本番でやれちゃうアリアの戦闘慣れっぷりには、空恐ろしさを感じるけど。

ところがここで、

「What!?　——そ、それ……意味ある!?」

「……ルシフェリアが下した『全門斉射』の命令を、忠実に聞こうとしてるんだな……」

アリアが目をまんまるにし、俺が溜息をついてしまう事に、主砲・マークⅠ連装砲——

その第1砲塔までもが、こっちを向いた。その左砲が、仰角を待止位置から発砲位置まで上げたぞ。マジで撃つ気か？　いや、さすがに撃たないだろう。

さっき魚雷の迎撃に榴弾を使ったのは結果成功してたから百歩譲ってアリだとしても、戦艦の主砲などというバケモノ大砲は対艦・対地攻撃に使うのが常識だ。高速で飛翔する小さな航空目標を撃つなんて、蚊にボウリングの球を投げるような愚行。当たりはしない。そもそも照準を合わせる事すら——


ドォオォォォォォォォォォォオオオオンンンンンンッッッッッッ——！！！


——撃ったし！

ヒステリアモードの眼が捉えたナヴィガトリアの主砲弾は、マークⅦb。196kgの火薬の爆発力で飛び出た、879kgの徹甲弾だ。鈍重な巨砲から放たれた大砲弾は、当然こっちに当たりはしなかったが——

——バシイイィィッッッ！　かなりの遠距離で擦れ違ったハズが、トマホークは巨大なハリセンで叩かれたように左下方へ弾き飛ばされる。今のこれは——マッハ2で飛ぶあの砲弾の、衝撃波。なるほど、それなら命中させなくても多少はダメージを与えられるよな。

敵が意図的だったのかはともかく、一本取られたぜ……と見せかけて、一本取ったのはこっちだ。アリアはこの衝撃波をわざともらい、ワープするかのようにトマホークを移動させている。向かって左——ノーチラスの方へ。高度も、シャーロックが作り出した霧とダイヤモンドダストの雲に霞む5ｍまで落とした。

『なぜ当てられぬのだ！　撃ち方が足りんッ、もっと弾をバラ撒け！』

ルシフェリアの声が通信機から響き、第1砲塔の右砲が狙いもそこそこに徹甲弾を発射する。だが今度は衝撃波すら届かない。さっき榴弾で魚雷を沈めた第2砲塔は揚弾がまだ間に合わないらしく、待止位置のままだ。

しかし機銃はルシフェリアの命令通り撃ち方を激化させ、俺たちが接近すればするほど弾幕の密度も上がっていく。トマホークの風圧で巻き上がる霧とダイヤモンドダストが、少しは目隠しになってくれてるものの……次第に、敵弾が近くを飛ぶようになってきたぞ。

対するアリアはシュルシュルと2本のツインテールを4本のフォーテールに変形させ、

「キンジ！　迎撃するわよ！」

内2本のテールをベルトのように使って、トマホークと自分を固定した。そして自由になった両手で白銀と漆黒のガバメントを抜き、人間2連装11㎜機銃になったぞ。テールがシュルシュル下りてきて俺の体も固定したって事は、俺にも銃を抜けって事だね。

バババババッ！　ガガガガガッ！　アリアのガバメントが亜音速の.45ACP弾を宙に撒き、俺のベレッタがそれを次々に銃弾撃ちで軌道修正する。2人の拳銃弾はナヴィガトリアの機銃弾――トマホークや俺たちに当たる軌道の弾と衝突し、それらを逸らす。

ガバメントとベレッタが排莢する無数の薬莢が、金色の尾となってトマホークの後方に散っていく。さあ――いよいよ、Ｎの艦隊に近づいてきたぞ。

『き……機関全速！　０－９－０！』

　通信機から響くネモの声は、ノーチラスに後退を命じるものだ。このトマホークに対しシースパローは当初チャフやフレアの雲がジャマで、その後はルシフェリアが張る弾幕がジャマで撃てず終(じま)いだったらしい。

　ズズズウゥゥン……という海鳴りのような機関音を上げ、ノーチラスが後進を始めようとする。だが、水中排水量４万トン超と思(おぼ)しき黒い巨体はすぐに動けるものではない。

　そこでついにトマホークがノーチラスの陰に入り、ナヴィガトリアからの銃撃が止(や)む。艦橋のルシフェリアは怒っているが、ナヴィガトリアの乗員も味方のノーチラスを撃つに撃てないし、撃ったところでノーチラスを貫通して俺たちに弾が当たるものでもないしな。

『うっ……アリア！』

　最後に頼れるのは己の力のみ、とばかりに――艦橋に立つネモがトマホークに向かって前(まえ)へ倣(なら)えのポーズを取った。レーザーの構えだ。アリアを狙うその瞳が青い光を強めた時、バシュバシュバシュゥゥッ――！　アリアが撃った赤・青・白の煙幕弾(コルティナＦ)３発がノーチラスの黒い艦橋上空スレスレを飛び、ネモの視界を封じる。イギリス国旗色(ユニオンジャック)の煙幕弾で、宣戦を兼ねたつもりもあるらしい。まあそれ、ネモの祖国のフランス国旗(トリコロール)も同じ色なんだけどね。

　アリアはツインテールの翼を大きく傾けてトマホークを右へ急旋回させ、ノーチラスの右舷側面に体当たりするような航路をまず取った。それから機首を上げ、最終進路を――高度20mのノーチラスの艦橋にいるネモのすぐ上を通過し、30mにあるナヴィガトリアの艦橋指揮所後方を掠(かす)める直線コースに定める。

「ネモを逮捕するわ！」

「武偵(ぶてい)法9条を忘れるなよ？」

割といつも通りの俺(おれ)とのやりとりを最後に、アリアが――パッ――今や黒い丘のように見えるノーチラスの右舷上空で、トマホークから離脱した。シュルリと髪のベルトが解け、俺はノーチラスのフックに手でブラ下がる体勢になる。

上昇する俺の下で、アリアは髪の翼で急減速(フレアー)を掛けつつ――それでもかなりの高速度で煙幕の中、ノーチラス艦橋へ飛び込んでいく。1秒後、通信機からネモの『きゃっ！』とアリアの『風穴開けるわよ！』が聞こえてきた。あーあ、どうなることやらだ。とはいえアリアの強襲逮捕率は、俺の件を除けば100%。ネモはこれで詰んだんじゃないかな？

……シャーロックがモリアーティに仕掛けたのは、勝つ可能性があるからだろう。

……それをモリアーティが迎え打ったのも、勝たせない可能性があるからだろう。

条理予知(コグニス)の力を持つ宿敵をも自分が上回れると見込んだ、双方の勝算とは何か。

ヒステリアモードの俺には分かる。それはこの海に揃(そろ)った役者たちの中の、特定の2名――条理予知を突き崩す存在。『不可能を可能にする男(エネイブル)』と『可能を不可能にする女(ディスエネイブル)』。

俺と、ネモだ。

俺やネモがいる場所では、物事が宿命通りに進まなくなる。ありえない無理が通ったり、あるべき道理が通らなくなったりする。

事象上、シャーロックは1対3の無理な攻撃を行った。不可能を可能にする男の関与は、その無理を成功させる不条理となるだろう。しかし可能を不可能にする女が、不条理にもその成功を阻止する可能性がある。それを知るアリアは、まずネモを押さえに行った――

ただし、条理の流れとは見え難いものだ。俺やネモの存在がどう結末に作用するのかは、終わってみないと……いや、終わってみても分からないだろう。

だからゴチャゴチャ考えるだけムダだ。俺はシャーロックやモリアーティみたいな頭脳労働者じゃないしな。さっきも痛感した事だが、俺に出来るのは戦うことだけなんだよ。

「この遠山桜、散らせるものなら――」

飛ぶトマホークから離れた俺は、バァッ！　と、ナヴィガトリアの艦橋左右から垂れた信号旗ロープに翻る旗へダイブする。特に僚艦と交わす信号も無いらしく、左右どちらにはためく旗もマストの軍艦旗と同じ『N』の紋章旗。飾りだな。

「――散らしてみやがれッ！」

ボフゥッッ！　と、慣性でN旗に包まれた俺が、そこからエビ反りジャンプで飛び出す。

そしてルシフェリアのいた艦橋上層へと上るため、信号旗ロープに飛びつく……つもりだったんだが、そのロープが保護オイルでやたら滑りそう。もし掴み損ねたら眼下20mの甲板まで真っ逆さまだ。いきなり墜落死して『何しに来たのコイツ』って言われちゃうよ。なので俺は急いで出したマニアゴナイフを、ガチッ！　――旗をロープに留める金具があったんで、そこに引っかける。このまま宙吊りになっていたら射的のマトだから、柄を両手でしっかり掴んだナイフを支点に……バッ、ガチッ！　腕力だけで垂直ジャンプし、数m上にもあった金具にまたナイフを引っかける。もう一度、腕の力だけで、ガチッ！今度はロープを垂らす信号桁――艦橋上層部から左右後方へ、上から見るとV字を描いて飛び出している足場に引っかけた。

戦艦に単身乗り込むなりTBSの筋肉番付とかSASUKEみたいな行為をした俺に、艦橋内の乗員たちは「？？？」って目をしてる。侵入者を見て騒いでる者もいるようだが、窓ガラスが潜水時の水圧に耐えるためか超ブ厚いから声は聞こえないな。

（それにしても、いやはや……）

乗員たちは、全員女子。

しかも翼や角があったり、兎や猫みたいな耳が生えてたり、尻尾もいろんな形のがいる。体の形が不揃いだからか軍服・軍帽はあったりなかったりだし、ヴァルキュリヤみたいな略鎧を着た者もいるが――帽章やワッペン、中指に嵌めた指輪の紋章は3本鍵の『N』で統一されてる。

これがNの本営、その一部か。戦艦ナヴィガトリアはノアが運んできたレクテイア人の根城でもあるって事だな。

鋼鉄の平均台みたいな信号桁に立った俺は……さっきのムチャな登攀で欠けてしまったマニアゴナイフをしまう。長く愛用してきた名品だが、もう実戦には使えないな。金具に引っかけるんじゃなく旗に突き刺してビリビリ裂きながら登れば壊れなかったんだろうが、いくら敵のものとはいえ旗を毀損するのは人の道に外れる行為だから出来なかったよ。

『やはりね。この時点でもう、私の考えた条理の外の動きだ。やはり、面白い！』

ノアから俺を見るモリアーティの声が、通信機から聞こえる。俺としてはキツイだけでちっとも面白くないんだが、確かに――アンタにさえも、俺がこうしてナヴィガトリアに乗り込んでくる展開は予想できなかっただろうよ。なにせ当の俺自身が先の事なんか何も考えず、反射神経で場当たり的に動いてるからな。そうしなきゃアリアにはとてもついていけないし。

ガガガガガッ！　ドオォォン……！　と、ナヴィガトリアの機銃が無人のトマホークを撃って爆発させた音が背後の空で響く。後方斜め下から差す光は、黄金の原潜ノアがその爆炎を反射したものだ。

その輝きをバックにする俺に向かって、カツン……カツン……

硬いハイヒールの足音を立て、腰で歩くようなモデル歩きで、優雅な縦ロールを掛けた青味の差す黒のロングヘアを揺らし――出てきたぞ。ルシフェエリア・モリアーティ4世が。艦橋司令室へ続く一本橋となる、長さ6mのこの左信号桁に立ちはだかるように。

下から吹き上げる風が、反対の右信号桁の『N』旗を暴れさせる。それを背に、尊大な態度で金指輪の手を腰に当て、ビキニ水着のような黒衣装の大きな胸を張った彼女は――まず一目で分かったが、魔度が100ではない。90弱ぐらいだ。これはこういう半人の女たちを数多く見てきた俺に何となく分かる感覚値なので、確証はないが……おそらく、この世界の人間の血が8分の1混ざったレクテイア人だ。

レクテイア人側の血筋の特徴としては、旄牛みたいなツノの他に――艦橋から信号桁へ出てきた時に少し見えたが、ヤギやシカのような短い尻尾もある。他に目立った変異部は無いから、そういうコスプレをしてる普通の女だと言えば疑う者はないだろう。ちっとも普通じゃないぞ、すごい美女じゃないかという反論はあるだろうが。

（どうもレクテイアの女は美人が多くて困るね……）

やれやれと頭を振ってしまう事には、ルシフェリアは高慢・高姿勢・高飛車そうな顔に、神懸かりなほど似合う化粧をバッチリ決めていた。これは元が美人でなければ出来ない事だが、熟達した化粧で美人度を激増させると共に、自分のキャラクターの印象もグイグイ押しつけてきている。

これはトップレベルのアイドルや女優がやる自己演出の絶技で、うまくやれれば自分のキャラが好きなファンはもちろん虜にでき、元々そのケが無かった者まで美貌で引っかけ、新たな嗜好に目覚めさせて、万単位のファンを率いれる。そしてルシフェリアの化粧は、他所で見た事がないほどそれがうまくいっている。人を惹きつけてやまないカリスマ性の領域にまで到達した、化粧美人のトップエリートだ。

化粧だけじゃない。印象に合ってるのは黒い水着のようなどこか加虐的なその衣装もで、常識的に考えれば痴女のようなその服装が——全く奇異に感じられない。彼女ならそれを着て当たり前、という自然さがある。ルシフェリアの態度にも、それを正装と考えている者の美意識と着慣れ感がある。ヴァルキュリヤやラスプーチナにも思った事だが、これは彼女のレクテイアでの普段着がそれだったからなのだろう。そしてその服が申し訳程度に包んでいる丸見えのプロポーションには、一分の隙もない。

さらに、彼女のオーラ——

ルシフェリアには、自分は胸を張って生きるのが当然と言わんばかりの居丈高なムード、男など寄せ付けないであろう不可侵の気配、抜き身の銘剣のような存在感の怜悧さがある。

——これは、王者の風格だ。

生まれながらにして優れた存在であると誰にも認められる人生を送ってきていなければ、こうはならないだろう。多分ルシフェリアはレクテイアの王族か、それに類する者なのだ。

ふわ、と彼女から冷風に乗って漂ってきたのは……異国情緒のある、熟れたマンゴーのような魅惑の香り。鮮烈だ。嗅いだだけで好きになっちゃう男もいるだろうな、これは。

「——やあ、子ヤギちゃん」

こんな挨拶とキザな微笑が出てしまうぐらいには、ヒステリアモードは快調だ。さっきトマホークでいろんな方向からのアリアを見れてしまったし、その上で今、ルシフェリアという絶世の美女をスキャンするように眺めてもしまったし。

ルシフェリアがこの戦艦のリーダーという事は、ネモの通信やさっきの指揮の様子から明白。それが護衛もなく、移乗攻撃してきた敵——俺の前に出てくるのは大した度胸だが、戦術的には大間違いだ。まあこっちの間違いっぷりも度を超してるから、イーブンだけど。

「……」

ルシフェリアは黙って、その青みがかった瞳で俺を見る。

艦橋側からは、女たちが狼狽するような気配が漂ってきている。だが銃撃の類いは無い。戦艦の全力対空砲火を物ともしなかった俺だ。撃っても意味が無いと思ってるんだろう。

ズズズズズズン……という低く太い機関音に少し振り返ると、黄金の潜水艦・ノアが——後退するノーチラスと点対称を描くように前進しつつ、潜航を始めている。

そのノアからモリアーティが、『うん、ルシフェリア君。戦っていいよ』と言うと——ナヴィガトリアの艦橋から伝わってくる気配が、一気にルシフェリアを応援する空気に変わったのが感じ取れた。どの耐圧窓にもレクテイアの女子たちが殺到してこっちを見ているが、彼女たちの顔からはさっきあった狼狽が消えている。信号桁を伝導して聞こえる声援には、今や昂奮の熱が籠もっている。

これは……モリアーティの力だ。たった一言で皆の狼狽を収め、群衆の心に火を入れた。まるでキリストやブッダ、あるいはナポレオンやヒトラーみたいな奴だな。レクテイアが魔界なら、あいつは魔王になれる存在なのかもしれない。

だがその魔王の相手はシャーロックに任せてある。ネモの相手はアリアにしてもらう。俺は――このルシフェリアを、逮捕するぞ。

艦橋のドアを盾にしながら、手に手にアサルトライフル・サブマシンガン・グレネードランチャーを覗かせてこっちを窺っていた半人半妖の女たちに――サッ。ルシフェリアがカッコ良く手を後ろに出し、〝来るな〟を表現する。Nでの絶対権力の証・金指輪を嵌め、深紅のマニキュアをした指を広げて。

それから艶めく髪を揺らして俺に向き直ると、ニヤリと嗤って腕組みした。組んだ腕の上では、内側から光を放つような白肌の胸が大きく張られている。ヒス持ちの俺的には、良いのやら悪いのやらだね。

「――我の艦に乗り込んでくるとは、大した人間じゃの」

日本語だ。少し旧い。過去の往還で日本人と接したレクテイア人から習ったんだろうな。生の声は見た目の印象によく似合う、凛として、澄んだもの――一発音ごとに艶があり、オルガンの音のような上品さも兼ね備えている。

俺は信号桁のほぼ先端、ルシフェリアはほぼ後端に立っている。両者の距離は6mほど。平均拳銃交戦距離の7mよりは近い。ルシフェリアは帯銃していないが、こっちは撃てる。つまりいつ始めてもいいんだが、銃が効く相手とも限らないし――まずは、様子見だな。

「報告によれば、そちはヴァルキュリヤ殺しとヒュドラ殺しを成し遂げ、ラスプーチナも討ったとか。我らが目指すこの世界への侵掠の妨げにもなりえる勇猛な拳銃使いとのことじゃったが、ふふっ。ヤサい見た目じゃのう」

「あー……殺してはいないよ。優しく逮捕してあげただけさ。ラスプーチナは自分の竜に食べられてたから、どうか分からないけど。ただ勇猛というなら君もだよ、ルシフェリア。俺の戦歴を知ってるのに、逃げないんだね」

俺に言われたルシフェリアは、アハハハッ！　天を仰ぐようにして笑う。

「――敵から逃げるなど！　ルシフェリアには、あってはならぬことよ！」

敵前逃亡は禁止、か。新撰組とか強襲科と同じ価値観だね。あと言い方から分かったが、ルシフェリアというのは個人名・兼・種族名っぽい。ヴァルキュリヤと同じシステムだ。

「そちこそ我を知っておろう？　ルシフェリアは、そちの言葉ではルシファーと呼ばれて最上位の魔とされておる。そして実際そうじゃ」

そういえばジーサードがそんな名前を挙げてたな。ルシファーとかベルゼブブが攻めてくるとかって。あいつめ、余計なフラグを立てやがって。そういうのは俺に回収させず、自分で回収しろってての。とはいえ俺は悪魔の種類なんかには詳しくないので、

「ああそう。すごいね」

としか回答のしようがない。だが形だけでも褒められたルシフェリアは機嫌を良くし、

「それに、そちは男。男などという原始的な動物に、我が劣ることなどありえぬのじゃ。そちも犬猫に自分が劣るとは思わぬじゃろ？　よく聞け――」

と、ピンと伸ばした手のひらをツノの後ろでウサ耳っぽく立てて……

「いま降伏して我の靴を舐めれば、殺さずにやってもよいぞ。そちの身は、そちを恨む者――ヴァルキュリヤやアスキュレピョスの姉妹たちに渡せば良い下賜品になろう」

降伏勧告してきたね。悪魔だけあって、靴がどうのとか歪んだ条件を出してきつつ。

「ここで殺されなくても後でその子たちに八つ裂きにされるって意味だよね、それ。断る。逆にルシフェリアは自分が死ぬリスクを考えないのか？　俺は殺さないように戦うつもりだけど、間違いを犯す可能性だってある」

誰だって、命はひとつ。ルシフェリアにとっても、自分の命は何より大切なものだろう。そこを突き、脅してみたつもりなんだが……

「ルシフェリアは死を怖れぬ」

鼻で笑われちゃったよ。意識や感覚が俺たちと違いすぎるんで、話にならない。これが

レクテイア人なんだよなあ。

「では——愉しもうぞ。そちと戦って良い、と、あの御方にも言われたのだしな」

「モリアーティを『あの御方』呼びとは、他人行儀だね。君はその4世なんだろ？」

「そのようじゃがの。詳しくは知らぬ。知る必要もない」

「……家族なのに。家族愛って言葉を知らないのか？」

「ルシフェリアに家族は不要。いかなる形のものであろうと、愛など言語道断！　愛した者を人質に取られたら弱くなろう？　我は世界の誰とも絆は作らぬ。孤高こそ強さじゃ」

まるで古代スパルタ人だな。弱くなりたくないから、愛など要らないとか。

ヴァルキュリヤやアスキュレピョスも好戦的だったけど、こんな戦闘民族にこの世界を侵略されたら、時代が中世どころか古代に戻っちゃうぞ。

「聞けば、そちは魔……魔法と言えば分かるか？　それを一切、使えぬそうじゃの」

「ああ。区別はよく分からないけど、魔術とか超能力とかそういうのは使えない」

「では我も使わぬ。素手で仕留めてやろうぞ」

……？　なんか、妙な事を言い出したぞ。銃も剣も装備してないから魔術がメインだと思われるルシフェリアが、その魔術を使わないとか。

ラプンツェル戦のダメージも十二分に残ってる俺としては、ありがたい話だが……

ルシフェリアが超常の力を使わない前提で戦ってる途中で、急に使われたら困る。敵は悪魔を自称してるんだし、使うものを使わないように言うのはブラフあるあるだ。使用の可能性があるなら、最初からどういう術を使うのか見せておいてくれた方が対応しやすい。

「……いや、何でも自由に使っていいよ」

「だめじゃ。それでは我が勝って当然になってしまう。そちに置き換えれば、銃を使って丸腰の敵を殺すようなことで——そのような卑劣な勝利は、我の自尊心に障る。差のある勝利は、勝利ではない。差を覆しての勝利こそ、名誉ある勝利じゃ。ゆえにそちはそちの得意とする銃を使え。我はこのツノに誓って、断じて、この身一つで戦う！」

両腰に両手を当て、ぐぐいっと大きな両胸を張ってるルシフェリアだが……この辺も、異文化だなあ。実戦でわざわざ敵にハンデを与えなきゃならない自分ルールの持ち主とか。そんな相手は初遭遇すぎて、どう対応すればいいのかすぐには分からないよ。

という俺の困惑顔を見たルシフェリアは、素手の自分の戦闘力への疑問を持たれたかと思ったらしく、高い鼻をフフンとさらに高く上げてみせる。

「案ずるな。ルシフェリアは完全無欠。いかなる条件の戦いに於いても、最も優れた種族じゃ。魔には、魔を封じる魔もある。そしたら剣や槍や弓や手足で戦うしかなかろう？魔も武も全て出来ての、ルシフェリアじゃ」

諸々の発言を真に受けるなら、ルシフェリアにとって勝負は『納得』できるかどうかが大事。勝利に疑念を差し挟まれるような勝ち方は認めない。

となると、俺が銃を使うと……こっちが勝っても、負けを認めない可能性があるな。

俺は法的に敵を殺せない以上、負けを認めさせる必要がある。そうでないとおとなしく逮捕されてくれないからだ。戦艦ナヴィガトリアをどう押さえるかは後で考えるにしても、それには艦長ルシフェリアの身柄拘束は必須条件だろう。となると——

「じゃあ俺も素手で戦うよ。どうもこの海は寒くて、体を動かしたいところなんだ。ただ、これは使う。さっき犬呼ばわりされけど、一応、武偵は司法の番犬の下っ端なんでね」

と、俺はラプンツェル用に持っていた対超能力者用の手錠を見せる。そしたら、

「その輪っかは武器ではないぞっ、それではそちと我が対等になってしまうではないか！　そちは我の話を聞いてなかったのか⁉　男などという劣った生物と対等の条件で戦うなど、高貴なルシフェリアができようものか！」

どかーん！　と、ルシフェリアは両拳を真下に突き出し、つま先立ちして怒ってる。

めんどくさ……

「ああ、やはり男は愚かな生き物よ。それなら我は……うー、この艦の上から出ずに事を終わらせてやる。そちは一旦出て体勢を立て直すもよし、逃げるも自由じゃ」

向こうもめんどくさかったのか、結局のところハンデは雑なものになったな。ただ——

それなら俺もこの艦上から出ずにルシフェリアをやっつければ完勝、って話も通るだろう。

「今すぐ男らしく逃げても良いのじゃぞ。トオヤマキンジ。我は魔を用いずとも、今まで

一度たりとも敗れたことはないのでな。フフフッ」

そう笑ってから、バッ、バッ、と──

ルシフェリアはステップを踏みながら羽ばたくように腕を振り、ピタ……ッ。構えた。

（……？）

どこか中国拳法にも似たその構えは……もっと身近な、何かに似ている。これは──

（──たしか、『大斗』……）

俺の頭の中で、その遠山家秘伝の構えが想起される。

それは最初の攻撃・繋ぎの攻撃・次の攻撃といった具合に、攻撃を次の攻撃への連絡技として出し続ける猛攻の型。もちろん細部は違うが、大きく落とした腰、後ろへ伸ばした片足、蟹のように広げた腕、虎の爪のように構えた指など、幾つもの点が酷似している。

俺はそれを技術としては持っていないが、知識だけは教わってある。兄さんから。血で血を洗う遠山家ルールで、万一兄さんが悪に染まった時、兄さんを斃すために。

そして俺は、その構えに最も対応できる構えを身に付けてもいる。それが……これだ。

腰を落として大斗と打撃高度を揃え、上下に分けた両腕は体の前で縦の螺旋を描かせる。下の右手は五指を揃えて尾となし、上の左手は親指だけ離して口となす。

「──『立甲』──」

自分の構えの名を発声してみたが、ルシフェリアの表情に特段の変化はない。遠山家の構えが漏洩してたワケではなさそうだ。たまたま彼女が大斗に似た構えを持ってたんだな。

立甲は防御・攻撃・防御の構え。ほぼ防御に徹して削られつつも、大斗の連撃が弱まる繋ぎの攻撃にカウンターで強力な攻撃を与え、トータルで割勝ちを狙う構えだ。

これらの構えは遠山家的にはかなりの機密なので、名称すら伏せ名になっている。真の名前は『虎』と『竜』。大斗は虎の異名・於菟の当て字。立甲は漢字の竜を上下に分けたものだ。ご先祖様も頭が悪かったのか、けっこうバレそうな伏せ名だけどね。

ナヴィガトリアの信号桁の上で、竜虎が対峙し――

――風に揺れた髪の質量の移動を起点に、ルシフェリアが動いた。クルリッとその場でターン、その動きのまま手足を巨大な手裏剣のように回し、助走ナシの側転一発で6ｍの距離を詰めてきた――速いッ――！

――ガガガッ！　信号桁についた片手を支点に蹴りが2撃落ちてきて、手刀が1薙ぎ。やはり攻撃の組み立ては大斗と類似してる。その予測があったから防げたが、無かったら対応が難しそうなスピードだった。立甲も本来の防御・攻撃・防御ではなく、安全第一で防御・防御・防御にしたほどだ。

さらに、平拳のワンツー＋飛び膝の3連撃が襲い来る。すぐさま、両足＋片腕の3連撃。1つでも直撃したら頭でも手足でもフッ飛ぶような間断無しの連打が、3の倍数ずつ襲い来る。それを俺がヒステリアモードの集中力を結集させて受け流し続ける。後退はしない。

できないのだ。俺は高さ30mはある信号桁のほぼ先端に立っていて、後がないから。

　大斗もほぼそうだが、ルシフェリアの攻撃は徹底して手足を大きく振るうスタイルだ。新体操のように美しく、バレエのように派手——これは名誉を重んじるルシフェリアが、艦内の部下たちを『魅せる』戦いを心がけているからなんだろう。

　ガガガッ！　ガガガッ！　ガガガッ！　攻撃・攻撃・攻撃・攻撃が続く。大斗は攻撃以外には何をも行わず、呼吸すら27撃に1回しか自らに許さないものだ。ルシフェリアもそうであれば27連撃目直後に隙が出来るかとも思ったが、リズムは変わらない。無呼吸で踊り続けるダンサーのように、華麗な3連撃を続けてくる。今、66撃目——

　——ビシュッッッ！

　打たれても打たれても辛抱強く受け流す俺に対して、ルシフェリアは3連撃をやめた。代わりに苛立たしげに突き出されたのは、槍の如き一筋の右貫手。狙いは俺の正中線、胸と腹の間——鳩尾の、やや下。通常の貫手で鳩尾を突くのは激痛を与える事が目的だが、これは文字通り体を手で貫くつもりだ。あと近づかれてから分かったが、赤く煌めく鋭いその爪に塗布されているものはマニキュアじゃない。ルビーの粉だ。

　モース硬度9の爪を俺が——しょうがない、下へ避難——信号桁から降り、その鉄骨に片手でブラ下がって躱す。カッ！　とハイヒールを鳴らして跳び、その場でクルリと体の正面を下へ向けたルシフェリアが、左貫手を、シャガッッ！　と、真下の鉄骨を掴む俺の手めがけて放つ。鉄棒を横に飛び渡るようにしてこれも躱したが、カッッッ！　信号桁の一部がチーズのように削げた。拳でコンクリートを削ぐのは蘭豹やアリアがやるのを見てドン引きした事があるが、鉄骨をとなると気が遠くなるね。刺されたら即死だったな。

「――ンっ！」

ルシフェリアはI字バランスみたいに上げた片足を――ヒュボッッ！　風切り音と共に蹴り落としてくる。それを俺が、また艦橋側に手で水平ジャンプして躱す。その俺の手がさっきまであった信号桁の鉄骨が、これもガッッツリ削げる。ハイヒールもまた、ヒールが黒い宝石でコーティングされた刃の靴だ。

「さっき素手で戦うって言ってたけど、その爪に塗ったものや靴は武器に入らないのか？まあ俺も実は服の下にプロテクターを着込んでるから、人の事は言えないんだが……」

「は？　この栄えある装束は、ルシフェリアの一部じゃッ！」

ビシュッッ！　ビシュッッッ！　と、ルシフェリアは足でやるモグラ叩きみたいに――ブラ下がる俺の手めがけて、怒りの蹴り足を打ち下ろす。そのたびに信号桁が削げるんで、上手く誘導して足場を折らせればルシフェリアを落とせそうな気もするぞ。まあそしたら転落死させちゃうし、生きてても『落ちて負けたのは負けた内に入らない』とか言い出しかねないから、この案はナシか。もっとハッキリ勝たないと。

「よっ、と――」

信号桁から懸垂で上がった俺は、

「ちょこまか、ぺたぺたと逃げ回るでない！　そちはしつこい虫か！」

犬猫から虫にランクを下げられつつ、バッ！　バッ！　シュビッ！　と、上下左右から振り下ろされ、薙ぎ払われ、蹴り上げられるルシフェリアのヒールを避け続ける。さっきより少し地味になったが、蹴り技一本に絞ってきたな。

長い髪と足を振り回し、大きな軌道を描くルシフェリアのキックは——華麗かつ多彩。水着のようなコスチューム共々見とれてしまうほど、洗練された蹴り技の技術体系が身についている。どうやら彼女は蹴りが得意らしく、それで俺を仕留めにかかってる感じだ。と、俺の視線がその体の下方、生っ白い美脚に焦点を絞ったタイミングで——

「——キェッッッ！」

羚羊のように鋭く啼いたルシフェリアが、体の上方、頭を突き出してきた。鋭いツノが２本生えた頭部での、必殺の頭突きだ。狙いは俺の両眼。だが有角人種との戦いは、閻で通った道だ。俺は上半身をレイバック・イナバウアーのように大きく後方へと反らして、ヘッドダイビングしてきたルシフェリアを躱す。

俺を下にして重なるように、ルシフェリアの艶めかしい全身が俺と平行に宙にある——今。空中で支点を失ったルシフェリアが打撃技を出せないここが、チャンスだ。捨て身技、巴投げ——掴む布も少ない服だから、両手でツノを掴み、足で彼女を放り投げてやろう。

艦橋にいる部下たちの眼前を飛び去らせ、甲板を越えて、ナヴィガトリアとノーチラスの間の海に落ちるよう、桜花の勢いで――！

と、俺が背泳ぎのような姿勢から上へ突き出した両手が。突き上げた右足が。

――スッ――と、ルシフェリアの体を突き抜けた。ホログラムに手を突っ込んだように、全く手応えがない。

（……ッ？）

俺は単に後宙をしただけに終わり、信号桁の中央辺りに立つ。

後宙の途中で見えたから振り返ると、ルシフェリアが姿勢良く立ってこっちへニヤリと振り向いており、その後ろにもう1人のルシフェリアが胸を張ってニヤニヤしてる。

――ルシフェリアが、2人いる。だが手前のは微動だにしておらず、ニオイや影がない。奥のルシフェリアの方が本物で、手前のは――

（……残、像……ッ!?）

マジかよ。これが宣言通り魔法じゃないとしたら、影分身の術みたいなアレか。今のは風魔がやるトリック技とは別モノの、ガチの残像技。こんなにハッキリ見えるものだとは知らなかったな。ヒステリアモードの視覚でも、欺かれた。

「ほう、こんな輪を――ケモノを牽くように、我に掛けようとしていたのか。不遜ここに極まれりじゃの。ようし、これは、そちに掛けてやろうぞ」

ルシフェリアは今さっき俺から取ったらしい手錠をニヤニヤ眺め……あーん、と開けた口にグイッと押し込むと、ゴクリ。丸呑(まるの)みにしてしまった。覇美(ハビ)の鬼袋(おにぶくろ)みたいに物を収納する内臓があるのか知らないが、いかにも悪魔っぽいアクションだなそれ。

ただ、その光景よりも残像の技よりも不可解なのは……

今の動きの中で、ルシフェリアが俺を攻めてこなかった事だ。

残像を掴(つか)もうとし、それができずただバック宙して立った俺は——完全に無防備だった。少なくとも計1秒はルシフェリアを見失っており、背を向けもしていた。そこを背中から貫手(ぬきて)で突かれたら、俺の胴体には今ごろルシフェリアの腕と同じ直径の風穴が開いていた。

だがルシフェリアは、それをしなかった。

（残像技が俺に有効かどうか、テストしたのか……？）

だとしたら、有効だとはバレちまったな。俺、思いっきり驚いた顔をしちゃったし。

手前にいた残像のルシフェリアは消えたが、

「そらそらッ！　もう避(よ)けるでないぞ！」

俺が振り返るのを待ってから、艦橋側から飛び出したルシフェリアは——艦橋側にも、まだいる。また残像だ。どっちが残像なのかは見抜けるが、見抜くのに一瞬の時間が要る。ここではその一瞬が命取りになりかねない。

艦橋側にいるルシフェリアの残像が薄れる。俺に駆け寄ってきたルシフェリアがバッと上げたヒールの踵を落としてくる。そのルシフェリアが眼前で制止した。２体目の残像だ。俺の真上にもう１人、飛び上がっている。こっちが本体だ。腕を突き上げて対応――違う、これは３体目の残像だ――！

――きゅどっ！！！

どういうわけか２体目の残像が落としてきた踵を、３体目に応戦しようと上げた両腕で俺がギリギリ防ぐ。クロスした腕を刃のヒールではなくルシフェリアの足首に添えるのが精いっぱいだった。衝撃は斜めに俺の足下へ突き抜け、バキィイイイインッ！！！

「――ッ――」

ルシフェリアがさっきの踏み蹴りでボロボロにしていた信号桁の鉄骨が、折れた――！

「所詮は、男よのぅ！　アーハハハハハッ！」

ルシフェリアの嗤い声が、斜め上方へ遠ざかっていく。俺が斜め下方へ落下してるんだ。横移動のベクトルがあるのは、蹴りの衝撃。このままだと、第２砲塔の上あたりに落ちる。

バキバキと自重で折れていく左信号桁は艦橋に垂れ下がるようになってから、外れる。それが下向きの投石機になったような具合で、巨大な鉄骨の破片を斜め下方へ放ってくる。俺を追うような向きで。不幸だな。

（……？　ナヴィガトリアが……）

さっきは格闘戦に集中していて気付かなかったが、落下しながら艦の全容を見ると――

戦艦ナヴィガトリアは喫水線を大きく下げ、甲板上にザアザアと海水を流れ込ませている。沈没するような光景だが、そうではない。潜水艦でもあるこの戦艦が、潜航し始めているのだ。甲板は見る間にシャーロックの霧とダイヤモンドダストを押し退けて水没し、今は第1・第2砲塔や艦橋、対空銃座といった艦上構造物だけが飛び石のように海上に点々と見えている状態だ。だが沈降はそこで一旦止めるらしい。主砲・副砲の砲口が防水隔壁で閉ざされる音もしなかった。

それで分かったが、これは――ルシフェリアの味方、ナヴィガトリアの乗員たちによる操艦だ。俺が広い甲板に下り、追って下りたルシフェリアと距離を作って拳銃を使うのを警戒しての事だろう。つまり2人が踏める足場を狭く短くして、格闘戦を継続させるのが目的らしい。さっき俺も素手で戦うって言ったのに、信用されてないなあ。

ルシフェリアは落下する俺を追うつもりらしく、半分ほど残った信号桁の縁にしゃがみ――前向きに虚空へ倒れ込みつつ……バッ！　全身が斜め下の適切な角度を取った時点で鉄骨を蹴り、ありえない速度で飛び降りてくる。

人間ミサイルと化したルシフェリアが、頭からぐんぐんこっちへ飛んで来る中――俺は、

「……――廊廻降ッ――廊廻跳！」

空中姿勢で空気抵抗を作って減速した俺めがけて飛来した信号桁の残骸を蹴り、自分の落下角度を和らげ――主砲の砲塔上面から2連装の巨大な砲身へと、落下位置も修正した。

続けてその右砲身を蹴り、さらに左砲身を蹴って飛び上がる。ルシフェリアの方へ。

長い髪を靡(なび)かせ、手刀を伸ばしたルシフェリアは――空中姿勢を制御して、俺(おれ)の方向へ落ちてくる。擦れ違いじゃなくて、衝突がお望みらしい。

指を伸ばし、ルビーの槍(やり)と化した右手が俺めがけて襲いかかる。激突の瞬間、その白い右手首を俺の左手指がチョキで挟む。二指真剣白羽取り(エッジ・キャッチング・ビーク)だ。同時に俺の右拳が桜花(おうか)で飛ぶ。その俺の右手首をルシフェリアが左手指で挟み止めた。驚いたな、二指真剣白羽取り(エッジ・キャッチング・ビーク)だ。中指と薬指の間で挟んだから、少し俺のとは形が違うけど。

第2砲塔の上3mほどの空中で激突した俺たちは、上昇と下降、前後左右のベクトルを相殺し合い……自由落下で、大部屋みたいな広さがある鋼鉄の砲塔上に着地した。右手と左手、左手と右手を止め合ったまま。

それは千日手とも呼ばれる、象徴的な互角の体勢。

色々あったけど、最後この形になることは何となく予感してたよ。ルシフェリア。

なぜなら、厳密には少しずつ違うみたいだけど――ルシフェリアの技は、遠山(とおやま)家の技や、それをベースにした俺の技と似てるから。極限の実戦を積み重ねる人生を送る定めにある一族が、何代も技を継(つ)ぎ重ねていくと……そうなるし、こうなるって事だ。

そう考えると、俺と似た環境に生まれ、似た人生を生きてたのであろう君には少し同情しないでもない。あと、格闘戦で自分が誰より強いと思い込むのも仕方ないだろう。

俺とルシフェリアを乗せた第2砲塔は今、正位置へ向けて回っている。喫水線を下げ、甲板を水面下に沈めたため、艦の左右バランスを正しく取る必要が生じたらしい。

艦橋内やノーチラスやノアからは、俺とルシフェリアは回転する舞台の上にいる役者のように見えるだろう。冴えない俳優と美貌の女優で、顔のバランスは悪いけど。

互い違いを向いていた第1砲塔ともども第2砲塔が正面を向き、その回転がゴゴウゥン……という低い音と共に止まる。結果、俺は砲の側に立っていて、ルシフェリアは艦橋を背にしている。攻撃者と守護者の構図だ。じゃあこの寸劇、俺が悪役？

「……なぜ攻めてこぬ！」

頭から湯気を出して怒ってるルシフェリアは、うん、分かっていたみたいだね。女性に甘いヒステリアモードのせいもあるけど、俺が——君を優しく、あやしてあげてた事が。

ルシフェリアの徒手格闘戦は、もちろん上物だ。今まで経験した相手の中でも、五本の指に入る手練れだよ。残像技は初見だったし、さっきの2体目——俺に襲いかかってきた『質量がある残像』の謎もまだ解けてない。一撃必殺の打撃力にも、ヒヤヒヤさせられた。

でも俺は、1撃ももらってない。

叩き落とされた打撃はあったが、ダメージは無かった。受け止めることができたから。

プライドの高い君には言わないでおいてあげるけど、それじゃあ俺とは10時間戦っても傷を負わせることができないだろう。10戦しても、10戦俺が勝つ。

なぜなら君は、格闘戦のクセが強い。遠山家であれば、10歳までに叩き直されるようなひどいクセが。

一番ダメなのは、なにがなんでも背中……というか、オシリをこっちに向けないクセだ。なんでだろう。その衣装には誇りを持ってるようだったから、肌が丸見えで恥ずかしいという話もないだろうし。ともあれその悪癖のせいで、ルシフェリアの攻撃範囲は上下にも左右にも前方180度に限られている。裏拳、後ろ回し蹴り、胴回し回転蹴り、投げ技もほぼ全て警戒しないで済む。

あとこれは確認しておきたいんだけど、

「君も一度、攻めてこなかったよ。さっき俺が残像に騙されて、後ろを向いてた時」

「と、当然じゃろう！　敵を後ろから攻めるなど、ルシフェリアがするものか！」

「武士道精神みたいなものだったのか。でもそこまでは付き合いきれないかな。後頭部や背中を攻撃するのはCQCのセオリーだし」

「ふんっ、男め。まあ、野蛮な生き物にはルシフェリアの高貴な精神が理解できないのも当然じゃろうな」

俺と両手を繋ぎながらも、首と上体を少し反らして見下す顔の角度をムリヤリ作ってるルシフェリアの中では……女は上等で、男は下等な生き物って事になってるらしいね。

「じゃあ俺はルシフェリアの背面を攻めてもいいかい？　ルシフェリアがやらないから、

今までやらないようにしてたんだけど。というのも俺は相手のウィークポイントを攻める手癖が付いちゃってるんだよね、家庭学習とか学校教育とかで……それとも、そうやって勝ったら反則で、ルシフェリアは負けを認めないのかな？」

苦笑いで、そこがどうなのか俺が確認すると――

「何を言うか、愚かな生き物。ルシフェリアが敵に背を見せるなど、起き得ぬことじゃ。敵に背を見せれば、それは臆したことになろうがッ」

えっ、そうなの。いっぺん逃げるフリして自分の有利な地形に誘い込むとか、けっこう誰でもやると思うんだけど……

「じゃあ俺が君の背中にタッチしたら、君の負けって事でいいかな」

「阿呆。素手で死合う者の負けとは、這う姿になることよ。そちの言葉でいう、土下座のポーズじゃ。ルシフェリアの言葉でいう、『首を落としてください』のポーズ。いつでも首を落とさせるその姿にさせられたら、そこで負けじゃ。決着の形は、他にはない」

えええ……？　ルール増えてない……？　あと、ルシフェリア族ってコインを草むらに落っことした時とかどうするんだろ。俺、武藤と河川敷でケンカしてる最中に５００円玉落とした時、武藤を一旦待たせて３時間ぐらい藪の中を這い回って探したよ？

とはいえ、前のめりにダウンさせたら勝ち――という勝利条件は、理解できなくもない。仰向けに押し倒しても、そこから逆転できる技なんかいくらでもあるからな。覆い被さる敵を蹴れるし殴れるし、三角締めや腕ひしぎ十字に移行する事だって、噛みつく事だってできる。だが、うつぶせに倒れた姿からできる攻撃はまず無い。人体の形状からいって、そのポーズになったら負けというのは理に適ってる。ルシフェリアもツノや短いシッポが追加されてるだけで、他は人間と同じ形をしてるしな。

「ルシフェリアを這いつくばる姿勢にしたら、俺の勝ちだね。女性を平伏させるのは趣味じゃないけど、やってみるよ」

戦う前に見せた仲間への〝来るな〟の仕草も、戦い方も、ルシフェリアは動作が美しくカッコいい。カッコをつけているのだ。艦橋の部下たちが見ている、人前だから。彼女は孤高の存在を自称しつつも、名誉、すなわち他者からの評価を過剰なほど重んじる文化を固守している。

ならば、自分たちの文化が定めたルールには従ってくれる事が期待できる。部下たちが見てる前で負けのポーズを取った後、さらに抵抗するようなマネはしないだろう。そんな往生際の悪い行為をしたら、メンツが丸つぶれになるからな。

面倒くさい相手に思えていたが、ルールと価値観が理解できたら――むしろやりやすい相手に思えてきたぞ。

「『やってみるよ』、じゃとォ……？　男ごときが……やれると申したかぁ！」

ブルブルブルッ……とツリ目を一層ツリ上げて怒りに震えたルシフェリアは、バッ！

俺から左手を振り払う。俺も左手を離してあげると、そのまま飛びかかってきた。ほんと、まっすぐな子だなあ。

さて、さっきから俺と似た技を使われて何度も驚かされてるんで――

お返しに、こっちもルシフェリアの技を使ってビックリさせてあげよう。

（こうかな？）

と、俺は見様見真似(みようみまね)で……その場に残像を残してみる。あ、出来た。

――こうも簡単に出来たのは、ルシフェリア族と遠山(とおやま)家が似た技を持っているから。

というか、あったのだ。遠山家にも、残像技は。『景二技(かげにぎ)』というシリーズ名で。でも、絶えていた。防技(ぼうぎ)だから現代では俺が継ぐ決まりで、解説の巻物もあったんだが……その巻物が120年ほど前に虫に食われたそうで穴だらけ。そのせいでここ数代の遠山は全員それを半分も読めず、『なんとなくこんな技らしいが、勘所は分からない』という状態で無責任に継承し続けてた。でもその失われたパズルのピースが、ルシフェリアが実演してくれたおかげで今埋まった。残像に質量を持たせる『真景(しんかげ)』までは分からないが、残像を出す『景(かげ)』までは分かったぞ。術理的にはシンプル。緩急でやるんだ。相手の眼球を見て瞳の焦点距離を見抜き、一旦その距離に正確且(か)つ緩く入って自分の姿を網膜に結像させ、そこから急に――人間の大脳視覚野の時間分解能を超える速度で出ればＯＫ。残像の発現場所は目なのか脳なのか科学的に不明とされていたが、答えは両方なんだな。

というわけで俺(おれ)は俺の残像を「キェーッ！」とツノでぐっさり刺してるルシフェリアの真後ろに悠々と回り込む。うわ、ビキニの背中、ヒモしかないからほとんどハダカじゃん。下のもハーフバックだからオシリの下半分がまあるく見えちゃってるし。この人どんだけ俺のヒス血流を強めたいの。

それはさておき、さっきと逆に今度は俺が丸1秒ものフリータイムをもらえたわけだが……ルシフェリアが俺に背中丸見せの状態から、這(は)いつくばるようなポーズにさせるにはどうするのがいいかな。体感時間をスーパースローに切り替えて、少し考えてみよう。

突いても殴っても蹴ってもバッタリ倒せそうだけど、女性にそういう事をするのは良くない。けっこうしてきた前科があるような気もするが、それは忘れた。

じゃあ背面のどこかを持って宙吊(ちゅうづ)りにしてから、そっと下ろそう。それならヒステリアモードの俺にもギリできる行為だ。

でも、それにも難題がある。ルシフェリアは服を着ていないも同然だから、掴(つか)む場所がないのだ。髪は論外だし、水着というか下着というかの衣装のヒモ部分はあるが、いくら悪魔が相手でもそこを掴むほど俺は鬼にはなれないよ。

しかし突破口はあるぞ。下着のオシリ部分の上部に逆三角形の穴が開いてて、そこからバンビみたいなシッポがピョイッと出ているのだ。怒ると立つものらしく、ちょうど握りやすそうに上を向いてくれてもいる。これを掴ませてもらおう。

──ぎゅっ。と、俺がルシフェリアの短いシッポを掴んだら、

「──ぴゃあぁぁあんッ!?」

なんか、とんでもない声を出したな。ルシフェリア。幼女みたいな甲高さで、そのくせやたら艶めかしい……鳴き声みたいな、喘ぎ声みたいなのを。

その光景を見たナヴィガトリアの艦橋からも、キャーッ！　ブ厚い防圧ガラス越しにも聞こえるほどの大音量で、レクテイアの女子たちが一斉に上げた悲鳴が聞こえてきた。

……俺、また……何かやっちゃいました？

だがもうこの動きはキャンセルできん。俺が背後を取れたのは、俺が残像を出せる事をルシフェリアが知らなかったからだ。知られたからには次は残像を残像で返されて、その裏をかくため残像を出さなきゃならず、それを残像で返されて……の無限ループになって、艦上が俺とルシフェリアだらけになる。シャーロックは俺に不条理さを求めたが、それはいくらなんでも不条理すぎ、仕事のしすぎだろう。歩く不条理にも節度はある。

なので俺は初志貫徹。ルシフェリアのシッポをグイッと引っ張り上げながら足を払って体を宙に浮かせ、シッポを掴んでない方の手で背中をそっと押して……

ふわ、と、第2砲塔の中央に伏せさせた。砲塔上には大小の金具留めが飛び出てるので、それとぶつからないよう避けさせてあげながら。

──これにて一件落着。俺の勝利だ。

ルシフェリアの敗因は、シッポがあった事かな。文字通り、つかみ所があった。

「……」

「……」

立ってその背を見下ろす俺の下で、ぺたんと這いつくばったままのルシフェリアは……

「……う……」

這う姿勢のまま、涙目で振り返ってきた。ものすごく赤面して。プルプル震えながら。

さっきまで結構うるさかったのに、急におとなしくなって……俺を見てる。

「……あ……う……ぁ……」

口をわなわなさせるばかりで、言葉が出ないルシフェリアが——泣き顔を見せるまいとしたのか、顔を伏せる。現実を認めたくなくて幼児退行するように膝を曲げて縮こまったその姿は、まさに土下座のポーズだ。

——ガガシュンッ——！　ガガシュンッ……ガンッガンガンッ……ガガガンッ……

第2砲塔の砲身の先から、音が上がった。その先の第1砲塔、艦後部の第3・第4砲塔、側面の副砲からも次々と同様の音が上がる。

この、門が次々と閉まるような音は——砲の防水隔壁が閉ざされる音だ。潜航するのか。どういう事だ。艦長が外にいるというのに。

「トオヤマキンジ。急ぎ……我(われ)の首を落とせ。皆がそれを見れるうちに、皆の目の前で。男などという下劣な異種族に負けるなど、ルシフェリアにあってはならないことよ。我はそれを犯してしまった以上、潔い死に様でしか面目が立たぬ。艦(ふね)が沈む前に、やれ」

伏せたまま、『首を落として下さい』のポーズを続けるルシフェリアは……死にたがりだなあ。エンディミラもそうだったが。レクテイアの皆さん、もっと命を大事にしようよ。

「早くやれっ。この姿を、皆が見ている……！」

「じゃあ立っていいから。この艦に潜航をやめて、公海に移動するよう命令してくれ」

出口戦略を考えてなかった俺が、今それを考えつつ言うものの、

「潜航は止められぬ。早く殺せ、我のために我を殺せッ。ルシフェリアは死を怖(おそ)れない。こうなったからには、死んでも構わぬのじゃ！」

と、ルシフェリアは頑(かたく)なだ。

「俺が構うんだってば。法的にダメなんだよ。いや、それより何より——そういう甘さがルシフェリアに見下される理由なのかもしれないが……男は、女を手に掛けない」

片膝をつき、ルシフェリアの肩に手をそっと当てて俺が言うと……

ルシフェリアは、かあぁぁあぁぁ、と赤くなってこっちを見てくる。歯を食いしばり、心底怒った顔で。

そして急に、ぐぷくぅ。両頬を膨らませた。ウシやシカのように何かを反芻(はんすう)した——？

と思った次の瞬間、ルシフェリアが口から出したのは……さっき俺からスッた手錠。

(——っ)

そして一瞬のためらいもなく、ルシフェリアは——ガチャッ、ガチャッ!

すぐそばにあった第2砲塔上の金具留めと、自分の手首を繋いでしまう。バーナーでも切断に15分はかかる、対超能力者用の手錠で。

「……!」

——ズズズズズズズ……ザザザザザァァァァァ……

戦艦ナヴィガトリアの潜航は止まらない。いまルシフェリアが何をやったか、すぐ上の艦橋から見えていないはずもないのに。むしろ沈降速度を速めたようにすら思える。今、艦首側の第1砲塔が海面下に沈んだ。

「やめろッ! よせ——沈めるな!」

慌てて艦橋を見上げると、窓から見える艦内の女たちが——泣いている。ある者は窓にへばり付いて泣き声を上げ、ある者は顔を両手で覆い、ある者は祈る手つきをしながら。

そこに『沈降か』『浮上か』でモメている様子はない。この潜航は艦内の総意なんだ。

ヤツらはルシフェリアを殺すつもりだ。それがルシフェリアのためになると考えている。

皆泣いてはいるが、切腹する武士を介錯するかのような覚悟さえ感じられる。

「……ッ……!」

巨大なエレベーターと化したナヴィガトリアは、無慈悲に海面下を目指す。そして——海霧と銀氷のゾーンまで下がったこの第2砲塔の上にも、すぐさま床上浸水のように氷と海水が迫ってくる。

ルシフェリアは俺(おれ)から手錠を隠すように手首を反対の手で隠し、落ち着いた様子で目を閉じている。クソッ。その潔さは見上げたもんだが、こっちの事情も考えてくれよ。『我が国に領土問題は無い』とする日本政府の見解上、ここは紛(まご)う事なき日本領海。当然、武偵(ぶてい)法9条も適用される海域だ。ルシフェリアを死なせたら、俺も死刑なんだぞ。

襲い来る海水の壁に囲まれながら、俺は急いで大きな呼吸(ハイパーベンチレーション)を繰り返し——全長２００ｍ近いこの巨艦が作る渦に飲まれないよう、ルシフェリアとナヴィガトリアを繋(つな)ぐ砲塔上の金具留めに掴(つか)まる。

（……！）

水没と同時に——周囲を渦巻く激しい流れのせいで、身動きが取れなくなる。排水量が3万ｔは優にあるナヴィガトリアとじゃ綱引きにならない。ただ、海に引きずり込まれていくだけだ……！

深度５ｍ、１０ｍ、海水に太陽光が遮られて、視界は急速に暗くなっていく。２０ｍ、３０ｍ、海水の青味(あおみ)が凝縮されていき、それが黒に変わっていく。水圧で内臓が上がってくる感覚——マズいぞ、ルシフェリアがブラックアウトした。口から力無く気泡を吐き、失神してる。深度40m……50m……クソッ、俺も……60m……70m……耳抜きを繰り返しても、頭痛と耳鳴りが止まらない。意識が混濁してきた。90m……

（……死なせて……たまるかよ……！）

深度が——100mを超えた。もう、世界のフリーダイバーでも僅かな人数しか潜った記録のない大深度だ。だがこの手は離さない。離したらルシフェリアは終わりだ。

呼吸中枢が悲鳴を上げ、血中の二酸化炭素濃度がどこまでも高くなっていく。肺胞気の二酸化炭素分圧は60㎜Hg、気中濃度で7％が人間の限界と言われている。そんな値はとっくに超えただろう。もう俺もいつ一瞬(ブラックアウト)で気絶してもおかしくない状況だ。

（……手錠は、どこだ……！　あった、これだ……やれ、やるんだ、意識を保て……！）

暗さと意識混濁の両方で、何も見えなくなってきた。それでも手探りで手錠を掴み——渦に揉(も)まれながらも、ポケットから何とか手錠の鍵を……しまった！　指に力が入らず、鍵を落としてしまった。高水圧で血液が体の末端に流れなくなり(ブラッドシフトし)、手がマトモに動かなくなっているんだ。解錠(バンプ)キーでの細かい作業も、もうできない。

（……は、破壊、するんだッ……手錠の、鎖を……）

肺胞気酸素分圧と血中酸素分圧の圧差が無くなり、血液に酸素が取り込まれなくなっていく。酸欠が二酸化炭素中毒に重なったぞ。徐脈——俺の、心拍数も、低下してる……！

（し、秋水(しゅうすい)ッ——！）

記憶障害が起きて自分がいつ出したのか分からないマニアゴナイフが、手錠の鎖を叩(たた)く。秋水(しゅうすい)も不完全にしか出せなかったし、ボロボロだったナイフも折れた。それでも手応えは無くはなかった。どうだ——だ、ダメだ、繋(つな)がってる、鎖は破断してない。銀鍍金(ぎんめっき)の鎖の芯は高炭素鋼。そこにどの程度のダメージを与えられたのか、暗くて目視確認ができない。指先の感覚も無い。腕だ、腕を引っかけて、引きちぎれッ……！

「う……うおおおおおッ！」

口からボコボコ空気が出るのも構わず、俺(おれ)はシャウト効果を狙って叫ぶ。どうせこんな空気は残りカスだ、水圧で肺の損傷(ラングスクイーズ)が起きようと、知った事か。切れ、切るんだ……！

——ガキンッ！　海面下、推定250m——フリーダイビングの世界記録・214mを完全に超えた深度で、鎖が切れた。ルシフェリアの体を抱きとめるが、ナヴィガトリアと離れた俺たちの体がまだ沈む。これは、フリーフォール——大深度の水圧によって人体の浮力が無くなるせいで起きる現象だ。

（……チクショウ……！）

俺は動かない足をそれでも動かし、がむしゃらに上を目指す。230m、220m……クソッ、ルシフェリアが重りになって、上昇のペースが遅い……だが放すものか、男なら放すな、頑張れ、堪(こら)えろ——！

200m、1[illegible]0m、160m、浮上するにつれて、俺の肺が僅かに残っていた空気と

共に膨らんでいく。130m、100m、やったぞ、浮力も戻ってきた。と思った時──

（……っ……）

俺の意識が、急速に薄れていく。これは──肺が膨らんだことで中にある酸素の密度が下がり、肺胞酸素と血中酸素の圧差がむしろ0になっちまったんだ。

俺は、とっくに、限界を超えていた……のか……水面までは、60m、30、m、ああ、残り、少しなのに、その少しが、とおい、クソッ、もう自分の脈が無い、体が動いてない、ルシフェリアも、放してしまった、にじゅう、めーとる……か、回（かい）……天（てん）……う、うごか、ない、ゆび、さえも、うごか、ない……ルシ、フェリア……どこ、だ………

…………

…………

……

──ザバァアアァアァアァアアァァッ！

──いたたたたたた！　あとなんか臭いいいぃぃぃ！

腐った魚醤（ぎょしょう）でも鼻に流し込まれたかのようなモノスゴイ悪臭で、人生2度目の溺死から甦（よみがえ）ってしまった。何だこれ！　いま俺はバフォウ、バフォウという超臭い息を吐く巨大な黒いクチバシに頭を咥（くわ）えられ、首吊（くびつ）り状態で空を飛んでいる。空という事は空気中なので息もできるんだが、く、くっさぁ……

バサァアァッ、バサアァァッ、という羽ばたきの音と、クチバシのスキマからもう1羽……ぐったりしたルシフェリアをブラ下げて飛ぶ翼竜の姿が見えて、事態が分かった。

——プテラノドンだ。こっちがオスで、あっちがメスの。海戦の序盤でシャーロックが放ち、雲間に飛んでいってたヤツら。こういう時に備えての救助班だったのね、お前ら。

どうやらプテラノドンにはアホウドリとかウミガラスのように海にダイブして魚を捕食する習性があるらしく、シャーロックはそれを利用した海難救助の躾けをしてたみたいだ。おかげで水深10mぐらいの所で溺れてた俺も、水中から拾い上げてもらえたってことか。

しかし助けてもらって言うのも何だが、プテラノドンの息ってすごく魚臭い。早い段階でブラックアウトしたため潜水反射によって溺れを防げたらしいルシフェリア——ビクンと痙攣し、水を吐いた——を助けたメスは手錠をクチバシに引っかけて飛んでるんだけど、俺も頭じゃなくて袖かベルトを咥えて飛んでくれませんかねオスさん？

（……まあ、ともあれ……）

ルシフェリアは勝負の条件として自分は艦の上から出ないと言っていたが、出るどころじゃない出方で出た。首を落としはしなかったが、土下座の件と合わせて俺の完勝だろう。

ナヴィガトリアを拿捕できず逃げられた以上、勝ち負けの意味も薄れてしまったが。

羽ばたきと滑空を繰り返すプテラノドンは、俺たちが元いた平たい流氷へ接近していく。

ルシフェリアを運ぶメスもだ。見ればアリアも子プテラノドンの両足に手でブラ下がっていて、雪花たちの待つ流氷に下りていく。だがネモを連れてはいない。

『さすがは遠山キンジ君。よもやルシフェリア君を攻め、倒し、あまつさえ救い出すとは——キンジ君の動きは分からないと分かっていたけれど、よもやこれほどとは。君は私に何度も頭の中の本を書き直させる、驚くべき存在だ。さて……』

雑音が酷くなった通信機から、モリアーティの声がする。

俺がクチバシに片手でブラ下がる形に体勢を変えて、静かになっている周囲を見回すと——元の座標から見て、ヤツの乗るノアは北西に大きく移動している。ノーチラスは南東。どちらも艦橋だけ洋上に出して航行しており、2艦の距離は4㎞ほどに開いた。海面には2艦に流氷が押し退けられて出来た、巨大な二つ巴形の航跡が見える。ナヴィガトリアの周囲を、渦巻き形に旋回した跡だ。

その巨大なミステリーサークルみたいな光景の中に、イ・ウーの艦影は無い。

しかしモリアーティはイ・ウーを探さず、今も国後島方面の海を見ている。

ヒステリアモードの視力で、俺もそっちを注視すると——

（……っ……！）

水平線の辺りに、ロシア国境警備局の警備艇がいる。光を点滅させ、繰り返しこちらへ誰何のモールス信号を送ってきているぞ。仕掛けてくる様子はまだ無いが、あの警備艇が見たものによっては……間もなく国境軍が出てきかねない。

モリアーティは最初から時計でも気にするかのように、国後島の方角を気にしていた。

それはロシア側の動きが予知できていて、海戦のタイムリミットが分かってたからなんだ。

シャーロックもモリアーティも、乗ってるモノがモノだ。ロシア海軍とだって戦う時は戦うだろうが、それと自分のライバルとを同時に相手するのは危険なのだろう。

プテラノドンはルシフェリアを、俺たちが元いた流氷に下ろす。しかしルシフェリアは意識が無く、倒れたまま動かない。

「——アリア、ネモとはどうなったッ」

元いた流氷へプテラノドンから降りるなり、俺は先に着地していたアリアに言う。

「ダメだった。逮捕できなかったわ」

——失敗、したのか。

強襲逮捕に99連続で成功した経歴を持つ、Sランク武偵のアリアが。

出来るハズの事を……可能を不可能にされた。それはネモの力によるものかもしれないが、思い当たる敗因は他にもある。

それは、俺とアリアが別々に戦った事だ。

俺とアリアは1+1が2以上になるタッグだ。俺とアリアが組んだ状態でノーチラスかナヴィガトリアを押さえに行っていればよかった。そうすればルシフェリアもこんな目に遭わせる事なく逮捕できたかもしれない。俺にはアリアが、アリアには俺が必要だった。

——だが反省は後だ。ネモとの戦いの詳細を聞いている場合でもない。モリアーティは俺に話しかけていたが、アイツと喋ってる場合でもない。ロシアに見つかった以上、もう戦える時間は僅かだ。そしてそのロスタイムに狙える。Nの教授、モリアーティを——！

「アリア、レーザーだ！　モリアーティを撃て！　さっきネモはお前を撃とうとして1度キャンセルしてた、もう突きつけ合いにする妨害はできないハズだ！」

ルシフェリアの身柄は今ここにある。モリアーティを負傷させれば、きっとイ・ウーがノアを押さえられる。そうなれば、残るNの頭は俺とパイプのあるネモだけだ。状況が、一気に好転するぞ。

その俺の考えが以心伝心したアリアが、既にモリアーティを見据えていた右目を紅く、紅く紅く紅く紅く——光らせていく。その光度が、とめどなく上がっていく。

緋弾の力によるレーザーは、文字通りの必殺技だ。アリアは武偵だからモリアーティを殺しはしないだろうが、シャーロックを何度も殺しかけたヤツに容赦もしないだろう。

モリアーティはこっちを向いていない。警備艇の動きを眺めているだけだ。

——いけるぞ！　撃てアリア！

「……んっ！」

アリアが息んだ次の瞬間——パッ——

音もなく、白い流氷と黄金のノアが、緋色の光で結ばれ……

（……ッ……！）

……結ばれ、なかった。

途中までは正しくノアに向かっていたレーザーが、中間の辺りで曲がったのだ。上へ。

光線が曲がるなんて、物理的にありえない。だが、そのありえない事が起きた。

緋色のレーザーは、約1秒照射された。その寸前、レーザーの中間辺りの空中に忽然と出現し、照射後に消失したものがあった。斜めになった、半透明のレンズのようなものだ。

あれを、俺は見た事がある。前に乃木坂でパトラが緋緋神アリアのレーザーを逸らした、重力レンズとかいう超能力の技だ。しかし、あれは超能力者にとっても大技だったハズ。

となると、そんなのが使えるヤツは——と俺が思った通り、

「……ネモおぉぉぉ！　さっきは逃げたくせに、ここで出てくるんじゃないわよ！」

ツインテールを逆立たせたアリアが怒鳴る先、遠いノーチラスの艦橋にいるネモが——さっき重力レンズが出現した辺りの空に向けてまだ両手を突き出したまま、ゼーハー荒い息をしてる。でもその息切れは大出力の超能力を使ったせいというより、さっきアリアに襲われたせいっぽいな。というのもネモには生傷やら青たんやらがあり、疲労困憊しててヨロヨロで、軍帽も軍服もボロボロだから。

とうとう、全ての打つ手が無くなった俺たちを尻目に——

ノアとノーチラスの艦橋が、流氷の海へと沈んでいく。

『シャーロック。私は１１９年ぶりに、君にしっかり襲われてあげたよ。私がネモ君らを使ってローマで君を殺しかけた件は、これでおあいこという事にしてくれないか』

通信機が、自分が狙撃されかけた事など無かったかのように平然と喋るモリアーティの声を鳴らしている。

『教授。君が僕に殺されれば、おあいことという事にしてあげよう。この世には利息というものがあるのでね』

――シャーロックの声は、どこか悔しそうだ。

『それは暴利というものだ。やはり君とは話が噛み合わないな。ではロシアのお客さんも来てしまったし、この目で見たかったキンジ君のことも見られたし、執筆に戻るとするよ。命拾いしたね、シャーロック』

『君が命拾いしたのだ、モリアーティ教授』

2人が会話を終え、通信機からは何の音もしなくなり――

心地よさそうに、その銀と黒のツートンカラーの髪を海風に揺らしていたモリアーティ教授が……ノアごと海にその姿を消す直前、俺を見た。ダークグレーの、神秘的な瞳で。

そして別れの挨拶のような、エールを送るような、短い敬礼を見せる。

それを最後に、ノアはノーチラスと同時に海に消え……後には、海だけが残った。

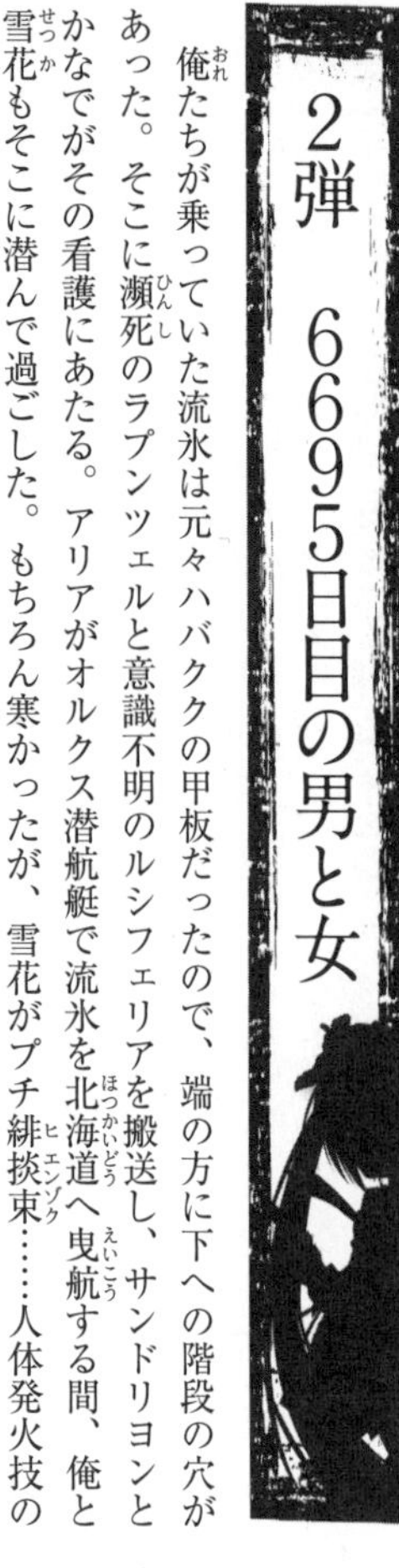

2弾　6695日目の男と女

俺(おれ)たちが乗っていた流氷は元々ハバククの甲板だったので、端の方に下への階段の穴があった。そこに瀕死(ひんし)のラプンツェルと意識不明のルシフェリアを搬送し、サンドリヨンとかなでがその看護にあたる。アリアがオルクス潜航艇で流氷を北海道(ほっかいどう)へ曳航(えいこう)する間、俺と雪花(せっか)もそこに潜んで過ごした。もちろん寒かったが、雪花がプチ緋掞束(ヒエンゾク)……人体発火技の弱い版で暖房人間をやってくれたので、凍えずに済んだよ。

ハタ目には流氷が流れてるだけなので、俺たちはロシアや日本の監視に引っかかる事もなく——氷は溶けて少し小さくなったものの、日没頃にはカツェたちの待つ知床岬(しれとこみさき)灯台に上陸できた。日本領海に入ってすぐオルクスの通信機で連絡した諸星(もろぼし)自動車の別働隊も、中標津(なかしべつ)からオフロードのキャンピングカー2両でやってくる。

その観光バスみたいなサイズの車に、俺たちは……俺・アリア・かなで・ルシフェリア、雪花・ラプンツェル・サンドリヨン・カツェ・イヴィリタに分かれて乗った。道道(どうどう)93号線を目指して星の出始めた海岸を行くと、水平線には漁(いさ)り火(び)が柱のように立ち上って見える。大気中の氷晶が水平線の向こうの光線を反射して見せる、光柱(こうちゅう)現象だ。

2両の車には医療設備があり、諸星に雇われたナースも1人ずつ乗っていたが……その診察によると、かなでが頑張った甲斐もあり、ラプンツェルは一命を取り留めたとの事だ。

一方、ルシフェリアの症状はよく分からないと言う。「分からないって何だよ」と俺はナースにクレームしたが、「人間じゃないから」と言われて納得せざるを得なかった。

それでも診断によれば、ルシフェリアの体温は15度前後で安定しており、心拍と呼吸は1分に1回ずつ。って、擬奇屍そっくりじゃん。高水圧に晒されると、反射的にそういう仮死状態になる種族なのかもな。いろいろ持ってるなあ、遠山家と似た技を。

むしろナースは無茶な潜水による横隔膜と肺の損傷で血痰を出し、無茶な急浮上で出た肺胞からの血漿が黄色い鼻水になって垂れてる俺の方が要入院だとか診断してくるんだが、大げさな。このぐらい武偵高じゃ３時間おきに食らってたダメージだぞ。

「看護師も匙を投げるんじゃ、ルシフェリアは病院に入れても意味がないな。どうしよう、死んじゃったら……アリア、これお前がやった事にしてくんない？」

「なんであたしなのよ。ていうかあんた、口と鼻。キタナイし怖いわよ」

「だってお前なら裁判で弁護士に屁理屈を並べさせりゃ、ワンチャン治外法権でイギリス武偵法が適用されるかもじゃんか。な、な、一生のお願いだから」

血痰と血漿で口周りをジョーカーみたいにしつつ、９条に怯えてアリアを拝む俺――の口をタオルで拭いてくれながら、かなでが、

「たぶん、ルシフェリアさんは無事に目を覚ますと思います」

医者でもないのに、そんな事を言う。

「……なんで分かるんだ？」

かなではルシフェリアと身体的な共通点が幾つかあるが、何か通じ合うものでもあるんだろうか。と、俺が眉を寄せると、

「類族魔術の一種で、類族運命というものがあるんです。運命学上、一時的に似た運命を辿った者は、しばらく似た運命のエレメントを辿る——という法則です。統計学みたいなもので……ルシフェリアさんが経た『大いなる者の眼前』『敵との転落』『水の中』などの寓意は、ジーサードから聞いたエンディミラさんの身に起きた出来事と似ているのです。その先は『再生』——なので、彼女のように生き延びると思います」

類族魔術やらエレメントやらと言われても俺にはチンプンカンプンだが……超能力者のかなでが死なないって見立ててくれたのは、個人的には精神安定剤になったかもだ。ただ、その運命学とやらで言うと……

（じゃあ、今後ルシフェリアも俺と一緒に先生をやるのか？）

……そうは思えないね。確かにエンディミラもルシフェリアも俺と水に落ちはしたが、たまたまの一致だろう。

「じゃあ助かる前提で話すが——今後どうする、ルシフェリアの身柄は」

「うーん。じゃあ、あたしの部屋に収容するわ。あんたの部屋にこんな美人の寝たきりの

女子を置いといたら、ヘンな事しそうだし」

「しないッ」

「ああもう、また黄色い鼻水がベロッて出たわよ」

溜息したアリアは携帯を出し――「Allô, Jeanne. C'est Aria.」……ジャンヌに電話する。

ジャンヌは魔女だし、準看護師資格を持ってるからな。この件の手助けを依頼するなら、確かに適任かもだ。あとアリアって、ジャンヌにサシでお願い事をする時はフランス語で喋るのね。地球空洞説より信じられん事だがアリアは本物の貴族だから、礼儀としてそうしてるんだろうけど……会話内容がまるで分からん。で、アリアの通話後、

「ルシフェリアは女尊男卑の考え方をしてたから、確かにギリギリとはいえ女子のお前が対応をした方がよさそうだな。ただコイツは人間じゃないんだから、気をつけろよ？」

短い間とはいえルシフェリアと交流した俺が、アリアに注意を促す。

「ギリギリって何よっ。それにどうあれ、あんたよりは人間でしょ」

「いいや、俺より人間じゃないぞ。このツノを見ろ」

「人の外見上の特徴をあれこれ言うのはよしなさい。もうそういうのが許される時代じゃないのよ？」

「はい出ました自分の事を棚に上げるアリアさん。お前も俺のことシケ面とか言うだろ」

「あんたはもうあと1ミリぐらいで人間じゃなくなるとこまで行ってるんだからいいのよ

このシケ面！　鬼を腹パンでやっつけたり氷山を蹴って割ったりしてないでもうちょっとマトモな人間になりなさい！」

「俺は平凡に生きてるつもりだぞ！　俺のどの辺がマトモじゃないってんだ!?」

「今その発言を一切の疑問を持ってない顔でできてる辺りよ！」

アリアが俺の顔面を両手でアイアンクローし、俺がアリアのツインテールを引っ張り、車内がこの凸凹コンビの日常風景になってしまった。

そう。俺とアリアは1＋1が3にも4にもなるが、0やマイナスになっちゃう事もある2人なのだ。さっき組んで戦わなかったのは、やっぱり正しかったのかもしれないね。


ラプンツェル戦、ルシフェリア戦、アリア戦——最も痛めつけられたのは3戦目だが、とにかくその3連戦で累積したダメージで俺も倒れた。といってもそこはGショック並の打たれ強さを誇る俺なので、しばらく寝てれば治る。とばかりにキャンピングカーの広い後部座席で爆睡して……目覚めて起き上がると、車の窓の外は——あれ、見覚えがあるぞ。首都高の中環、王子出口を出たとこだ。都内じゃん。高架線路を京浜東北線も走ってるし。

でも空がまだ夕方なのは何でだ？　あっ、これは……24時間近く寝ちゃったってことか。まあ疲れてたからしょうがないか。

かなでと車内にスライドテーブルを出して紅茶を飲んでいたアリアは、

「あ、起きた。んもう……キンジ、寝言であたしの名前を呼ばないで。恥ずかしかったんだからね？」

とか俺が起きるなり文句を付けてくる。まんざらでもないような顔をしてるのは何でか知らんが。

「ね、寝言なんて無意識の産物なんだからしょうがないだろ。あっ、お前ら……！」

と、俺はテーブル上の物に目を見開く。岩手山サービスエリアのバターサンドクッキー、那須高原サービスエリアの三元豚ホットドッグ、佐野サービスエリアのレアチーズケーキ……の、包み紙だ！　中身は無い。こいつら、俺が寝てる間に――サービスエリアに寄りまくって、北国の名物を買い食いしまくったな？　俺、サービスエリア大好き人間なのに。

「キンジ、あんたどこに帰るの？　かなでと雪花は巣鴨だって」

「……俺も一旦、巣鴨かな。今は私物があれこれ実家にあるし」

包み紙に付着してた粉砂糖だけを小指でこそいで舐めつつ、俺はルシフェリアの様子を見るが……まだ、眠ったままだ。人体で最初に死後硬直する部位と言われている下顎部を念のため触ってみると、柔らかい。気温と同じぐらいの体温なのに、生きてるんだな。

と、そこに――携帯が鳴る。俺のだ。国際電話、国番号は＋４４。まるで俺が起きるのを待っていたように……いや、きっとそのタイミングを推理して掛けてきたんだな。

俺はアリアに目配せしながら、電話に出るなり相手に語りかける。

「――おい。プテラノドンにはハミガキをさせとけ」

『プテラノドン・ステルンベルギに、歯はないのだよ。君もクチバシに挟まれただけで、噛まれはしなかっただろう？』

やっぱり、シャーロックだ。声は落ち着いてる。少なくとも、もう戦闘中じゃないな。

俺は通話をオンフックに切り替え、身を乗り出してきたアリアにも会話内容が聞こえるようにしてやる。

『母のシィ、父のゲル、娘のソン――僕のプテラノドンたちは回収した。僕もイ・ウーの乗員たちも無事だよ。いや、まずはそれをアリア君にも伝えておこうと思ってね』

俺がこれをアリアに聞かせてる事まで見抜いて、チクリと言ってくるし。

「乗員たち……ってのが気になるが、またそいつらに絡まれたらイヤだから聞かないでおく。Nの艦隊はどうなった」

『僕がイ・ウーで自らを高めた一方、教授はNで組織力を高めていた。1対3では深追いできなくてね。教授は北太平洋で陣形を立て直し、攻守交代となってしまった。しかし、ソヴィエト製のイ・ウーの方が足が速いのだよ。君』

つまりは……逃げたってことか。プライドの高いシャーロックは回りくどく濁したが。

このシャーロックが、逃げなきゃならない敵……それが、モリアーティなんだ。

「知ってたら教えろ。なぜモリアーティはサード・エンゲージを起こそうとしてるんだ。

ネモは超能力者が差別されない世がそれで訪れると信じて協力してる。ルシフェリアにはこの世界を侵略する野望があるらしかった。だが旗振り役のモリアーティの動機が俺には未だに見えない。ヤツは何が目当てだ。金か？　権力か？　イデオロギーなのか？」

次第にＮの正体は見えてきたものの、まだそこが分からないので――俺は１００年以上教授と啀み合ってるシャーロックに、そう訊く。すると、

『――教授は、面白いからやっているのだよ』

お、面白いから……？

『全知全能の神のように「自分だけに全てが把握できている」混沌を起こす事――それを面白がり、愛しているのだ、教授は。19世紀にロンドンで迷宮入り事件を次々と起こした時も、20世紀に最初の世界大戦を起こした時も、そうだった。そこにあるのは教授の創作意欲と美意識だけで、倫理観は一欠片もない。そして教授はこの21世紀にも、混沌を巻き起こそうとしている。今度はこの世界とあの世界、２つの世界を巻き込んで』

自分だけに全てが把握できている、混沌……？　よく分からんが、ブッ飛んでるな。

ただタチの悪い事に、ヤツの所業は時代を追うごとに大きくなってる。そこは分かる。

『教授はその仕業を昔から「本」と呼んでいてね。本とは、書いた当人だけが内容を把握しているものだ。始めから終わりまで、一字一句全てを。だが読者は読むまで分からない。読んで初めて、ああそうだったのかと驚き、時に笑い、時に泣く。その人々の反応を想像

したり実際に見たりして、教授は面白がるのだ。読者へ与える感情が大きく、読者が多いほど、教授は喜ぶ。どうだ、すごい事が起きただろう、と。つまり教授は秩序ある論文を書く「教授」というより、展開の読めない小説を書く「作家」に近い』

……動機が、快楽。正直、それは最も対応が難しい犯罪者だ。スリルが目当ての万引き少女から快楽殺人鬼まで、〝面白いからやる〟という犯人ほど逮捕しにくいものはない。まずそういうタイプは大抵知能が高く、同じ犯罪を反復するから手口も巧妙化していく。そうしていずれは、誰にも捕まらなくなる。モリアーティはその究極形だ。

そして快楽犯罪というものには、盗んだ金で借金苦から逃れるとか、憎い相手を殺して満足するとかいった終着点がない。快楽への欲求は、満たしてもまたより強く湧くからな。

『教授は「本」の先を読み解き曝こうとする僕のような探偵を嫌い、「本」に書いた文を変える力を持つ君やネモ君のような者には注意を払う。君たちが創る展開も取り入れるかどうか検討したいのだろうね。ただ、本の大筋を変えることはしないだろう』

ネタバレするヤツは殺す、編集者の文書校正は取捨選択する、って事か。そういう所も作家っぽいな。

「本は紙に書け。世界に書くな。と……言いたいとこだが、本人のいない所じゃ言っても仕方ないな。モリアーティについては分かった。ところで今、ここにそのモリアーティの曾孫娘が寝てる。法的・人道的理由から救助まではしたが、どうしたらいいと思う」

俺が――

もう少し聞けたかもしれないモリアーティの話をここで打ち切ったのには、ワケがある。

それはモリアーティについて、ある想い・・・が自分の中に湧いたから。

しかしそれは100%、シャーロックの意に反する事だ。おそらく、危険な事でもある。

だから、その想いが湧いたそばから意識を別の話題に切り替える必要があった。意識したまま喋ると、シャーロックはそれを見抜くかもしれないからな。言葉の端々から。

『僕の灰色の脳細胞は、２つの推理を導き出している。１つ、君たちがルシフェリア君をどうするかは――ここと、あそこ、２つの世界の趨勢に係わると』

「お前と話すといつもそうなんだが……ちょっと何言ってるか分からん」

『順を追って話すよ。僕が昏睡している間、教授は世界へ暗々裏に条理バタフライ効果を仕掛け、急進的なサード・エンゲージに繋がる運命の流れを加速させていた。あの海戦は、それに対抗して僕が仕掛けた「リセット」でね。教授はキンジ君が本当に条理を壊す人間なのか確認したがってたから、君の前に出現する事や、そのタイミングは推理できていた。だからそこで僕が大きな出来事を起こし、条理破壊の影響を最大化してやったのだよ』

モリアーティの条理バタフライ効果のドミノをブチ壊す……リセット、ときたか。

『一方の教授は自衛と実験のため、キンジ君と対を成す力を持つネモ君を連れてきていた。

これは僕にもどうなるか推理できなかった事だが、今回ネモ君の力は君と打ち消し合わず、アリア君に逮捕されないという不条理として働いたようだね。キンジ君とネモ君が互いを意識し合える状態になければ、不条理は別々に起きるという事なのかもしれない』

確かに……ネモがありえない出来事を起こす様子は、今まで俺（おれ）にはほとんど観測できていない。それは、そういう仕組みがあったからなのかもしれないな。

『結果、キンジ君はルシフェリア君を連れ去った。これは、教授が本に書いていなかった出来事――すなわちサード・エンゲージへと続く教授のストーリーと矛盾する、整合性が取れない内容なのだ。教授は一旦、本の後半を白紙に戻さなければならなくなっただろう。僕の「リセット」は成功したのだよ。君のおかげでね』

ドヤ顔が見えてきそうな声で、シャーロックは語るが……

「でも作家って連中は、後で矛盾を何とかする妙な理屈をこじつけて書いてくるもんだぞ。しばらくは困るかもしれないが、また軌道修正して元の展開に戻してきかねないだろ」

『それも彼らの楽しみの一つだからね。教授も、自分好みの結末へ向けて物語を繋（つな）ぎ直す構想（プロット）を練っているハズだ。ただ、そんなにすぐ思いつくものではない。だから今、そこにルシフェリア君がいる状況は――未（いま）だ教授の介入を受けてない、キンジ君が新しく立てたドミノ倒しの1枚目のようなもの。君たちの手元にある新（さら）の原稿用紙というわけだ。さて、僕の推理の2つめ。これが君からの質問への回答になるのだが――さっき述べた通りで、教授も僕もキンジ君がルシフェリア君を掠（さら）っていってしまうとは考えてなかったのでね。

どうしたらいいかは——分からない。教授の目指す大混乱の未来へ繋がらないような話を、君たちがその紙へ先に書いてしまうべきだろう……と、ぐらいしか言えないね。つまり、まあ、よろしく頼むよ』

む……無責任なヤツめ。

でもシャーロックにも分からないんじゃ、どうしようもないな。それにルシフェリアの面倒を見るのは当面アリアになるっぽい流れだから、ここは怒らないでおこう。

「じゃあどうするかはこっちで追々(おいおい)考えるから、ルシフェリアについても知ってる範囲で教えてくれ。こいつは本当にモリアーティの曾孫(ひまご)なのか？　まずNとの交渉で人質(カード)として使うケースが想定できるが——ルシフェリアはモリアーティとは疎遠なような話をしてた。Nの一部を統率させるために形だけ養子縁組したような関係なら、使えないからな」

『そこは僕にとっても謎でね。見た感じとしては、確かに遺伝的な繋がりはあるようだ。しかし、教授は性的に不能なのだよ。19世紀にスイスで僕が毒を盛ってそうしたのでね。その時点で、教授に子供はいなかった事も確認できている』

……ひって。どうりで生涯会いたくないって言われるレベルで恨まれてたわけだよ……

『ただ、あちらの世界の者は皆が女性のようだ。従って、こちらの世界とは人々の生殖の方法が異なるのだろう。すなわち教授はあちらの人間と、その通常ではない方法で子供を作ったものと考えられる。その子供があちらの世界で子孫を継ぎ、その末裔(まつえい)にあたるのがルシフェリア君という事だろう。ルシフェリア君は身体的な特徴から見て、あちらの血が濃そうだったからね。それと、教授は若返っていたし、男性でも女性でもなくなっているように見えた。これはあちらの世界の人間との生殖にまつわる行為の影響の可能性がある。そこから僕が推理する、彼女たちの生殖方法とは……』

「ニガテ系の話だから、もういい。ルシフェリアはモリアーティの血族って事で了解だ。それなら人質にはなるだろうし」

『ならないだろう。教授は身内を特別扱いしない。全ての者に慈悲深く、全ての者に冷酷なのだ。神々や大自然がそうであるように——超越者とはそういうものなのだよ』

「超越者のお前だってアリアに緋弾（ひだん）の名を継がせたりメヌエットに恐竜を見せてやったり、けっこう特別扱いしてるだろ。誰だって、子や孫は可愛（かわい）がるもんだ」

「——曾お爺様（ひいじいさま）。アリアよ。ルシフェリアはあたしが拘束して、Nの情報を聞き出したり、身柄をNとの交渉に使うつもりでいるわ。ルシフェリアは金指輪。モリアーティにとってどうかはともかく、Nにとっては重要人物のはずだし」

『ふむ。合理的だね。では可愛い曾孫（ひまご）の声も聞けたことだし、僕も某国での補給に向かうとするよ。アリア君、キンジ君、幸運を祈る（Good luck）。ではまた（See you）』

電話に割り込んできたアリアとそんな言葉を交わすと、シャーロックは通話を終えた。

俺（おれ）たちがルシフェリアをどうするかは、ここととあそこ——

2つの世界の趨勢に係わる、という、重い推理を残して。

かなでと巣鴨の実家前で車を降りると、ルシフェリアはそのままアリアが台場へ連れていった。一足先に帰っていた爺ちゃんに迎えられた遠山家では、もう一台のキャンピングカーに分乗していた雪花も降りて、

「——ラプンツェルはもう無害な女なので、イヴィリタとカツェに引き渡した。ゆめゆめ手に掛けぬように言い含めておいたぞ。『もし殺したらキンジも本気で怒るであろう』と付け加えたら『それならやらない』と何度も頷いていた」

と、イヴィリタたちに釘を刺してくれた事を教えてくれる。ていうかどんだけナチスに怖がられてるの俺？

　雪花によると都内の病院に入ったらしいラプンツェルは車中で意識も取り戻しており、魔女連隊からは引退すると宣言したそうだ。後は回復し次第、ドイツに帰って戦前と同じ花屋をやれるようイヴィリタが資金を都合するらしい。サンドリヨンは見張りのカツェがうたた寝してる隙に病院から逃げたとの事だが、あれは小物だから大丈夫だろう。

　——雪花の帰還に始まった、一連の事件は……これにて、一件落着だ。

　と言いたいところだが、もう一イベントあるっぽいぞ？　その雪花が家に入るなり俺とかなでを居間に正座させ、雪花自身も格式張った感じで正座して対面した。で、

「キンジ、かなで。金叉の子らは、これより終生自分を母とせよ。今、早川副大臣経由で区役所に——自分が貴様らの母親となる、養子縁組の手続を行わせているところである。金一、ジーサード、かなめにも自分から伝えたいので、後ほど案内せよ」

とか宣うから、俺は正座のまま後ろにひっくり返った。かなではクリクリおめめを丸くして、「お、お母さん、ですか……?」と感動したような声を上げてる。

「自分の返對にはその方が良さそうなのでな。ところで、キンジ。此度の海戦についてだ。戦果、ハバクク型空母ハバクク撃沈、クヰーン・エリザベス級戦艦ナヴィガトリア撃破、潜水艦ノア撃破、潜水艦ノーチラス撃破。なお貴様たちには馴染みがないかもしれないが、海軍では敵艦を敗走させた場合も撃破と呼ぶ。仍って撃沈1、撃破3、捕虜ルシフェリア1名を得た大勝である。その立役者は貴様と言っても良いであろう。以降も弛まず精進し、護国に努めよ。以上ッ」

雪花は今回の戦いを滑舌良くまとめ、褒めてもくれたみたいなんだけど、『ところで』以降が全然頭に入ってこない。養子縁組って。雪花はヒステリア・マテルノ、通称・母のヒステリアモードを使いこなすため、俺の——俺たちの母さんに、正式になったたって事?マジで? 戸籍ってそんな理由で変えちゃっていいものなの?

「さて、では今より自分が飯を炊いてやろう。母たるもの、子らを育てるのは国の大事であるからな。ハハハ」

と、上機嫌で腰を上げた雪花に――

「あ、あの。お手伝いします。お……お母さん！」

かなでが立ち上がりながら、らしくない大きな声でそう言う。

その『お母さん！』を聞いた雪花が、ニカッと白い歯を見せて快活な笑顔を輝かせ――

――俺たちに、母さんができた。


婆ちゃんが炊飯器の使い方を雪花に教え、雪花が大量に炊いた米をかなでと一緒に握り、晩飯は握り飯になった。それ自体はよかったんだが、雪花の感覚で量産されたおにぎりは1つにつき米1合を握ったもので、0・3kg以上ある。聞けば雪花がいた海軍の陸戦隊・特別根拠地隊での野戦食といえば麦飯版のこれで、しかも2個で1食だったんだそうだ。宮沢賢治が粗食の例として『一日ニ玄米四合ト味噌ト少シノ野菜』と書いたように、昔の日本人は本当に米ばかり食って生きてたんだな。

「うまい！　うまい！　平成の米は実に美味であるな！」

「はいー、お母さんが作ってくれたから美味しいです。お母さん」

雪花は具なしのメガおにぎりを笑顔で食べ、かなでも嬉しそうに甘え声。ちゃぶ台には他に味噌汁と漬物しかないが、いいよね、こういう食事もたまにはなら。さすがに具なしは寂しいから、俺は冷蔵庫にあったちりめんじゃこをおにぎりにまぶしたけど。

セーラー服を着てるのはさておき、母親がいるってのは……いいもんだな。マトモじゃないとアリアに言われた俺の人生も、少しは平凡なものに近づいた気がするよ。

「ともあれ、キンジよ。今は迫る敵も無いゆえ案ずる事ではないかもしれないが、自分はしばし戦えぬ旨を伝えておく。ラプンツェルとの戦いで、鬼道術に使う巫が底をついてな。巫は含水炭素――当世でいう炭水化物を摂れば恢復するが、全恢には米換算で２００合の摂取が必要。１日６合食べて、およそ33日間を要する」

巫……とは、魔力のことだろう。それの回復に１ヶ月以上かかるとなると、他の魔女に比べてスピードが相当遅いものと思われる。だから雪花は星伽の術は奥の手にしていて、基本は遠山家の技で戦ってたんだな。

「分かった。雪花の……あ……か、母さんの力は……頼りになるんだから、しっかり補給しといてくれよ」

まだ慣れなくて呼び方を噛んでしまった俺に、雪花はそれでも「う、うむ」と嬉しげにはにかんでる。

「俺も今のうちに補給しとかなきゃな。とりあえず弾と……ナイフも破損しちゃってさ。いいやつ買い直さないと本気で戦うには強度不足だから、高くつくんだよね。あー、高くつくんだよなぁ」

せっかく出来た母親もいるし、ここには祖父母もいる。なので俺はさっそく、お小遣い

もらえないかな？　と企み、そんな事をボヤいてみせる。タクワンを囓りつつ、チラッとそっちを見たら――雪花は爺ちゃんと、

「……影はまだあるか？　確か自分が出征した当時、4振り残っていたと思うが」

「あれから1本ワシがブレスク島で折っちゃってのう。でもまだ3本あるぞ」

「ふむ。未だ若輩とはいえ、自分が見たキンジの返對時の戦闘力には天性のものがあった。持たせてやっても良いだろう」

とか、相談してるんだが。えっ、いいナイフうちにあるの？　貰えるんなら貰いたいんだけど。親の前では、何でも言ってみるもんだな。

食後、爺ちゃんが着物簞笥から明らかに年代物、どころか『為市尹遠山君石堂運寿齋作嘉永元年八月日』……1848年製の刀箱を出してきた。墨書きの意味は、石堂運寿齋が遠山奉行に作りました、という意味だ。年代から見ても、これはご先祖様――遠山金四郎、遠山の金さんの遺品らしいぞ。

かなでも見学する中、客間でフタを乾拭きしてから開けた箱の中には……

「鐵ェ――馬鹿者ぉ！　拵えのままではないか！　なぜ手入れを怠ったかァ！」

「だって、超めんどくさかったんじゃ！　濠蜥蜴！」

雪花が立ち上がって激怒し、爺ちゃんがゴキブリみたいに這って一瞬で逃げた事に――

保存用の刀袋も白鞘も無しで、普通の黒鞘と鍔と柄が付いたままの日本刀が入っていた。昭和時代の茶ばんだ刀剣登録証と一緒に。

刀の扱い方を昔爺ちゃんに習った事のある俺は、鞘と柄を左右の手で持ち、刃側を上にして静かに鞘を払う。切先から棟区の長さは65㎝強、２尺２寸ってとこだな。

一目で分かる名刀で、黒い無骨な拵えに似合わず、刀の表面は星空を閉じこめたように煌めいている。重すぎず軽すぎず、反りも有りすぎず無さすぎず、持ったらカチッと音を立てるように俺の手と合ったのを感じる。秘匿して持ち歩くのは難しそうだけどな。

「これならヒステリアモード時に使っても大丈夫そうだ。立派な刀だな」

「貴様の目は節穴か。検めるから、寄越せ」

溜息して正座し直した雪花に峰を向けた刀を渡すと、雪花は蛍光灯で刃文を透かし見る。

「さすがに売ってすり替えたりはしてなかったようだな。これは正しく江戸の名工・石堂運寿齋是一が備前長船盛光を手本に打った、新刀上作の良業物――の、影打ちだ」

話の途中まではテンションが上がる俺だったが、最後のところでコケた。刀鍛冶は刀を受注生産する時、何本か作り、一番出来の良かったものを依頼主に渡す。それが真打ちで、残りが影打ち。性能は真打ちと大差無いからいいんだが、お値段的にはかなり下がる。

「これを貴様に呉れてやる。しかし状態が悪いから、まずは研師に出すように」

俺には完全無欠の刀に思えたが、見る目のありそうな雪花が言うならそうした方がよさそうだ。ハバククでの雪花もそうだったが、ヒステリアモードの俺に刀を持たせたら――それはそれはムチャな使い方をするだろうしな。

影打ちを一旦しまい、『日本刀の研師を知らないか？』と風魔にメールし……それから茶の間で煎茶を飲みつつ、一息入れる。雪花と、かなでと一緒に。

「お兄ちゃん様……その後、ルシフェリアさんは……？」

かなでが湯飲みを両手で包むように持ったまま、うつむき気味に言う。

俺は言わないようにしていたが、自分から話題にしたってことは……

何か知ってるのかもな、かなでは。自分とルシフェリアの、奇妙な類似性について。

「……気になるのか。まあ何かあればアリアから連絡があるさ」

こっちの声色とか視線に、考えが出てしまっていたのかもしれない。そう応えた俺に、

「あの。私とルシフェリアさんには……たぶん、遺伝的な繋がりがあると思います。私のDNAの一部には、千年前から保管されていた天使の毛髪らしきものから取った『Q』と呼ばれるものが使われているんです。未知の世界の女王にあたる存在の遺伝子としか知らなかったのですが、一目見て……彼女の血筋の事だと、分かりました」

そう語る、かなでの表情には――それを最初から、自分の中で消化できていたムードがある。むしろ自分のルーツに近い者と会えた事を喜んでるような声色も感じられた。

レクテイアとの戦いに備えた人間兵器としてアメリカに産み出された、かなでだが……もうその決戦力となる人工色金（イロカネ）は、俺たちがパトラの鍵で無力化してある。今のかなではＱの遺伝子の力で念力とか治癒術とかが使える、ただの超能力少女だ。ただの超能力少女、というのもアレだが。

「先ほどラプンツェルから車中で聞いたが、ルシフェリア族はレクテイアの女たちに崇敬されるものとの話であったぞ。人数が少なく絶滅を危惧されていたほどの希少種なので、自分もラプンツェルも直に見たことは無かったがな」

かなでを気遣うように、雪花はそう言ってるが……確かにナヴィガトリアの乗員たちは、ルシフェリアを敬愛してるっぽかったよな。かなで同様、人に愛されるタイプなんだろう。

（……）

いけねっ。かなでとルシフェリアを重ねて考えてたら——なんでか、ほんとになんでか、かなでがルシフェリアの過激な衣装を着て「のじゃ。オーホホホ！」とか笑ってる光景が脳に浮かんでしまった。この天使みたいな聖少女が、ぺたんこ胸のイカ腹に、あの魔的なヒモ水着を付けて——このミスマッチ感覚、異様にヒスいぞ！

（そッ、素数か難読漢字を思い浮かべないと……！）

しかしメガおにぎりを２つ食べたせいで満腹の俺には、頭に難しい事が浮かんでこない。大食腹に満つれば学問腹に入らず、とも言うように——消化活動にエネルギーが集中し、思考能力が低下してるんだ。マズいっ、かなで幼女王様が脳内でケタケタ笑いながら俺を踏みつけ始めた！　ここは逆方向へ行け、別の事を考えるんじゃなく、心を無にするんだ。心を無にする冥想は、擬奇屍を訓練させられた時にやった事がある。結跏趺坐で座り直せ、法界定印を結べ、調息、調心――や、やった。座禅によって、邪な血流が退いていくぞ。

無心の時間が過ぎていき、深い冥想に入った俺の耳には今、かなでと雪花が仲睦まじく話す声が外の風や自分の心音と同じ自然音として聞こえている――「明日は宜しく頼む」「まず乃木坂で金一さんに会いましょうね。じゃあ私は台場へ帰ります」「気をつけて」――そして時の感覚も失せていき、自己が宇宙と同一になっていく。座禅を組み、両手をOKサインにした俺が、円運動する惑星たちの中心に浮かんでいる――「おい、キンジ。どうした貴様」……全ては無であり……「おい！」……即ち俺も無である……無……

「――キヲツケェい！」

どたっ！　と、雪花に押し倒されて、意識が戻った。頭がグラグラするのは、どうやら倒れる前にブンブン体を揺すられていたからっぽい。

……あっぶね！　血流を退けすぎて、冥想を通り越して擬奇屍に入りかけてた。素人が正しい指導者の下での練習もせず、深い冥想をしちゃいけないって事だな。

「キンジ、あ、焦ったぞ。なぜ今時分、擬奇屍を始めたのだ」

「いや、これはその……訓練でやったんだけど、悪い、失敗した」

さっき聞こえた会話通り、かなでの姿は無く――俺を引き起こしてくれた雪花は人魚姫座りの姿。慌てて膝行り寄ったらしく、セーラー服のプリーツスカートから少し開かれた内腿が露わになっている。ぬめっ……と、白く。

「あれは一歩間違うと本当に死ぬ技である。何代か前に、それで実際に死んだ遠山もいるとかいないとか。とにかく留意せよ。はあ、間に合ってよかった」

ふぅーっ、と、雪花が大きく安堵の息をつく。その動きで、年上の肉感的な太ももが、学生用のブラウスでは隠しきれない大人のバストラインが、むっちり蠢く。母性を匂わすその肉体の大人感とは対照的に、雪花の服装はセーラー服。長い黒髪を結んでいるのも、かわいらしい紙リボンで――

（――っ……）

一難去ってまた一難。こっちはこっちで、かなでとは逆のギャップがある。大人の女が少女らしいアイテムを身に付けてるのって、なんでこんなにいやらしいんだろう。

婆ちゃんは早寝なんでもう寝てるし、爺ちゃんは外に逃げたみたいなんで、俺と雪花はこの部屋に2人きり。くっつくように座り、向かい合ってる。雪花は俺の瞳孔が開いたりしてはいないかと、その凛々しい美顔を俺の顔に寄せてくるので――

「も、もう大丈夫だ。近いよ、母さん」

「む。あ、ああ。そうだな、いけないな。息子といえど、一人前の男にこんなに近づいてしまっては……ハ、ハハハ……」

　赤くなった俺から顔を引いた雪花は、自分の余計な発言に自らも赤くなっていく。今やきょうだいよりも近い戸籍上の続柄が醸す背徳感に、軽くヒスり始めてるムードもあるぞ。いけないと言ったくせに、体を遠ざけないし。いろんな意味で危ない母さんだな……！

「……」

「……」

　しかし、この場から俺が急に逃げるわけにもいかない。そしたら、いま雪花を女として見てしまっていると宣言するようなものだ。同じ理由で、目を逸らすワケにもいかない。見つめ合うしかない。凛々しくキレイな顔と、成熟した肢体を併せ持つ、雪花と。

　って、だ、ダメでしょ。俺。この人はもう戸籍上……誰より一番、ヒステリアモードになっちゃイケナイ相手なんですよ。でも難読漢字や素数に逃げる事も、冥想もできない。詰んでる。来た、血流ッ……さっきの今で元気だなもう……！　あと雪花さんなんで口を突き出して目を閉じるんですか！

　――びぃいいいいぃいぃぃ――――ッ、キキィ――――ッ！

　近所迷惑なベスパのエンジンとブレーキの音に、いけない雪花と俺は揃って飛び上がる。り、理子か!?　俺たちが帰ってきた事をアリアから聞いたなこれっ。

「キーくぅうん！　雪花たぁあん！　動画動画、生誕祭の動画！　結局くれないから、しょうがなく何も関係ないジャンヌがヨーデル歌う動画でごまかしたんだよ!?　でも全然ごまかしきれなくて炎上したんだよ!?　今から何か撮影して助けてよぉぉぉーふぎゃ！」

「み、峰少尉っ。済まなかった、空母を沈めたり戦艦を追い払ったりで、忙しくて――」

我が家のブロック塀をヨジ上ってきて庭に落っこちてる理子の方へ、雪花がトタトタと出ていってくれたおかげで……ここは、事なきを得たが……

ここで一緒に生活してたら、俺は雪花と間違いを起こしかねないな。かなめやかなでで前科のある俺とはいえ、妹と母では事の重大さが違う。これはもう――台場に戻らなきゃダメそうだ。うん。

翌日の昼過ぎ、俺は電車とモノレールを乗り継いで台場のマンションに帰った。

自宅のドアを開けると、玄関脇に手紙が置いてある。また東電に電気を止められたか？

確かに今月はまだ払ってないが、それでも猶予期間内のハズ……と思ったらその通りで、手紙はむしろ朗報。高認の合格証書だ！　簡易書留をジーサードが受け取ってくれていたらしい。生存へと続く道に続く大学受験の道の第一歩を、ようやく踏めたぞ。遠いな生存。

俺はその報告を、望月萌大明神と松丘館の茶常先生にメールでして……から……

玄関ドアを開けた瞬間から見えてはいた現実に、向き直る。

かなでがいないからジーサードたちも失せたらしく、室内は無人。それは大変よろしい。

しかし何だこの、壁に幾つも空いた7.62mm弾らしき大きめの弾痕は。

——俺は携帯をメールから電話に切り替え、六本木のジーサードの自宅へ掛ける。

「おいジーサードっ！」

『よう兄貴』

「ようじゃねえよ！　なんだこの弾痕！　今すぐ俺の部屋の壁を修繕しろ、あとお前らが住んでたんだから今月の家賃はお前が大矢に払えッ！」

『その大矢が開けた穴だぜそりゃ。子猫の鳴き真似してドアを開けさせて、ＡＫ－４７で俺たちを撃ってきたんだ。騒がしいからとかって理由で』

「猫のフリなんかでよく騙されたな、お前らも……ってそうじゃなくて——」

『竪穴式住居よりちょっとマシな程度の家なんだから、穴が開いてても大差ねえだろ？』

「てめえ……あーあ、じゃあ教えるのやめよっかな。お前が超喜びそうな、とっておきの情報があるんだがな。修繕するなら教えてやろうと思うんだがな」

『……ンだよ。じゃあ内容次第じゃやってやる。チッ、俺が開けた穴じゃねえのに……』

「お前にママが出来たぞ。かなでから後で連絡があるから、今日は都内にいろ」

『は？　ンだそれ。本格的に脳がダメになったか兄——』

ぷち。電話切ってやろ。しばらくヤキモキしやがれ。

そしてこの穴も、すぐジーサードが喜んで塞ぎにくるだろう。あいつはああ見えて結構

ナイーブで、育ちのせいもあり家族愛みたいなものに飢えてるからな。自分に母がいると
なったら、見てて恥ずかしくなるぐらいハシャぐに違いない。
とか、1人ニヤニヤしてたら――いま切ったばかりの携帯から、空襲サイレンみたいな
着信メロディーが鳴る。俺が設定した、安全な発信者を意味する『華のうちに』ではない。
ジーサードの『ヒット・イン・ジ・USA』でもない。ザ・プロディジーの『ファイヤー
スターター』……アリアだ！
「――俺だ」
『キンジ、あたしの部屋に来て。ルシフェリアが目を覚ましたんだけど、少し困った事に
なってるの』
少しは休ませてくれよ、という言葉がノド元まで出かかったが……相手がアリアだしな。
それに……シャーロックの言い残した言葉もある。
「行くよ。でも条件がある」
『何よ』
「カネだ。いま俺は刀を研師に出す費用が要っ……」
『風穴』
「という冗談は置いといてだな」
『冗談の言い方じゃなかったんだけど？』

「お前の部屋って事は女子寮だろ。そこで、俺——今や生徒でもない男が見つかったら、通報モンだ。くれぐれも銃声とかで周囲に怪しまれないようにしないといけない。つまり、俺が何かをやらかしても俺を撃つな。これが条件だ」

『……やらかす前提なの？　ったく』

「やらかしたくないが、やらかすだろいつも。自分で言うのも何だが、もうそういう逆の信頼が自分に芽生えちゃってるんだよね……」

『分かった、分かったわよ。ちょっとかわいそうになってきたし。撃たないから来て』

すぐアリアが折れたとなると——ルシフェリアが少し困った事になっているってのは、少・し・じゃないな。救援にいかなきゃ。それにここにいると大矢が湧いて、今月分の家賃を請求してくる虞がある。避難先があるなら自宅には滞在しない方がいい。滞在しない方がいい自宅というのもいかがなものかというか、何で家賃払ってるのか本格的に分からなくなってきたが。

俺は制服姿で武偵高を歩き、第１女子寮に着く。女と名の付く建物など、ナフタリンに寄りつかない害虫ぐらい寄りつかない俺だ。ここは……アリアの母親、神崎かなえさんが釈放されたとき以来かもしれないな。

昔アリアと共に屋上からダイブしたトラウマのある温室を横目に、人目を忍んで寮内に入る。壁やエレベーターの中の、弾痕を隠すお花のシールが増えてるな。アリアなんかを住まわせるからだ。

10階でインターホンを押すと、アリアがドアを開けてくれた。うっ、相変わらず本人と室内からクチナシみたいな超いいニオイが。ちょっとアリア濃度が高すぎるんで、ヒスり防止のために最初は口呼吸で凌ごう。

「来たぞ」

「なんで鼻声なのよ」

「……オホーツク海でカゼひいたかな」

口呼吸の件を巧みにごまかし、玄関——エントランスと表現した方がいい広さのそこで靴を脱ぐと……アリアの小っちゃい靴の横に、ルシフェリアのピンヒールがある。

あの女がいる事は分かってるが、ちょっと緊張するな。

アリアの部屋は7SLLDK。中が2階建てみたいになっていて、下階が居住スペース、以前ベッドだけがあった上階は今は何もないロフトだ。女子寮は建物の上部分が階段状になってるので、アリアが前に住んでいた7階の部屋も同様の間取りになっていた。

とはいえ、ホテルみたいに室内の生活感が乏しいのは以前と同じ。レキのコンクリート剥き出しの部屋に比べりゃありまくりだが……まさにスイートルームといった間取りの中、所々に弾薬の箱とかゴツい通信機とかがあって、そこだけちょっと軍事基地っぽい。

「あれからルシフェリアは冷たいままだったから、ホントに生きてるのか心配だったけど
——午前中に体温が上がってきて、昼に起きたの。胸を撫で下ろしたところよ」

「無いものは撫で下ろせないだろ」

「そう、手が空振っちゃってただ下りて……ってこら！」

ビシィッ！　アリアは胸元で再現した空振りの動きに繋げて、俺への逆水平チョップ。

「ムダな暴力を振るわせないで」

「ムダだと思ってんなら振るうなよ……いてて……俺じゃなけりゃアバラいってたぞ？

ちりめんじゃこでカルシウム摂っといてよかったぁ……」

——北リビング・南リビングと２つあるリビンググルームのうち、ルシフェリアは奥間の
南リビングにいるそうなので、廊下を進み……

「ていうか……ルシフェリアはモリアーティの、つまりホームズ家の宿敵の曾孫娘だろ。

お前、よく面倒みてやる気になったよな」

「モリアーティの曾孫娘でも、ルシフェリアは別の人格よ。あたしもホームズ４世だから
って理子に襲われた時、いい気分じゃなかったし」

なるほどね。俺も先祖の源頼光の件で閻に絡まれた時は参ったもんな。

「シャーロックにも大まかには話してたが、ルシフェリアを今後どうするつもりだ？」

「まずはこっちの言う事を聞くようにさせる。それからＮの情報を引き出す。ゆくゆくは

Nを裏切らせて、投降を呼びかけさせたいわ。曾お爺様は望みが薄そうと仰ってたけど、曾孫の話ならモリアーティも聞く耳を持つかもしれない。そこがうまくいかなくても——ルシフェリアが働きかければ、レクテイア人たちをモリアーティから離反させられるかも。それでNを分裂・解散に追い込ませるのよ」

「……かなり月日をかけてよっぽど飼い慣らさないと、そこまでは難しいだろうな。ただ、お前の方針は分かった。俺も、まずはルシフェリアを味方につけないとダメだろうなとは思ってる。で——困り事ってのは何なんだ」

「あたしと、ほとんど口を利いてくれないのよ」

「なんでだろうな」

「人見知りなんじゃない？」

「あの格好でか？」

「ちょっと喋ったと思ったら、『トオヤマキンジを連れてこい』の一点張りでね」

……これは……カナダで、エンディミラも似たような発言をしてた。眉唾だと思ってた類族魔術とやらの流れに、運命が乗りつつあるのか……？　だとすると、ルシフェリアも遠からずレクテイアに還る可能性があるって事になる。エンディミラのように。

しかしそれでは、アリアが考えるような働きはさせられない。アリアの方針通りにいかなくとも、金指輪のルシフェリアはNとの決着のキーパーソンになり得る人物だ。すぐにこっちの手から失われては困る。

　ただ、そもそも運命とは変えられる物のはずだ。ルシフェリアの身柄が失われそうなら、そうならないよう意識して彼女を留め置けばいい。そのためにもまずは、しっかり話そう。

「だから、取り調べはあんたに任せるわ。あたしはそういうのニガテだし、ああいうのとちゃんと話せそうなのはキンジしかいないしね」

「取り調べは引き受けるが……何理由で俺しかいないんだよ」

「人間じゃないから理由に決まってるでしょ」

「決めるな！　俺は都民税も払ってるんだぞ！」

「え、なんで都民税の話なの……？」

「人間じゃないなら払わなくていいはずだからだ。ノラ猫とかネズミは人間じゃないから都内に住んでても都民税を払ってない。まあもうその議論は自明の理だからしないとして……ところで、ルシフェリアは何歳なんだ。喋り方がお婆さんっぽいが。年上なのか年下なのか分からないと、話すにしても話し方に困る」

「それはあたしも聞いたの。そしたら『生まれてから６６９５日目じゃ』とかナナメ上の回答してきた。えーっと、だいたい18年ね」

　アリアは暗算したみたいだが俺はできないので、携帯で日数計算サイトにアクセスして確かめたら——確かに18歳。げ。俺と生年月日が同じだ。そんな人、初めて遭遇したよ。

広い南リビングに、そっと入ると……

壁際で壁の方を向いて正座した、ルシフェリアがいる。

例の黒いヒモ水着みたいなのじゃなく、武偵高の赤セーラー服姿で。

……あの痴女みたいな衣装も良くないが、イヤだなあ。スカート。というのも武偵高のスカートはレッグホルスターを抜銃しやすくするため極端に短い。そしてスカートという魔装具には、めくれて内部の肌着が見えた際のヒス効果を急騰させる良くない機能がある。めくれるリスクを負うぐらいなら、水着としてモロに見えてる方がなんぼかマシまである。

「なんでセーラー服を着せたんだよ」

「元々着てたあれじゃカゼひくでしょ、いま冬だし。だからあかりに買ってこさせたの。Lサイズだけど、それでもあのスタイルだとキツかったかもね」

3Sサイズ制服のアリアが口をへの字にして言うように、ルシフェリアのセーラー服はパツンパツン。背後からでもサイドに膨らみがハミ出て見えてるほどの爆乳でブラウスが持ち上がり、形よくくびれた腹部が見えてしまってる。見事なグラドル体型ですな。

あとルシフェリアにはシカみたいなシッポがあり、それを出す逆三角形の穴がスカートベルトの下に開けられてあった。元々の下着みたいな衣装を元に、アリアが間宮あかりに裁縫させたたね。それと、左足の小指に……足指輪があるな。

「あの足指輪は何だ？　前は無かったんだが」

「魔術で攻撃されたら困るから、魔力を封じるリングをジャンヌに作ってもらったのよ」

ナヴィガトリアでルシフェリアが言っていた『魔を封じる魔』を、まさにやられたってワケか。

で、俺とのヒソヒソ話を終えたアリアは――

「ほら、キンジが来たわよ」

早速、取り調べを押しつけてきた。俺、武偵高で尋問の成績悪かったんだけどなあ……

ルシフェリアは壁に向かって姿勢よく正座したまま、振り返らない。でも、ぴこっ――と、タレ気味だったシッポが上を向いた。意識はしてくれたのかな。

じゃあまず、マニュアル通り氏名の確認から入りますか。

「えーっと……まず訊くが、お前の名前はルシフェリアでいいんだな？　レクテイア人はエンディミラみたいに個人名を持ってる者と、ヴァルキュリヤみたいに個人名と種族名が一緒くたになってる者がいた。お前は後者かなと思ってるが、どうなんだ」

氏名は、誰でも回答できる質問だ。だから警官も武偵も、取り調べではまず氏名を訊く。本人性というより、相手の態度や精神状態を確認するために。

「――ルシフェリア族の名は皆ルシフェリアじゃ。個々の名とは、群れる弱い下位種族が持つものよ。そちどもヒトと同じようにな」

まあ、大丈夫そうだな。人間を見下してるのはともかく、会話は成立してる。

「なぜ我が生きておる。情けをかけたのか？　それとも大勢のヒト共が見る前で処刑し、ルシフェリア殺しの名誉をほしいままにしようという事か？」

「……名誉になるのか？　お前を殺すと、レクテイアでは」

「もちろん！　ルシフェリアは生来強いからのう。それゆえに、挑んでくる者は数知れぬ。さっきそちが言ったヴァルキュリヤも、我を襲ったものよ。軽く追い払ってやったがの。きひひっ」

ルシフェリアの笑い方は、悪魔っぽい……というか、小悪魔っぽい。でもカラダがこれだから、中悪魔ってとこか？　どうあれコイツの雰囲気にはベイツ姉妹に感じたのと同じ、悪魔っぽさがあるね。俺の脳内分類では『悪魔の女』フォルダに入れとこう。

「俺がお前を殺さなかったのは——敵を殺すと俺も死刑になる、面倒な法律があるんだよ。あとお前を殺したら、艦内の連中が大挙してカタキを討ちにくるかもしれなかったしな」

女を傷つけたがらないヒステリアモードの事は伏せ、通常モードの俺がぶっきらぼうに答えると……ずっと壁に向かっていたルシフェリアが、ようやく首と目で振り向いてくる。

「——我が生きておるからには、我ら、未だ勝敗付かずじゃ。決着をつけるぞ」

「もうついてるだろ。お前は土下座のポーズもしたし、出ないと言ったナヴィガトリアの上からも出た。脳ミソをどこかに落として、どっちも忘れたのか？」

俺が頭を振って言うと、ルシフェリアは、かあぁぁあ。顔どころか首まで赤くして振り

返り、

「あ、あ、あれは3本勝負じゃ！」

「それでも敗北条件を2回満たしたんだから、お前の負けだ」

「じゃあ5本勝負！　ここからの我の逆転劇を見よ！」

とか言ってこっちを向き、片膝立ち。うわうわうわ、スカートの中がっ。見える見える見えちゃうよ。

「ルシフェリア。あんた、ここで戦うってんならあたしが黙ってないわよ」

アリアがジャキッと白銀のガバメントを抜き、あまつさえ銃口を向けるので――

「よせって。虐めたら聞ける話も聞けなくなる。俺に尋問を任せたなら、ジャマするな」

俺が、その小さな手を止める。

そしたらルシフェリアは片膝立ちのまま、キョトン。

そのクリクリした瞳を丸くして、俺を見た。

「いま……我を守ったのか？　そちは……なぜじゃ」

「当たり前だろ。捕虜の虐待も捕虜取扱法で禁じられてるしな」

ルシフェリアがツンツン睫毛の目をパチクリさせる中、アリアは――

「あたし、あかりに連絡があるから。キンジもルシフェリアも、部屋の物を壊したら承知しないわよ」

とか言って、俺にこれを押しつけるなり部屋を出ていった。

「……」

「……」

で、30秒、1分……俺とルシフェリアは黙って見つめ合う。それはそうと、いいかげん片膝立ちをやめてくれませんかね。

「戦え」

アリアが怖いは怖いのか、ルシフェリアはヒソッと言ってくる。拗ねる子供みたいに、その口紅をさした唇をとんがらせて。

「いやだね。と言っても来るつもりなんだろ。よし、ケンカぐらいなら付き合ってやる」

ネクタイを少し緩めつつ、俺がそう言ってやると……

「ふはは。ふははは。我は――この世界を侵掠し、民を地獄に落とす、ルシフェリア！恐れ、敬うがよい！」

ルシフェリアは立ち上がり、両手両脚をバーン！と、漢字の『大』みたいに広げた。そしたら、大きな3つの縦ロールがある長い後ろ髪が、ふわっ。ちょっと広がってる。かちゃっ、ことっ、がたっ。テーブルのコーヒーカップ、戸棚の花瓶、壁に飾ってあったロンドンの写真も、次々と小規模なポルターガイスト現象みたいに揺れた。超能力だな。でも起きたのはそれだけで、あとはシーンとしてる。最初の笑い声もアリアにバレないためにか、小さかったし。セリフの途中でアリアがエントランスから外に出るドアの音がしたから、そこから声が大きくなったけど。

「……何だ？　今のは」

「うう。お前たちの言葉でいう、念力じゃ。じゃがこの足指の輪のせいで30分の1ぐらいしか出なかった。そちと戦う前の演出として、部屋中のものをドッカーンと吹き飛ばしてやろうと思ったのに……」

「演出なんかでアリアを怒らせるような事をするな。さっき部屋の物を壊したら承——」

「スキあり！」

バッ！　と、俺めがけて飛びかかってきたルシフェリアの奇襲は……

会話の最中に攻める遠山家のセコい小技に酷似してるから、俺には読めていたものだ。しかも最初から存在感で分かっていたが、ルシフェリアはナヴィガトリアの時より格段に弱くなっている。それでも一般人よりはずっと強いんだろうけど、アリアと出会って以降ブラック企業の社員みたいな連勤で戦ってきた俺の相手じゃない。

たぶんナヴィガトリアでのルシフェリアは、本人は使っていないつもりでも、無意識に超能力で体の各所を加速させていたのだろう。それが30分の1になれば——

「不意打ちするなら、動く直前に腕を振りかぶったりするなよ」

「きゃんっ！」

――ヒステリアモード抜きだと能力が30分の1になる俺でも、勝てる。ルシフェリアが自分の力でピョーンと飛んでいくように誘導する、横四方投げで。

俺の狙い通り、ルシフェリアはアリア宅の巨大なソファーに――ぼふんっ、と落ちる。俯せに。これもそうなるよう投げたからな。そのぐらい俺とルシフェリアの格闘能力には格差があるって事だ。

自分がまた『その姿になったら負け』の姿勢にされたと気付いた、ルシフェリアは――

「うう。ううーっ。うーっ！」

ソファーの上のクッションに顔を埋（うず）めて、悔しがってる。それから、

「うー！」

クッションに埋めた顔を半分だけこっちへ向けて、睨（にら）んできた。ものすごく赤くした、美人顔で。

「……どうした？　やたら顔が赤いが……具合でも悪くなったのか？　あとあんまり顔をクッションに押しつけるな。ツノで穴開いたりしたら、大変なんだから」

ルシフェリアが病的なぐらい顔を赤らめてるので、ちょっと心配して言った俺に――

「い――今のは無しじゃ！　だってそちは今、何かズルイ技を使ったじゃろう！　それは禁止で、次こそ本番じゃ！　あとこの服がよくないんじゃっ、スカートは動きにくい！」

「世界を侵略とか大きいことを言う割に、器が小さくないかお前……？　うわうわうわ、

スカートを巻き上げようとするなっ」

「キェーッ！」

怪鳥みたいな声を上げ、ソファーをジャンプ台にしたライダーキックっぽい跳び蹴りを放ってくるルシフェリアの――ええい、しょうがない。蹴り足を躱しざまに右腕で抱え、ちょうどいい所にあったシッポを右手で掴み、左腕で体を払うようにしながら、屈んで下……毛長のカーペットに、よいしょ。飛んできた勢いを消すために270度ターンしつつ、そっと下ろしてやる。また、伏せるポーズになるように。

そしたらルシフェリアは、

「〰〰〰〰〰〰〰〰！」

わー！　ってビックリ顔で振り仰いできた。それから火を吹きそうなほど頬を赤らめて、性犯罪者を見るような目で俺を睨んでくる。

「握ったな、2度も握った！　わ、我の、我の、シッポを……！」

あ、いけね。そういや、ナヴィガトリアでシッポを掴んだ時も何か大ごとをやらかしたようなリアクションをされたよな。この反応……ひょっとすると、シッポを掴まれるのはルシフェリア族にとって何らかの侮辱にあたる行為なのかも。謝っとこう。

「いや、握りやすいところにあるもんだからつい。ごめんな」

「ごめんで済むことか！　あと勝負は7本勝負とする！」

「お前そのシステムでずっと負けを認めないんじゃないの……？」

四つん這いで怒鳴ってくるルシフェリアの前で、俺はあぐらをかいて溜息だ。とはいえ、

「でも、さすがに分かったろ。お前じゃ何度やっても、そのポーズにさせられるだけだ。おとなしくしとけ」

そこだけは、厳しくルシフェリアに念押ししておく。もし暴れられてアリアの部屋の物が壊れたら、壊したのがルシフェリアでもどうせ俺が風穴刑にされるだろうし。

そしたら、ルシフェリアは……

「〰〰〰あぐぅーっ。うぅーっ。うーっ」

顔を伏せて、呻いてる。でも、襲いかかってはこない。やっと負けを認めたかな。

「我のシッポを掴み、殺しもせぬというのなら、それならば、掟の通り、我を――」

「おっと、負けたからって『奴隷にしろ』とか言い出すなよ？　レクテイアにはそういうローカルルールがあるらしいが、俺には奴隷を養うほどの甲斐性はない」

先手を打って俺がそこを牽制すると、ガバッと俺に詰め寄ったルシフェリアは、

「――我をつがいとし、子を授けろ！　それが掟じゃ！」

想定外の事を、言い出したんですが……!?

俺もレクテイア慣れしてきてるからどんな異文化が飛び出ても驚かないつもりだったが、これには「はあっ!?」としか言葉が出てこない。エンディミラ的に流れつつあった運命が、

よりハードコアなものになってませんか!?

「こ、こ、子って、なんでそうなるんだよっ」

「もうそれしかないじゃろう！　そちも分かっていてそうしたんじゃろう！　我が美しいからと――このゲスめ！」

「話が見えん！」

「見えろ愚か者！　こら後ずさるな、子が作れんじゃろ！　我は人前で敗れ、シッポまで辱められ、殺されもしなかった。一生分の恥をかかされたからには、それを雪ぐには――つがいになるしかないのじゃ！　つがいは一心同体、その片割れに平伏したのであれば、我は我に平伏したのだから恥にはならぬっ。もうそちの子を産んで、つがいの生を果たす以外に、ルシフェリアの道はない！」

　これはエンディミラというよりも――『身に付けた物を取られたら、取った者を愛するしかない』というヴァルキュリヤに近い考え方かもだ。レクテイアは小島や小国ではなく、一つの世界。それは当然広大で、文化にも地域差があるって事か。

　誇り高きルシフェリア族の文化では、恥は死より重い。恥を雪ぐためならどんな事でもするつもりでいるのは当然かもしれない。でも、しかし、いくらなんでも……！

「それに――ルシフェリアにとって、繁殖は戦争。強い者の子を宿し、より強い次世代のルシフェリアを産むのも、勝ち方の一つ。我は好き嫌いではなく、勝つために子を産むのじゃ。つまり、我は男などという原始的な生き物を好いた悪趣味なルシフェリアではない。そこを履き違えるでないぞ」

「こ、子、産む、って、お前、直接的すぎるぞ、言い方考えろよ……！」

「履き違えないようにしなさい？」

「そこの言い方じゃなくてッ！」

好きでもない相手の子供を産みたがるとか、俺たちとは価値観が根本から違うな……！

しかしそこも、全く理解不能というワケじゃない。なぜならレクテイア人は女だけ——単性の人種。恋愛結婚をしないか、するにしても少数派と考えられる。そうなると子孫を残す事に対しては、より功利的になるだろう。

その損得勘定で、ルシフェリア族は強い遺伝子を残す事を得と見做している。強者生存という自然界の掟に対し、人間よりピュアといえるのかもしれない。

いや、人間だって——昔のヨーロッパでは国家を強くするため、好き嫌い関係なく政略結婚を行っていた。日本でもつい最近まで、一部の家では家系を断絶させないためだけの結婚があった。この件、俺が狭量なだけなのかもしれない。だけど、でも、困りますよ！出会って間もない女性と、一足飛びにそんなの……！

「というわけで今からそちを主様と呼ぶ。残念ながら今のところ我が3敗しておるしの。ただ、我が後で4勝して最終的に勝者となったら、そちが我を主様と呼べ。ルシフェリア様でもよい」

まだ負けを認めてなかったんだ……

それはともかく、これは――まだ類族魔術とやらが生きてるのだとすると、人生最大のピンチだぞ。というのも、エンディミラは俺の奴隷とはいかないまでも部下みたいな形で俺に仕えてしまった。となるとルシフェリアの願いも近い所まで実現する可能性がある。妊娠・出産に近い所というのがどういう地点なのか、俺には想像もつかないが。

考えろ俺っ。これはもう必要悪として自分を許すが、ルシフェリアの話で少し色々想像して巡ってしまった血流の力を使え。このピンチからの、脱出の糸口を見つけろ……！

あ、あった――かもしれないぞ、糸口！

「ちょっと待った！」

「なんじゃッ」

「そ、その、恥ずくて言いづらい……ことなんだがッ。俺とお前じゃ、子供ができないんじゃないか？　というのもお前らは女だけで子孫を残してるんだろ。俺たちとは、その、子孫を残す……方法が、違うハズだ。そもそも、お前たちはどうやって子供を作るんだ。聞くのがものすごく怖い話のような気もするが……」

ニガテ系の極致の話題なのでしどろもどろにはなってしまったが、俺はシャーロックのヨタ話を思い出しつつそこに逃げ道を求める。

エンディミラやレクテイアの傍系と思われる閻たちは、女たちの中で優秀な者が成熟後男に変わるような事を言ってた。でもそれも知識として知ってるだけで、エンディミラは実際に男と接したことは無さそうだった。緋鬼たちのいた鬼ノ國にも、男の姿をした鬼はいなかった。あくまで仮説だが、レクテイア人の言っている男とは、俺たち人間の男とは全く違うものなのかもしれない。もしそうなら、さすがのルシフェリアもこの件を諦めてくれるハズだ。

「ふむ。そこが分からず戸惑っておったのか。案ずるでないぞ」

「お前たちは、その……変身するような具合で、男になるのか？　俺みたいな形に……」

「そのような醜い形になりはせぬ。生殖させる力を持つまで成熟した者を、原初の時代になぞらえて『男』と呼んでいるだけじゃ」

そこも知らんのか、というヤレヤレ顔をしたルシフェリアは、背筋を伸ばして正座する。つられて俺も、正座で向かい合う。ママに説教を受けてる子供みたいな絵面になったな。

「レクテイア人類にも原人の頃までは女男があったのじゃ。それが進化の過程で女だけになった。半分の者しか子が産めないより、全員産めるほうが種として有利じゃからの」

……理に適ってる気がしないでもないが、最初の『案ずるでないぞ』がコワすぎて気が気じゃないです。できるのか、できるんですか、マジでですか。

「後にレクテイア人種は、多くの族に分かれた。で、その族によって、子ができる条件が異なるのじゃ。なお、この条件はどれも大抵けっこう難しい。さもないとアクシデントで子ができてしまうからの」

「……それはいけませんね……」

「ある族は、密室に閉じこもって2人が同じ空気を分け合い続ける。ある族は、口と口を接触させる。またある族は蝶(ちょう)の園で戯れる。ある族は相手の血を啜(すす)る。他にも色々あるが、条件を秘密にしてる族もおる。条件さえ満たせば他族との交雑もできる。族と族との相性――子が出来やすい、出来にくいはあるがの」

「……」

「中でもルシフェリア族が他族に自分を分ける条件は極めて難しい。月夜の海辺や湖畔に出向き、2人で水に映った月の光を浴びるのじゃ。そうすると、ルシフェリアから相手に自分を刻む光が出る。この光は微(かす)かなので、体と体をくっつけてないとダメじゃ。なお、ルシフェリアの場合は相手に子が出来るのではなく、相手本人がルシフェリアになる形で殖(ふ)える。ただ完全に変わるとも限らず、相手の体に受容体が無ければ全くルシフェリアにならない。受容体が少ししかなければ、少ししかルシフェリアにならない」

……こいつは、驚きだ……

レクテイア人の遺伝子のやりとりの仕方――今の話は、空気感染、接触感染、虫が媒介するベクター感染、血液感染――菌やウイルスの感染経路と同じものが揃(そろ)っている。

感染とは、微生物を遺伝子ごと人から人へ運ぶメカニズム。レクテイア人は単性になる進化の過程で、感染というシステムを自らの遺伝子の伝播(でんぱ)、生殖に取り入れたんだ。

ルシフェリアによる相手の遺伝子の書き換えは、さらに進んでいる。それは、おそらく放射線によるものだ。日光の反射光が生理学的なキーというのも、初耳じゃない。リサがジェヴォーダンの獣へと変身するキーは、月光――太陽光が月面に反射した光だ。リサは死にかけると生存のためにそうなるが、ルシフェリアは反射光をキーにして遺伝子を残す。しかも水に映った月光――太陽光が2重に反射した光でなければならないというあたりは、もう一歩その生理現象を複雑に進化させた種族と言えるだろう。

「要するに主様(ぬしさま)たちの文化でいう、『月が綺麗(きれい)ですね』『死んでもいいわ』をやるのじゃ。ロマンチックじゃろ、ルシフェリアは」

「夏目漱石(なつめそうせき)と二葉亭四迷(ふたばていしめい)か。よくそんなの知ってるな……でもレクテイア人じゃない俺(おれ)に受容体とやらは無いだろ、多分」

「無いのう。他者の受容体の有無は我(われ)には感じ取れるものじゃが、主様には全く無い」

「じゃあ俺とお前のペアではルシフェリアは殖えない。はいこの件はこれで終わり」

「主様は阿呆(あほう)か。水月婚(すいげつこん)の話はルシフェリアの神秘を語っただけ、ただの自慢話じゃよ。そもそも男とは子を産めぬ劣った生き物。産むのは高等な我じゃ。そして主様が我に子を宿す方法はシンプル――動物と同じ、この世界の原始的なヒトどもと同じ方法じゃ」

「……ひっ……！」

「人が樹上生活をやめても足に細く弱い指が残っておるように、レクテイアの女たちにも原始的な生殖の器官やその機能は残っておる。つまり、主様の最初の問いへの答えは——『できるぞ♡』じゃ」

やっぱりか！　よく考えたらレクテイアの女たちの子孫がこの世界にもいますしね！

「ただそれは細く弱くなっており、この世界の男とでは子供がなかなか出来にくいらしい。特に我のような進化の最先端を行くレクテイア人には難しかろう。頑張るのじゃぞ。あと、我はその原始的な方法がよくは分からぬ。主様は詳しいじゃろうから、任せる。いたせ」

「無理無理無理無理！　一連の生々しい話聞いただけでお腹いっぱいです！」

「……どうして拒む？　出来る我の子は、主様の子でもあるのじゃぞ？　子孫を残すのは生きとし生けるものにとって、とても良い事じゃろう？」

それは反論しづらいけど……！

ともあれルシフェリアはエンディミラよりズレてるぞ、この辺の感覚が。生物学的には進化した種族なのかもしれないが、文化的には埋めがたい隔たりを感じる。

「ていうかお前、この世界を侵略するって言ってたが——それなら、子供なんか作ってる場合じゃないだろ。言ってる事とやろうとしてる事がバラバラだぞッ」

「一致しておろうが。愚かじゃの、我の主様は。将来が不安になってきた」

「？」

「強い我と強い主様がせっせと増え、それが子々孫々続けば、ルシフェリアによる世界の侵掠(しんりゃく)は叶(かな)う。生きものの勝利とは、個の生存と種の繁栄。太古の昔からそうじゃろ」

自分の子孫を、地上に広める――

ルシフェリアは個としてではなく、種としてこの世界を侵略しようとしてるんだ。言うなれば、人型の侵略的外来種。ラプンツェルのクロリシアに続いて、すごいのが来たな。レクテイアはビックリ箱だ。

「も……もう1つ生物の勝利条件があるぞ。他の種を滅ぼす事だ。お前は人類を攻撃して絶滅させたりして、この世を侵略しようとしてるんじゃないのか」

「それは出来るが、ルシフェリアの掟(おきて)に反する」

「えっそうなの」

「これだけ数のいるヒトを全て根絶やしにするとなると、千年の冬を到来させたり、星の軸をずらしたり、無限の闇に吸わせたりせねばならん。そしたら我にとっても住めぬ地になってしまうじゃろ。我のために働くものもいなくなってしまうし。じゃから、ヒトとは千年ほど前に全面的な戦をしない協定も結んであるぞ」

地球に氷河期をもたらす、地軸をずらす、ブラックホールを発生させる……という事が、ルシフェリア族には出来るってのか。フカシである事を祈るが。あとそんなヤツの魔力をジャンヌなんかが作った道具でちゃんと封じれるのかな。心配になってきた。

「昔はヒトを根絶やしにする野心を持ってこっちに来たルシフェリアもいたそうじゃがの。でもなぜか次々と消息を絶った。理由は分からぬが、うまくいかなかったらしい。しかしクロリシアのように、この世のヒトを滅ぼそうと企む神もおる。我はそういった神々からヒトを守ってもやろう。なにしろ、我の子は半分ヒトになると今確定したのでな」

「確定してるのか……お前の中ではもう……」

「主様、子の数のノルマは10人とするぞ。1人のルシフェリアが10人の子を産み、10人のルシフェリアが10人ずつ産む——それを12世代繰り返せば、ルシフェリアは1兆人になるからの」

い、1兆人……なるほど、そいつはまさに、侵略だな。

——ガチャッ。と、アリアが部屋のエントランスに帰ってきた音がしたので……

「こ、子供とかそういうのの件は——お前の一族の掟と、お前個人の願望だろ。だがその達成には俺の……その、えーっと、協力が必要になる。協力とは同意を前提にするものだ。で、俺は同意しない。というわけで話題を変えろ。他に話したい事があったらそれにしろ。アリアの前では、俺はお前に今の話を続けられても一切リアクションしないからな」

俺はテーブルのイスにいそいそ座り、ヒソヒソ早口でルシフェリアに言う。

アリアが室内に入ってくると、ルシフェリアもチェッて感じに口を尖らせてテーブルについた。そして俺と対座し、身を少し乗り出してきて——わっ。パッパツのセーラー服で寄せられた両胸、の、深ぁーい谷間が。クッキリ見えちゃってるよ。こわいこわい。今の話の後だと10倍こわい。

「……あの娘は、いまどこじゃ？　我と同じ髪と目の色をした、幼い子じゃ」

「かなでの事か？」

ルシフェリアが命令通り話題を変えてくれたので、俺は内心ホッとしつつ応じる。

「あれはおそらく、ルシフェリア族の末裔。ルシフェリア族は数が少ないからの。我は母以外のルシフェリアに、たとえ遠い縁者といえ会ったことがないのじゃ。その母とも掟に従って幼い時に別れた。かなでに会いたい」

ルシフェリア族は、ただルシフェリア族であるというだけで功名心のある他種族に命を狙われる一族。その上、レクテイアでの生殖の仕方もかなり複雑だ。希少な存在になってしまっているのは、理解できる。そしてそれは確かに寂しいことだろう。

「お前が安全な存在だって分かったら、会わせてやるよ」

アリアに「キンジちょっと来て」と手招きされた俺は、そう言い残してルシフェリアのもとを立ち去る。おかげでなんとか、人生最大のピンチを脱する事ができたぞ。一時的に、でしかない気もするが。

3弾　七回生まれ変わっても

「——どうだったの、ルシフェリアの尋問」

「……あ、ああ。暴れないよう念は押せたが、それ以外に有益なやりとりは出来てない。接するのが難しい女だ。俺(おれ)は嫌いだね。困るぜ……」

「その割には胸をジロジロ見てたじゃない」

フンとソッポを向き、でんでん太鼓的に振ったテールで軽く俺をはたいたアリア……にエントランスまで連れていかれるのかと思ったら、廊下の角で『待て』の手つきをされた。で、アリアは自分だけその先へ行く。

（……？）

エントランスから女子の声がする。複数人だ。男子がいるのがバレたら良くないから、俺をここで止めたって事か。で、角からそっちを盗み見ると、やたら大きい荷物をやたら小さい女子が2人がかりで運び込んでる。

あのショートツインテールの2人組は……アリアの戦妹(アミカ)の間宮(まみや)あかりと、間宮の戦妹のアマネ・キャンディスだ。運び込んでるのは家具らしい。

（そういや、アリアの戦姉(アミカ)はアンジェリカって名前だったらしいから——アンジェリカ(Angelica)、

アリア、あかり、アマネでイニシャルAが4代続いてるな、そこ）

　Aどもは「女性テロリストを預かって、この部屋で取り調べる事になってね」「アリア先輩のお部屋で!?　うらやましい」「アマネもうらやましいでち～」「今は入っちゃダメよ。あたし以外は彼女と接見禁止。家具はそこに置いて」とか、3人で話してるんだが……

　ルシフェリア用らしいベッドや電気スタンドの箱をエントランスに置かせ、俺をここに待機させたという事は、あれを俺に中へ運ばせるつもりだな？　あと間宮とキャンディス、お前ら『この部屋で』じゃなくて『テロリスト』の方にリアクションしろ。テロリストを日常に溶け込んでるものとしてスルーすんな。アリアの子分とはいえ武偵高慣れしすぎ。

　俺は抜き足で南リビングに戻り、

「ルシフェリア。アリアがお前の家具を買った。自分の物なんだから自分で運べ」

　ソファーに正座してたルシフェリアに、そう命じるものの……

「イヤじゃ」

「聞こえなかったのか？　もう1度言う。自分で運べ」

「聞こえなんだか？　もう1度言う。イヤじゃ」

「なんでだよ……主様、主様って様付けで呼ぶんなら、少しは言う事を聞け」

「女男では女が上等、男が下等じゃ。主様、自分の花嫁を大切にせよ」

「あんたキンジを旦那にしたの？」

「うおわあっ！　アリア!?」

いつの間にか戻ってきてて話に割り込んできたアリアのアニメ声に、俺の心臓が肋骨を全部折る勢いで跳ねる。さっき隠したつもりの会話内容の一部が、秒でバレた！

「あ、いや、これはコイツが勝手に……！」

振り返ってワタワタ言い訳する俺を前に、への字口で腕組みして立つアリアは――ひとつ、大きな溜息。そして欧米人がやる、ヤレヤレのポーズだ。

「もっと命を大事にした方がいいわよルシフェリア。これは危険と事件を引き寄せまくる危機マグネット人間なんだから。しかも女癖が悪くて、これと一緒にいたら苦労するのよ。女癖悪いし、これ」

なんで2度言う。あと危機マグネット人間って何だ。これ呼ばわりを連打すんな。俺をドレイにしたやつがどの口で言う。などのツッコミがノド元まで出かかるが……アリア、いつもの大噴火を起こさないぞ？　俺のネガキャンをするその態度に、愛人を見下す本妻みたいな余裕さえ感じられる。額に『D』字形の青筋は浮かべてるが。

そして、女癖の悪い旦那のことはスルーで――それはそれで逆にコワイが――アリアはこちらも口をへの字にしたルシフェリアとの間に、バチバチッ……と視線の火花を飛ばす。

「我の主様を悪く言うでない」

「ふーん。ごめんね」

……やばいよ？　この空気。早くなんとかしないと、いずれ武偵VS悪魔の怪獣戦争が勃発するリスクがある。せっかくの千年前の協定が破られちゃうよ……！

家具は結局、俺が１人でベッドルームの一つまで運んだ。組み立ても１人でやるハメになったから、かなり時間を取られたぞ。プライベートのセンスは少し少女趣味なアリアがセレクトしたベッドやテーブルには軽くお姫様感が入ってて、余計な装飾が多かったし。

——時刻はすっかり、晩メシ時。お腹減ったなあ……

と思ってゴキブリみたいにキッチンに侵入したら、ここで問題発生。アリアの台所にはロクに食料が無いのだ。冷蔵庫にはミルクと肝油ドロップぐらいしかないし、冷凍庫には冷凍ももまんだけだし、普段どうやって生活してんのあいつ？

アリアは北リビングにいて、かなえさんがいた時に習ってた手料理を作る気配もない。なので俺は、

「アリア。拳銃の整備なんかしてないで、ピザでも取れよ。俺はハワイアンがいい」

家具の組み立て賃代わりに出前を取らせるつもりで、そう話しかける。

「ルシフェリアがもう少し喋るまでディナーは無しよ。１日食べさせなければ喋るかも」

「捕虜を虐待するな。逆だ逆。ウマいものを食わせてやって、機嫌を取るんだよ」

「ふーん、へー、優しいのねえ。美人だもんね、スタイルいいもんね、ルシフェリアは！

じゃああんたが食べさせなさいよ、かわいいいいお嫁さんにッ」

ぎろろり！　と俺を睨むアリアは、ルシフェリアに甘い発言をした俺にご立腹のご様子。

晩メシはスコッチエッグ1つすらも出さない構えだ。銀の銃は整備中だが、黒の銃が出る前に——と、俺はリビングを脱出し……

しょうがない。ここは自ら食料の買い出しに行くしかなさそうだ。この流れも類族運命なのかな。しかし今回は1人での買い物。いきなり店内でトウモロコシをバリバリ食べる双子を連れたりはしてない。一応は新たな運命の流れに向かいつつあると考えよう。

晩メシ用の買い物をするにしても少々遅い時間になってはいるが、遅いなら遅いなりの戦略がある。金が大してないのは相変わらずなので——スーパーのワゴンでおつとめ品の野菜を幾つか買い、それから腕時計を見つつ浮島北駅近くのイノヤ弁当店に行く。ここはボリュームだけはある弁当を一律500円で売っていて、なんと閉店の2時間前になると売れ残りを全品半額にするミラクル優良店なのだ。そこで、20時ちょうど……俺は群狼の如くやってくる武偵高生たちとの争奪戦に勝ち、半額弁当を3つ入手した。さらに同様の投げ売りをやるパン屋でも数十円のパンを買い集めたぞ。うーん、我ながら鮮やかだな。こういう事だけは。

「よし、みんなで食うぞ」

ギスギスしてるアリアとルシフェリアの仲を取り持つためにも、俺は２人をダイニングテーブルに同席させる。

捕虜のルシフェリアを味方につけて、いずれＮに働きかけさせるためには――まずこの部屋での生活が、彼女によって良いものでなければならない。アリアと険悪なままでは、それがうまくいかないだろうしな。

俺がテーブルに並べた半額食品のフルコースを、ルシフェリアはキョトンと見て……

「優に３人分あるぞ。我にも１人分くれるということか？」

と、驚いた様子だ。捕まった身だから、食べ物はロクにもらえないと思ってたんだな。

「そりゃお前だって腹は減るだろ」

「それは、そうじゃが。主様は気前が良いのう。まさか我を太らせてから食うつもりか？　ルシフェリアを食うとルシフェリアになれると信じておる種族もいるからのう」

ルシフェリアは冗談めかして言い、嬉しそうにイスを俺の方に近づけてくる。

「食うワケないし、なるわけないだろ。魚を食っても魚にならないのと同じだ」

「うふふっ。我の主様は面白いのう。たしかに魚を食べても魚にはならぬのう。ふふふ」

けっこうマジでツボってるっぽいなコレ。俺のこういうジョークじみた発言は女子にはほぼ百発百中でスベるのに。生年月日が同じだとセンスが似るのかね？

「こらキンジ！　Ｎと仲良くしない！」

アリアはアリアで俺にイスを近づけてきて、ルシフェリアから離そうとする。俺の腕を抱いたアリアの胸に肘が当たるから、ビックリ仰天させられたぞ。本人は怒ってるせいで気付いていないが、無いものに肘が当たるとはこれいかに——

「で、これは何弁当なのよ？」

「え、あ、半額弁当だ。その日の売れ残りだから、内容は日によって変わる。お前たち、好きなの選べよ。後で代金を請求したりはしないから」

流れで俺持ちになったのは納得いかないが、アリアから金を取り立てるのは面倒だし、ルシフェリアは無一文だろうしな。

「見たことない料理ばかりで選べないのう」

こっちはこっちで俺の腕を自分の方に抱き寄せ——うわ、こっちは有るものに思いきり上腕がメリこんだッ……楽しげなルシフェリアが、甘えたような声で言う。悪魔娘だからなのか知らんが、アリアを怒らせるような行動を進んでやるなあコイツ。

「み、見た目で選べよ」

そう言われたルシフェリアはハンバーグ弁当を取り、アリアが天ぷら弁当を取ったので、俺のは残りのチキン南蛮弁当になる。

で、3人でパカパカとプラ容器を開けて食べ始めるんだが、すぐにアリアが、

「このエビフライ、8割ぐらいコロモじゃないの。どうりでシッポが小さいと思ったわ。

べちゃべちゃしてるし」

　俺の半額弁当に、文句つけてくるんだが？　この富裕層め。

「エビ天な。コロモだって貴重なカロリーだぞ。あと油が回ってるのはしょうがないだろ、朝に作られたやつを夜食ってるんだし」

「それとこのライス、味がヘンなんだけど。本物のライスなの？」

「当たり前だろ。化学調味料で味付けして、グリシンでツヤを出し、シリコンで舌触りが整えられてある、完璧な白飯だ」

「それのどこが完璧なのよっ。レタスも塩素のニオイがするわ。歯ごたえも妙だし」

「塩素じゃない、次亜塩素酸ナトリウムの臭気だ。浸すと野菜が鮮明な色になり、何日も変色しなくなる。事前に漂白剤で黒ずみとか茶ばみを消してあるからキレイなもんだろ。見た目だけじゃなく本当に劣化しないよう、強アルカリ液にも漬け込んであるから安心だ。防腐剤も保存料もバッチリ。歯応えはリン酸塩でシャキシャキ化してある」

「添加物だらけじゃないの！」

「今日日そこいらの弁当はみんなそうだぞ。気にすんな。添加物は厚労省が定めた分量に留められてるはずだ。多分」

「もういいわ。食べない」

　俺が世間の弁当の美味さと鮮度の秘密を解説してやったのに、アリア様はご機嫌ナナメ。

ルシフェリアも目玉焼き形をした加工卵(ロールエッグ)を食べつつ「うむ、うまくはないな」とか言うし。

「こらお前らっ。俺(おれ)は半額弁当を主食にして命を繋(つな)いできたんだぞ。これからもそうだ。それを貶(けな)したら怒るぞ！　お残しは許しまへんで！」

忍たま乱太郎の食堂のおばちゃんと化した俺に、ルシフェリアが……

「うまくはないがの。我(われ)は食う。せっかく主様(ぬしさま)がくれたものじゃし。それに食えるうちに食っておかぬと、いつ飢えるとも限らん。飢饉(ききん)の時は十日、二十日と食えぬものじゃ」

レクテイアの食糧事情は良くなかったのか、そんな事を真剣に言ってる。その眼差(まなざ)しは、実際に餓(う)えを経験したトラウマを持つ者のものだ。

さすがの俺も、そんなに長く食べ物に事欠いたことはなかったので……

「……味はともかく、飢えさせはしない。そこは俺が保証するから、今後は心配するな」

そこは安心させてやろうと思い、マジメに言う。

そしたら、ルシフェリアはその大きな目で俺の方を見て、

「………」

なにやら、すごく感激したような顔をしてる。それからドキドキしているような表情になったのは謎だが。そしたらすぐさまアリアがバシッとワリバシを掴(つか)み直し、

「あんたが食べるなら、あたしも食べる。なんか負けた気がして癪(しゃく)に障(さわ)るわ」

とか、ルシフェリアにケンカ腰で言う。そしたらルシフェリアも「いっぺん食べるのを

やめたんじゃから、アリアの負けじゃ。きひひっ」とか、アリアにアカンベーしてるよ。

その侮辱の仕草、レクテイアにもあったのね。

貶した割にはゴハンもオカズも俺より速く食べていく、アリアとルシフェリアだが……

結局、２人の仲は取り持てなかったな。

半額弁当を食べながらだと実感が湧かないものの、シャーロックによれば──俺たちがルシフェリアをどう扱うかは、２つの世界の趨勢に係わる重要事だ。だとすると、３人が交わるこの生活は大きな局面のはず。しかし、それが出だしからうまくいってない。

実際、ルシフェリアはＮの金指輪で、モリアーティの曾孫。敵のリーダーの一歩手前にいるような大物だ。こっちもアリアと俺という、Ｎと戦う者たちの中の大ゴマが揃ってる。

その３人がギクシャクし続けるか円満な関係になるかは、確かに大きいだろう。

ルシフェリアとアリアにストレスを溜めさせるような生活をしてたら、危くなるぞ……

Ｎとの戦い自体が。

そう、これは戦いなんだ。生活という、新たな形での戦い。弾や刃物や魔術が飛び交う今までの戦いとは異なる、俺とアリアのタッグが体験したことのない形の戦いだ──

──ストレスが溜まるのは、俺もだ。アリアは洗濯も今まで間宮にやらせてたらしく、それが人払いされた今は洗濯カゴが溢れ返ってる。

　未洗濯の女子の衣服とは、俺にとって爆弾と同じレベルの危険物。それが女子本体より好きな変態もいるらしいが、変態を怖れる俺は事故が起きる前にと、目を閉じ、息を止め、ドラム式洗濯乾燥機に放り込んでいく。それでも手触りで分かっちゃうんだが、セーラーブラウス、ネグリジェ、プリーツスカート、ニーソックス——あれっ？　これは何だ？　あ、ルシフェリアの例のヒモ水着みたいなやつか。絹みたいなナイロンみたいな手触りのいい素材で、ここの不可解な穴は……シッポを出す穴だな。テテティ・レテティのにも、同様の穴があったし。ちなみに猴はシッポが細かったので、ローライズ下着で対応してた。この世で最も有尾人のパンツ事情に詳しい人間かもしれないね、俺。

　ていうか、こんなものを指でまさぐってるこの姿こそ変態っぽいぞ。息も苦しくなってきたし、早く終わらせ……

「おお！」

　ルシフェリアの声が聞こえたもんで、バレたかと思って心停止しかけた。

　だが声は遠かったので、俺は慌てて穴開きヒモ下着を洗濯機に突っ込み——液体洗剤を入れて洗濯機を回し、ダイニングルームへ戻る。

　そしたらそこではルシフェリアが、シッポをぴこぴこ振りながら……立ち食い＆つまみ食いしてる。勝手にビニール袋から取り出した、明日の朝食用のパンを。まあ沢山買ってあるから、１つぐらいいいけどさ。

「これはウマいのう主様。我は気に入ったぞ。何という名の、どこの国の食べ物じゃ？」

喜色満面で振り向いたルシフェリアが、ぱくぱく食べてるのは――

「それはカレーパンだ。カレーはインド、パンは西洋から来て、日本で融合した」

ハンバーグはレクテイアにも似た食品があったものの、カレーパンは無かったんだろう。

エンディミラの蕎麦もそうだったが、人は未知の風味を経験すると味覚のメーターが振り切れたみたいになって、ドハマりする事があるからな。

「じゃあ明日も半額になってたら買ってきてやるよ」

「え、よいのか。我の好きなものを用意してくれるというのか」

「なんで驚いたような顔をする。どうせ食べるなら好きな味の方がいいだろ。40円だし」

そう言った俺を、ルシフェリアは、

「それは、我を……花嫁として、扱ってくれている、ということかの？」

と、また感動するような目で見てくる。

「アリアが怒るから、そういう話はするなって。あとカレーパンはもう1個あるが……」

俺がビニール袋からカレーパンを出すと、ルシフェリアはワーイと手を伸ばしてくる。

しかし俺はそれを頭上に上げて、ルシフェリアのリーチ外に出す。

「これは明日の朝の分にとっておけ。朝メシが無くなっちゃうぞ」

「わ、我に命じたのか。また言うことを聞けというのか。我はとっても偉いルシフェリアなのじゃぞ。一度も他者の命令に従った事などないのじゃぞっ。よこせっ」

「じゃあ今が最初だ。おあずけっ」

2つの世界の趨勢に係わるNとの戦いに於いて、重大な局面のこの生活は——衣食住の食に欠陥がある。どうすれば望ましい結果に繋がるのかは手探りだが、少しでも食生活を良いものにしないとダメだろう。少なくとも、朝メシを抜くような事があってはいけない。リーチ差でカレーパンに手の届かないルシフェリアはまだ「うー」と唸ってるので、

「返事は」

厳しめに言ったら、ルシフェリアは俺に何度も倒された記憶が甦ったのか、

「……はぁい」

手を引っ込め、割と素直に返事もした。ちょっとだけ怯えるような目で。それから今の自分の動きにビックリしたみたいな表情になり、左右のツノを左右の手で掴み……

「うー……あうーっ……うぅーっ……なんじゃ、なんなのじゃ、この我は、この気持ちは
……うーっ、あうぅーっ、ううう一っ！」

何やら声にならない声を出し、煩悶してる。身を屈めたり、伸ばしたりしながら。

だが女子の感情なんか、俺にとっちゃ相対性理論より難解。スルーする以外にない。

それに時刻も遅いんで、

「じゃあ俺はそろそろ家に帰って寝る。アリアとケンカするなよ？」

と、ダイニングルームから出ようとしたら……ぎゅっ。

ルシフェリアがジャケットの裾を掴んできた。なんだよ。

「主様の阿呆。花嫁を一人きりにするな。この家で寝ろ」

「ここは女子寮だから、男子禁制なんだよ。それにお前を一人きりにするワケじゃない。アリアがいるから心細くはないだろ」

「つがいが別々の家で寝るなどありえぬぞ。アリアは主様とはちがう。下僕じゃ」

「いつそうなったのよ。騒がしいから来てみたら……」

そう溜息をつくのは、いつの間にかダイニングルームのドアの所に現れてたアリアだ。

「とにかくイヤじゃイヤじゃ！　主様はここにいろ！」

はしっ！　とルシフェリアがしがみついてきて、いいニオイがするやら柔らかいやらでテンパる俺――を、「アンタのベッドもあるから。取りに来て」とアリアが引き剥がす。

「ええ……？　俺、ここに泊まるのか……？」

「あの調子じゃルシフェリア、夜中あんたを探しに抜け出しかねないでしょ」

――というわけで俺は、アリアのスペア制服、迷彩服、C装備のタクティカルベスト、私服、礼服等が吊されたウォークイン・クローゼットに連れ込まれる。床にはアクリルの防弾バックラー、リュックサック型に折り畳まれたパラグライダーなどもあって――その奥から、ズリズリズリ……

「うん……しょっ。これ使って。あかりが時々使ってたやつよ。あの子ここに泊まる時、あたしがいないとベッドで寝るのを遠慮するもんだから。それで買ったの」

アリアが雑巾がけするみたいなポーズで押し出してきたのは、折り畳まれたエアマット。空気で膨らませ、イカダみたいな形にして使うやつだ。

しょうがないなあ……じゃあ、これをロフトにでも敷いて寝るか。床で寝るよりはマシだろうし、アリアが日頃オシリを押しつけてるソファーで寝るのもヒス的に怖いし。

と、俺も屈んでそれを持ち上げようとしたら――

「……っ……！」

雑巾がけポーズのアリアの胸元から、制服の内側がバッチリ見っ……見えてしまった！

でも、見えたものはブラウスと胴体の間に生じたトンネルの向こうのスカート。これが白雪や理子だったら、いや、レキでも胸で遮られて向こう側なんか見えなかっただろう。アリアも胸が透明というわけではないので、トランプ柄の膨らみらしきものはあったが、見えた面積は極わずか。ヒス的には九死に一生を得た。

「なんで急に微動だにしなくなったの？　大丈夫？」

「ト、トンネル……いや、ありがとう。ただ俺、前に張り込み捜査でこういうの使ったら寝付きが悪くてな。マクラのとこが風船みたいな感触で。だから自分の部屋からマクラを持ってくるよ。その間に、お前たちは入浴とかを済ませといてくれ。絶対帰ってくるから、ルシフェリアによろしくな」

　そそくさとエアマットを持ち上げた俺は、それをクローゼットから広い南リビング……その上階にあるロフトに運び込む。

　それからルームキーのカードをアリアに借り、一旦女子寮を出て……夜の学園島を歩き、誰もいない自室に戻る。

　そして、自分のベッドからマクラを取って紙袋に入れ——そこでハッと気付く。毛布も持っていった方がいいぞ。アリアがお古のタオルケットとかを出してきてくれちゃったら一大事だ。あのアリアの甘酸っぱいニオイが染みついてる布なんか被ってたら、寝付きが悪いどころか一睡もできないだろうからな。


　2人が順々に入浴すると掛かるであろう想定時間、束の間の自由を満喫——といってもマクラと毛布を入れた紙袋を提げたまま、ついでに持ってきた参考書・ノート類を道端で確認してただけだが——してから、アリアの部屋に戻ると……

　よし、室内は暗い。2人はもう寝支度も終えて、ベッドに入ったらしい。何かあったらすぐ気付けるようにか、アリアはベッドルームのドアを開けたまま——もう寝てる。

　ガラスの天井から採光された星明かりで見える、赤ちゃんポーズのアリアの寝顔は……天使みたいだ。見とれちゃうね。心が洗われるレベルでカワイイ。幼い身体つきなのに、そこそこ女子らしい曲線美もあるし。

でもそれはそれでヒス的によろしくないので、俺はルシフェリアの部屋を回避しながらフローリングのロフトへ上がる。

このロフトはロフトというよりも上リビングと呼んだ方がいい広さなので、そこで1人あぐらをかいてると落ち着かない感じだ。そこでエアマットにプウプウ息を吹き込んで、イカダ形に膨らませる。なんか無人島のトラウマが甦るな。あとピンク色なのイヤだな。

（まあ、贅沢は言えないか……）

色々あきらめて、ごろり。マクラと毛布を手に、横になったら——

——横になった俺と、エアマットの横で女の子座りしてるルシフェリアとの目が合った。

「主様ぁー」

「……うおっ！　お前、何しに……！」

俺がエアマットを膨らませてる間に上がってきていたらしいルシフェリアは、乾燥機で乾いたなり着付けてきたらしい例のヒモ水着姿。ベッドの横にいきなり半裸の美女が出現するとか、一般男子なら夢のシチュエーションかもしれんが——俺にとっては悪夢でしかない。いかん。あまりの驚きに、寝ながらにして腰が抜けた。身動きが少ししか取れんッ。

（き、危機だ、さすが危機マグネット人間の俺っ……救援を、アリアを起こすか……!?）

いや、この状況でアリアを呼んだら味方じゃなく敵に回る可能性が高い。それにここにルシフェリアが来た理由だって夜這いとかの悪質なものじゃないかもしれない。たとえばオシッコに行きたいけど怖いからついてきてくれとか。俺は想像力が逞しいタイプだからそれはそれで付き合わされたくないが——

「主様の裸が見たい」

やっぱ悪質な理由だ！　さすが悪魔！

「ななななな何でだよっ……！　は、裸が見たけりゃ鏡でも見てろッ。その痴女みたいなコスチュームで、ほとんど丸見えなんだから——」

「主様の阿呆！　我は男という生き物の肉体を具に見てみたいのじゃ。どのような器官があるのか知らんから。それと我の服をバカにするでない、これは自分の肌に傷がないのをくまなく見せつけて強さを誇示する、ルシフェリアの誇り高き民族衣装なんじゃぞっ！」

なんてエッチな民族なんだ……ルシフェリア族……！

「でも主様が気に入らぬのなら、脱ぐがの」

と言って背中の留め金に自ら手を回すルシフェリアは、女しかいない世界から来たから自らの女体を露出させることに羞恥心がないらしい。やばいって！

「脱ぐな脱ぐな服っ、出すな出すな胸ぇえぇっ！」

「ほ。主様は我やアリアの胸ばかり見ておったから、見たいものと思っていたのじゃが」

ルシフェリアはキョトンとして……しかし、脱ぐ手は止めてくれて……えっ、俺……胸ばっかり見てた？　見てたかも。でもそれはヒス的な警戒心のためだ。そうだろ俺？

「うーむ。女と男は、身体の造りが違う。我が男の身体で興味があるのは、女の身体との違いの部分じゃ。その逆と考えれば、主様は女にしかない部分に興味を示すはず。例えば胸とか。しかし、いざ直に見せようとすると慌てる。ふしぎじゃのう」

口元に人さし指を寄せて考えるルシフェリアは、「あっ」と、頭の上に豆電球を光らすような顔になる。そして、にやーり。小悪魔っぽい笑みを浮かべたぞ。

「ははーん、分かった。我もこの高貴さゆえ、いまだ産んだことも産ませたこともないが――主様は年若く、女に子供を産ませたことがないのじゃな？」

「あってたまるかッ！」

「それで自分に自信がなく、照れてもおるのじゃろう。フフッ、かわいいのう、ぼうや」

同い年のくせに俺を坊や扱いしてくるルシフェリアが、楽しげに四つん這い――女豹のポーズを取る。その動きで、大きな胸が、ゆっさり、揺れたぁ……！

「……主様、赤くなっておる。美しい我が近づくと、ドキドキするのじゃな？」

ルシフェリアがシッポをゆっくり振りながら、にじり寄ってくる。腕を伸ばし、首筋を見せるように上体を上げて、胸を前に突き出してもきた。そして俺を見下すような悪どい笑顔になり……

「キヒヒッ。面白いのう。愉快じゃのう。今の主様は、戦う時とはまるで別人じゃ」

勝ち誇るように言われて、分かった。

ルシフェリアは、こういう事でなら自分が優位に立てると気付いたんだ。その意地悪な瞳の奥で、俺に何度も負けて折れた自尊心がムクムクと甦っていくのが見て取れる。

「そぉーれ、どうじゃ。ホントは見たいんじゃろ？　ここを。見たいと言え。そしたら、見せてやるから……」

悪魔のプライドを取り戻したルシフェリアが、俺の目の前で体をゆっくり、ゆっくり、艶めかしく起こしていく。そして膝立ちのポーズになり、女として一分の隙もない全身を余すところなく見せつけてくる。

だがルシフェリアは、脱ごうと思えばすぐに脱げるはずの小さな衣装を脱ぐ事はしない。そのそぶりすら、見せない。俺がガマンできなくなって、脱げと言うのを待っているんだ。美しいルシフェリアの軍門に降るのを、待っているんだ。

「我の身体に触りたければ、そう言え。そしたら、触らせてやる。どこでもな……」

ルシフェリアは、黒い翼を広げるように――ゴージャスな縦ロールのかかった後ろ髪を両腕で掻き上げ、剃り跡一つない美しい腋下を晒す。

ようやく上体を起こせた俺は、ルシフェリアと対面して座るような姿勢で後ずさろうとするが……それが、できない。この最高級に美しい女から離れる事を、本能に禁じられているかのように。

「したいことがあれば、してほしいことがあれば、なぁんでも言え。そしたら、なんでもさせてやろう。なんでもしてやろう。朝が来るまで……」

その肢体を俺が本能的に見てしまうと、ルシフェリアはゾクゾク来るような顔をする。おそらくルシフェリア族には、人を惹きつける事を悦ぶ本能があるんだ。だから彼女は、本能に従いさえすれば俺を誘惑できる。この女嫌いの俺が、心を奪われそうになっていく。そのぐらい、彼女は自分というものを魅せるのが上手い。

でも、だけど、ここで折れたら大変な事になる。だってこの人さっき子供がほしいとか言ってたし！

なので必死に堪え続ける俺に、ルシフェリアはとうとう——その全身を前に倒してきて、

「ウフフフッ。がおーうぅ」

俺に抱きつきながら、エアマットの上に、押し倒した……！

（……っ……！）

出来たての綿菓子のようにフワフワで、それでいてずっしりと重量感のある左右の胸が——抱擁の圧迫に拉げ、俺の胸を包んでくる。俺の胴に密着しているのは、内臓が入っていないかのように柔らかな腹と、無駄肉の全く無い括れたウエスト。白く長く伸びやかな美脚は俺の片足をむっちりと挟み込んで、ねっとりと絡まり、逃がしてくれない。そこも使うのかと驚かされた事に、つま先までが俺の足の甲をくすぐるように撫でてきた。

「主様ぁ……我の、主様ぁ……はぁ……ふうぅ……」

熟れたマンゴーのような甘ったるい息を俺の首に吐きながら、ルシフェリアは──肌の温もりを完全に透過するほど薄く、鋭角的なカットで僅かにしか布の無い下の衣装さえも押しつけてくる。それを食い込ませた腰をなすりつけるように、ルシフェリアの露出した両脚が前後動する。見えない階段を上がるかのような、緩慢なステップの踊りを踊るかのような、扇情的な動きで。

動けない。蛇に巻きつかれたようなこの体勢から、俺は一切動けない。指を動かせば、ルシフェリアの肌に触れてしまう。腕を動かせば、ルシフェリアの体を抱き返してしまう。首を動かせば、ルシフェリアと唇を重ねてしまう。そういう位置に、俺は置かれている。支配されている。ルシフェリアに。

「フフッ、我の勝ちじゃの」

──不意に耳元で囁かれて、俺は我に返る。

ルシフェリアめ。使ったな。魔力をその指輪で封じられていながら、魔法を。美女なら誰もが使える──色気という、魔性の力を。そしてそれを素の声を出す事で解きもした。

今の、勝利宣言をするために。

「わ……分かった、ここはお前の1勝だ。それでいいから。もう、許してくれよ……」

金縛りならぬ女縛りから逃がしてもらえた俺は、ルシフェリアの腋をベンチプレス風に押し上げつつ負けを認める。

「ひゃはあっ。くすぐったいぞー主様。じゃあ毎晩こうして乳繰り合って、我の勝ち数を増やそうかの？　キヒヒッ」

笑うルシフェリアは俺の背に回した腕に力を入れて、下がって来ようとする。いてて、いててっ、背中にツメを立てるな。

「そしたら……俺もお前にケンカを仕掛けて、勝ち星を増やしてやるッ」

「ふむ。それではイタチごっこになるのう。勝敗を決するには何か、他の勝負を考えねばならぬということか。どんな勝負にしようかの？　主様も考えろ」

「それは明日考えるから、とにかくどいてくれよ……！」

「イヤじゃ。ここでしっかり最後まで勝っておく。もう我は勢いがついてしまったしの」

「おっ、俺は負けを認めたんだから、過剰攻撃はするな。俺だってお前を格闘で倒した後、トドメを刺したりはしなかっただろッ」

「さあさあ主様。我の衣装を手ずから外せ。花嫁のこれを脱がすのは、主様の義務じゃぞ。今から一晩たっぷり、負けを思い知らせてやる。キヒッ、そして、玉のような子を――」

「都合の悪いことは聞こえないフリかっ」

「きェーっ！」

耳が痛え！　シカのいななきみたいな、怪鳥みたいな声でごまかされた。

だが片方が負けた後に試合を継続するのは、どんな勝負事だろうと反則行為だ。認めはしないぞっ。認めたら大変なことになるし！

「このっ、このっ」

「ふひひっ、ほれほれっ。じゃあ主様が先に見っせろー♪」

と、俺はルシフェリアとエアマット上でボヨンボヨン揉み合いになる。ルシフェリアは立ち技が弱くても寝技が強くて、俺はパジャマの上を、下を、取られてしまった。しかし最後の一枚がある。これは俺のプライド、やらせはせん！　やらせはせんぞ！　アリア、加勢しろ！　って、えっ？　アリア……さん……？

「……あんたって男は……あたしが寝てるスキに、あたしの家の中で……」

いる！　いらっしゃるよ！　アリア様が！　このロフトに、というかマットの真横に――額に『D』と『I』の青筋を立てた、アリア様が！　あっ、今ビキビキ音を立てて『E』も出た……！

「……いや……これは……違うんです……ちゃうんすよ……前後の文脈があって……」

「良いところに来たのうアリア、主様の腕なり足なり押さえろ。そしたら後で、ちょっと分けてやるからの」

恐怖で敬語になっちゃう俺と、俺の何を分け与えるつもりなのか不明なルシフェリアに――寝起きで超絶不機嫌なアリアは、ぎゃ――――す！！！

深夜にも拘わらず怪獣の鳴き声を上げ、ネグリジェがドバンッ！　と全開になるような

蹴り上げ。二重螺旋(らせん)みたいに絡み合ってた俺(おれ)とルシフェリアを一気に打ち上げた。そして、

「この！　バカバカバカバカバカバカバカバカバカバカバカバカ――――――！」

両腕で力こぶのポーズを取り、『この！』で両拳を突き上げ、天井にバウンドして分離しつつ落ちてきた俺とルシフェリアを再び打ち上げる。そこからの『バカバカバカ！』でドカドカドカドカッ！　と、上向きの掘削機みたいな両手アッパーを高速連打。パンチによる上昇力と俺・ルシフェリアが重力で落ちてくる力を釣り合わせ続けて、無限パンチの刑にした。

コンクリートを豆腐みたいに抉(えぐ)るアリアの強打を百発ずつもらってから、ようやく俺とルシフェリアはフローリングの床に落ちることを許され……

「このバカキンジぃ！　あとルシフェリアも！　会わせる前に言ったでしょ！　キンジは女子にあんまり近づいちゃダメな体質なんだから、くっつくんじゃないわよって！」

息も絶え絶えな俺たちの傍らに仁王立ちし、真下――なぜかルシフェリアの大きな胸にガミガミ説教するアリアは、ググイッと腕組み。

「し、しかし、アリアも近づいておるでは、ないか……」

「あたしはパートナーだからいいの！」

「それなら、わ、我(われ)は、花嫁じゃ。主様(ぬしさま)の、妻じゃあ……妻は、七回生まれ変わっても、主人の、妻じゃあ……」

と言って気絶したルシフェリア、こいつも挫けない女だな。

あ、俺も意識が遠のいてきた。落ちる。死ぬかも。でも死んでも、今のルシフェリアの話がホントなら、来世でもまたこの悪魔娘に絡まれるの？　もうやだぁ……


——翌朝、さらなる問題が起きた。

アリアは学校に行くのである。

なので家には俺とルシフェリアだけになってしまう。今から半日、子作りを企む美人の悪魔娘と2人っきり。こわい、こわすぎる。

部屋のエントランスで通学鞄を手に出ていこうとするアリアに縋り付いた俺は、

「お、おいアリア、学校なんか行くな。単位は2年の時点でコンプしてるんだろ」

「ずっと行かないわけにもいかないでしょ。あたし強襲科で教官の補佐もしてるし」

アリア、蘭豹の補佐やってんのか。うわぁ違和感が全く仕事してない。

「あたしがいないスキに、ルシフェリアとヘンな事するんじゃないわよ？」

ダメだ、アリアの通学は止められない。しかも何か不在時の禁止事項を言い渡されたぞ。

「ヘンな事……？　あいつは存在自体がヘンだろ」

「あんたがそれ言う……？」

「どんな事をしちゃいけないんだ。具体的に言ってくれないと分からん」

ルシフェリアもだがアリアもアリアで怖いので、俺はそこを確認しようとする。

「なっなんでそんな事あたしの口から言わせようとするのよヘンタイ。あっ、その体質で生きてきたから分かんないのね……ごめん。えーっと、だからその……ルシフェリアとはあんまり近づかないこと。接近禁止令みたいなもの。いいわね？」

なんでか赤くなって命じてくるアリアだが、

「同じ家にいる時点で接近してるだろ」

「触れ合わないこと！」

「俺は女と触れ合うなんてそもそもしたくない。お前も知ってるだろ。結局、何をしたらダメなんだ。例となる映像とか画像とかを見せてくれ。ピクトグラムでもいい」

「もう！　これ以上は自分で考えなさい、このバカ！　あ、バカで思い出したんだけど。車輌科の武藤剛気」

「バカで思い出されるのか、武藤……不憫だな……アイツがどうした？」

「平賀文が一時帰国してるから、あたし、あれこれ修理を依頼したの。いまそれを武藤のガレージでやってくれてるんだって。あんた、あとで様子を見に行っておいてくれる？あたし今日は忙しくて行けなさそうだし」

「あ、ああ。それはいいが……ルシフェリアはどうする、見張りの人員がいなくなるぞ」

「うーん、じゃあ散歩がてら連れていってあげたら？　昨日の様子を見るに、ジャンヌのトゥーリングがあれば大ごとにはならなさそうだし」

「……それもそうだな。あれもずっと家にいさせたら息が詰まるだろうし」

「じゃあ行ってくるわ、学校」

「あ、アリア。結局、禁止事項は何なんだ」

と言う俺を置いてアリアは「知らない！」とドアを出てしまったので、俺は「車に気をつけてなー……」と、それを見送るしかない。ちなみにアリアは車とぶつかると車の方が壊れるので、今のはドライバーの身の安全のための忠告だったりする。


窓が広く明るいアリアの部屋で、午前中——やる事もないから、俺はテーブルに向かい勉強をする。潜伏先や無人島でさえ勉強した俺だ。どんな状況下であろうとやってやる。むしろ悩みがある時は、何かの作業に逃避してた方が心の安定を保てるしな。現実逃避は恥ずべき事ではなく、心すなわち脳の健康を保つ立派な生存戦略なのだ。

本日の作業は暗記カードの作成。これは小さい短冊みたいなカードをリング状の金具でまとめた、受験生必携のアイテム。携帯性に優れ、電車内や何かの行列に並ぶ際などにも勉強ができるものだ。

各カードは問題をオモテに、答えをウラに、自分で書くのが一般的。なので俺は受験で使う、受験以外では一生使わないであろう知識をせっせと書いていく。

「モントリオール議定書……ユビキタス社会……出席議員の3分の2以上」

「ぬ・し・さ・ま♪」

来た。だが無視。鋼の意志で学問の道を行くぞ。

「男女共同参画社会……男女雇用機会均等月間……育児介護法……」

「ぬー！　しー！　さまー！」

「だぁあ何だよッ！　耳元で叫ぶな！」

鋼の意志をポッキーみたいに折られた俺は、俺の耳たぶを掴んできてるルシフェリアの手を振り払う。

セーラー服姿のルシフェリアは俺の怒りなんかどこ吹く風で、両手のひらを自分の頬にあてて笑ってる。

「うふふふっ。しばらく放っておかれてから構ってもらうと、気分が良いものじゃの」

「……そうか……？」

「ほれほれ、主様の好きなセーラー服に着替えてきたぞ」

「俺がいつ好きって言ったッ。まああの水着みたいな衣装よりはマシだが……ていうか、何しに来た」

「勝負じゃ。格闘戦でも良い。今までの主様との格闘戦を振り返り、勝つ手を考えてきた」

懲りないヤツだな。今の不用意な発言で、『勝つ手』とやらが何かも大体絞れちゃうし。

「今はダメだ。俺は勉強してるんだから」

「べんきょおー？　つまらないことをしておるのう。どうやっておるのじゃ。見たい」

「こらっ、勝手にあれこれ手に取るな。なんでジャマするんだ」

「だって主様のことを知りたい……」

消しゴムを手に取りそう言ったルシフェリアは、なんでか今のが失言だったかのように
ハッと口を押さえ、

「し、知りたいといっても、好いたから気になるというのとは違うぞっ。我(われ)はヒトの女と
違って、男などという下等な生き物を好く趣味などありはせぬし、あってはならぬのだ。

我(われ)がする事は全て、えーっと……そうじゃ、勝つため！　勝つための前調べじゃ！」

とか、赤くなってワタワタ言ってる。

俺は女から気持ち悪がられ慣れてるから、好かれないのは全くもって構わんのだが……

「うー。うーっ。えーい。ぐりぐりぐりぃー」

「いたたたた！」

赤面顔で消しゴムをテーブルにバシンと置いたルシフェリアは、何かをごまかすように
両手で俺の頭を挟んだかと思うと――中指を俺の両耳に、人さし指を俺の両目に、親指を
両方の鼻の穴に突っ込んでくる。なんちゅう悪質な絡み方だ！

「だああ放せ！　何なんだよお前！」

しかしここでやり返したら、敵の思う壺。俺はルシフェリア・ヘッドロックから逃れ、反撃はしない。そして暗記カードへの記入に戻るため、再びシャーペンを手に取……ろうと思ったら、サッ。ルシフェリアが先に取ってしまった。

「で、主様。このペンは誰かにもらったのか？　この刻印は、どこかの女の紋章か？」

「何でそんなものに興味を持つんだ。それは道でもらったノベルティーで、ついてるのは知らん製薬会社のロゴだ。返せ。ちょっとプラスチックの部分が割れてて立て付けが悪くなってるんだから、乱暴に扱うな」

「ふふっ、こんなものを買うカネもないのか？　主様は甲斐性なしじゃのう。ペンぐらい、何なら我がどこかから盗んで――」

「節約してるんだよ俺はッ」

俺がシャーペンを奪い返すと、今度は――サッ。ニヤニヤしながらのルシフェリアが、暗記カードを取る。俺に勉強をさせない事で勝負に持ち込むつもりだな？

「おい、返せッ」

「いやじゃ」

俺が怒ってても構ってもらえると嬉しいのか、ルシフェリアは楽しそうだ。

ふざけやがって……！

「このッ……返せ！」

「いーやーじゃー。キヒヒッ！」

俺が単語カードを取り返そうとしてリング状の金具を掴むと、ルシフェリアはカードをグイッ！　乱暴に自分の方へ引き寄せる。そしたら、ビリリッ――！

カードのリング穴のところが、一気に破けてしまった。

「……っ！」

「……！」

これにはルシフェリアも、一旦『わっ、やっちゃった』という顔をたし――俺が眉を寄せたのを見て、アワワと口元を震わせもした。

しかしそこはやはり悪魔なのか謝りはせず、むしろ……ビリッ、ビリビリッ！　自分が構ってもらえない原因の単語カードを、真っ赤なマニキュアの手で引き裂いてしまった。自分でも悪い事をしてるのが分かっている、ちょっと緊張した顔で。

「……」

これはさすがに、俺も怒ったぞ。怒らなきゃダメな部類の事だろうしな。

と、俺が席を立ちルシフェリアを睨むと……

ルシフェリアは一歩、二歩、後ろに下がっていく。『え、そんなに怒るの……？』的に、少し怯えるような表情で。でも、その口から出てくるのは、

「ふ、ふふん。主様は頭が悪そうなのだから、勉強などしても無意味じゃろ」

——あまのじゃくの、憎まれ口だ。

「……俺(おれ)にとって、勉強は生存に繋(つな)がる大切な行為だ。ジャマするな。と、口で言ってもお前には無駄そうだな。ヤキを入れて、体に教え込んでやる」

「お、おう、やるのか。やるんじゃな？　よし、勝負じゃ。我(われ)は勝負したくて主様(ぬしさま)の所に来たのじゃしな」

単語カードの残骸を捨てたルシフェリアは、目の奥ではゴメンナサイと言いつつも手をシュッシュッとシャドーボクシングみたいに動かしてる。

そして、すぅーっ。その爆乳をもっと大きくするように息を吸ったので——

——バッと距離を詰めた俺は、右手の指で鼻梁(びりょう)の通った高い鼻を挟み、左手で薔薇色(ばらいろ)の唇を塞いでやる。

吸気する準備動作でもバレバレだったが、さっきルシフェリアが言っていた『勝つ手』とは、例の怪鳥みたいな叫び声。あの甲高い声には人間を本能的に萎縮させる効果があり、実際俺もあれを聞かされるたび数瞬ずつ隙を作ってしまっていた。

だがそれも、ブラドの『ワラキアの魔笛(まてき)』に比べれば可愛(かわい)いもんだ。それにこうやって事前に発声を止めてしまえば何も起きない。

「もごーっ！」

「——そら」

そのまま顔を押し、小内刈りで足を払ってやったら――ルシフェリアは、ごろりんっ！

それがルシフェリア流の受け身の取り方なのか、ボールみたいに丸まって後転。それから
立ち上がって反撃……してくるのが読めたので、俺は先手を打って追撃。ルシフェリアが
中腰になった時点で、頭頂部を掌で勢いよく真下に押し込んでやった。

２本のツノで守られている脳天を攻撃されるなど、経験も想定もした事がないのだろう。

ルシフェリアは全くそれに対応できず、

「きゃうっ！」

どしいん。フワフワした毛長のカーペットに大きめのお尻を落とし、後ろに手をついた。

相変わらず、楽勝だな。ノーマル俺でも俺は男子なので、女子にはさすがに負けないよ。

鉄パイプを素手でα形に曲げるアリア以外には。

って……っ……お、おいッ……

（……っ……！）

ルシフェリアが膝を立てて尻もちをついたもんだから、分かっちゃったけど。

こいつ、例のヒモ下着をつけてないぞっ。って事はセーラー服だけを直に着てて、上も
下も何もつけてないのか。『着替えてきた』って言われた時点で気付きゃよかった！

ていうか、そんな無防備な状態で俺の前に来て……何をするつもりだったんだ。背筋が
凍る。ただ、今さっき細部を認識する前に目を逸らせたのは不幸中の幸いと言えよう。

「うーっ……んー……あうぁ……うう、んっ……」

やっぱり脳天は弱点なのか、ルシフェリアは頭をクラクラさせている。その声がヘンにエッチな感じに聞こえてきてしまって、俺は戸惑う。

「はぁー……『夜の森の嘶き』も、我の弱いところまでも、見抜いておったか。主様は、ホントに強いんじゃのう……」

あられもない姿のルシフェリアは、しかし恥ずかしがりも、悔しがりもしていない。ウットリと、どこかゾクゾクしてるような顔で俺を見上げてきてる。なんだこいつ。

「そうでもないぞ。体格は平均的だし、筋力も普通より少しマシな程度だし。俺のこれは小さい頃にあれこれの技をバカみたいに教え込まれたのと、ここ数年間バカみたいに戦い続ける日々を送ってきたからだ。戦い慣れてるだけの、戦闘バカだ」

女子に褒められる事ほど気まずい事はないので、自分を卑下して言ったつもりの俺だが……卑下じゃなくて事実なので、言ってて悲しくなってきたね。

「いや、力も強いぞ。総じて、筋力は男の方が強いんじゃろうな。原始的でケモノに近い男の方が強いのは、当然かもしれぬ。ケモノのように生殖するのじゃし……」

「だーかーら、その話に持ってくのはよせ。気分が悪くなるッ」

俺が半ギレで叱ると、尻もちをついたままのルシフェリアはまた怯えるような、ゾクッと来たような妙な表情をする。

「……で、主様は我を倒さぬのか。ひっくり返して、あの姿勢を取らせぬのか。これでは主様の勝ちにならんぞ」

「するワケないだろっ、そんな事したら見え――あ、いや、そのだな……」

「それからシッポを握ったり、尻をペンペンしたりはせんのか。負けた我を揉みくちゃにしてくれぬのか……？　あ、じゃない、せぬのか」

俺もセリフを噛んだが、ルシフェリアも噛んでる。でも会話は噛み合わない。

「……？」

「……？」

俺は攻撃せず、ルシフェリアの反撃もない。この5戦目は無効試合になった空気だな。

そしたらルシフェリアは、ちぇっ、という顔になる。これも分からん。負け確の対戦でルールに救われて負けずに済んだのに、何で欲求不満みたいな態度を取る？

（まあ女子の感情なんて、俺には考えるだけムダか……）

と、俺は千切れた暗記カードを拾い集め――

「これは物を覚えるのに使う、重要なものだ。セロテープで修復するから、手伝え」

「……我は謝らぬぞ。また破いてやる。キヒッ……」

「――謝れ！」

反省の色がない犯人に、ここは怒鳴る。そしたら、ビクっ。ルシフェリアは恐怖と共に

快感するような、奇妙な震え方を見せた。で、天井の方を向いて、

「あぁん。ご、ごめんなさぁい」

今度は泣くような悦ぶような、これも妙ちくりんな声で……でもまあ、謝った。

なんか叱られる発言をわざわざして、俺に叱らせたようにも思えるが——

「次破いたら、もっと痛くするぞ。もうジャマするな」

俺がそう釘を刺すと、女の子座りになったルシフェリアは目がハートになってるような顔でこっちを見る。なんだよもう……


「主様」

さっきあれだけジャマするなって言ったのに、ちょっとしたらまた来た。

ケロッとした顔で、ルシフェリアが。こっちは勉強してるのに。

「次の勝負じゃ。これはいかがかの」

とか言って、ルシフェリアはキッチンで勝手にやったらしい料理を持ってきてる。

ニンジン入りの、マッシュポテト……ポテトサラダかな？　見た目的にはそうなんだが、ちょっと違う雰囲気もある。

「なんだこれ」

「我のふるさとの郷土料理じゃ。新鮮ではなかったが、似た食材があったでの」

「俺がスーパーで買ったやつで作ったのか……」

　時計を見ると、もうすぐ正午だ。勉強に集中してたら昼メシを作るの忘れちゃってたし、腹も減ってるし、食べるとするか。ただし、安全を確認してからな。

「ルシフェリア、俺が指定した部分を少し食べてみせろ。毒が入ってたら困るからな」

「ひどい主様じゃの、花嫁の手料理を疑うとは！　それでこそ我の主様じゃあ……」

　と言いつつも、ルシフェリアは身をクネクネさせて悦んでる。毒味が済めば俺が食べる前提で話したのが嬉しいのかな？

　俺に命じられた通り、その料理の一部をルシフェリアがスプーンで食べたので……

　まあ大丈夫そうだな。コイツの食べ物は人間と同じっぽいし。

「おいしかったら我の勝ちじゃぞ。主様はまた食べたがって、我に依存することになるんじゃからの」

　昨晩言ってた通り、趣向を変えた勝負を考えてきたって事か。あと無意識にだろうけど、女らしい分野で挑んできてる。確かに俺は料理が取り立てて得意じゃないから、負けても同じ方法で勝ち直すことができない。戦術的には正しい手を打ってきたな、ようやく。

「なんか理屈がよく分からんが、うまいと言わなきゃ俺の勝ちでいいな？」

「よいぞ」

　ルールは明らかになったので、ルンルン顔のルシフェリアに見られながらの俺もそれを食べると……甘からず、辛からず。普通のポテサラだ。薄味だが、何か味わった事のない風味があるね。作りたてで温かいのは好感度高いし、うまいけど、言うほどじゃ……

いや、うまいぞコレ。食べてる内に、いくらでも食べられそうな気がしてきた。クセになる系ってやつだ。何より、このコクのあるまろやかな滋味。どうやって出したんだろう。大したもんだな。

で、俺は気付いたら完食してしまっていた。皿に僅かに付着した分も、スプーンで削ぎ取るようにして。これでも、うまいと言わなきゃ勝ちだけど――

「うまい」

まあ、残さず食べといてそれは通らないよな。実際うまかったし。

「そうじゃろ、そうじゃろ？　やったぞ、我の勝ちじゃな。どうじゃ、主様は我無しではもう生きていけなくなったか？　おかわりも作ってやろうか、我が赤子にするように食べさせてやろうか。あーんってしてやろうか？」

ルシフェリアは天にも昇るような顔で、合わせた両手を自分の右頬、左頬、右頬に連続タッチさせてる。どうやらレクテイア人の喜びの仕草っぽいな。いかにも女性的。

「食べさせるのはしなくていいが、作ってくれ。味が良かったよ。アリアのキッチンには塩とコショウぐらいしか調味料が無かったが、これは何味なんだ？」

「我の味じゃ」

「お前が作ったことは疑ってないから。何の調味料で味付けしたのかって聞いてるんだ」

「だから、我の体から出るダシが入っておるのじゃ」

――ひえっ……！

スカートベルトの脇から見えるぐらいシッポをピコピコ振ってるルシフェリアさん――あんた、なんちゅうもんを食わせてくれたんや……なんちゅうもんを……！

「ちなみに液体じゃ。どこから出るか知りたいかー？」

「知りたくない知りたくない！　もう食っちゃったし！」

ホントに悪魔だな！　ヨダレか汗か知らんが、ヘンなもの入れやがってッ。ただ、毒味させたとき平然と食べたところを見るに、大丈夫なやつだ、きっと。そう信じたい！

東大(とうだい)文系は文科一類・二類・三類の3学部に分かれていて、それぞれ法学部、経済学部、文学部。俺が受ける文科一類では、センター試験こと一次選抜で国語・地歴公民・数学・理科・外国語、二次試験で英語・数学・人文・社会・自然科学の知識が問われる。

という時点で、そんなにあれもこれも出来るワケないだろ！　と最初は思ったものだが……松丘館(しょうきゅうかん)の茶常(ちゃつね)先生に『あんたに難しい事は、みんなにも難しいのよ。みんな超人じゃなくて、人間なんだから』と言われて目から鱗(うろこ)が落ちた。受験というものは何でも満点が取れる受験超人の戦いではなく、受験人間たちの戦い。人間だから念力やレーザーでなく剣と弓で試験問題というモンスターと戦い、誰しも難敵は倒せなかったりしながら、合格スコアを目指すものなのだ。特に俺には英語満点というアドバンテージもあるので、他の教科が受験類人猿でも健闘できるハズだろう。棍棒と投石で。

今は受験猿人にも到達していない動物レベルだが、昆虫レベルだった武偵高時代よりはだいぶマシになった。前回の模試も、総合D判定――合格可能性20%のところまで来てた。今までの人生、こうして努力の成果が見えるという経験の無かった俺だ。やる気が湧くぞ。午後こそは勉強を頑張ろう。

「……主様ぁ……」

やる気が折れたぁ……

なんでルシフェリアここで来る？　料理のダシの件でキレた俺がしばらく無視してたら、リビングの隅っこでじっと正座してたじゃん。上気してウットリこっちを見つつ「主様に放置されておる……我が、この高貴なルシフェリアが……なんという不安感、なんという恥辱……でも……」とかボソボソ呟いてフウハア変な息を漏らしてたのは正直怖かったが。

「勝負はしないぞ」

「ぬしさまぁ……勝負ぅ……我、せっかく、考えた……」

「ああもう、涙目で俺を見るな。しょうがないな。分かった、さっさと済ますぞ」

俺が席を立つと、ルシフェリアはキャッキャって声が出そうなほどの笑顔になる。

「そのぶっきらぼうな態度は何じゃ。レクテイアでは皆が我に怯えてチヤホヤしたのに、主様は冷たいのう。ひどいお人じゃ。傷ついたぞ」

「表情と発言が一致してないぞお前。で、次は何の勝負だ」

「探し対戦じゃ」

「なんだよそれ」

「主様の言葉だと『かくれんぼ』じゃ」

「幼稚園児かよ……」

「探し対戦は高等な決闘じゃぞ。実戦でも、姿が見つからない者は決して負けぬのじゃし。我は隠れるのがうまいぞー。探すのは、もーっとうまいぞ」

　あっそうだ。隠れさせて、そのまま放っておこう。そしたら勉強できるし。

「じゃあお前が先に隠れろ。どこへでも。ただしこの家の中でな」

「その目、また我を放置するつもりか。我はそれで淋しい思いをするのか。そしてまた、今のように再び主様に構ってもらう悦びを味わ……じゃなくて、ちゃんと探して、勝負をつけろ。そうじゃな、10分たっても主様が我を見つけられなければ我の勝ちとするっ」

「見抜かれたか……分かったよ、ちゃんと探すよ。俺はそこの壁に向かって目を閉じてるから、隠れたら声で知らせろ。そこは日本のローカルルール通りでいいな？」

「うんなのじゃ。ささ、壁に向かえ」

ルシフェリアは俺の背中を押して、壁に向かわせる。楽しくてしょうがないってカンジなんだけど、これもう勝負じゃなくてお遊戯じゃないの？　お前の中で。

それからしばらく、壁に向かっていると……

ルシフェリアの足音は、丸聞こえ。アリアのベッドルームのドアを開ける音もしたぞ。

でもこれは、わざと音を立ててそこには隠れないというトラップだろう。かくれんぼには自信があるっぽかったし、あのポンコツでもその程度の事は考えるはずだ。

「もーう、いーい、ぞー」

……思いっきり、アリアのベッドルームから声がしたんですけど……

いやいや、かくれんぼでは発声してから第2の隠れポイントにすぐさま移動するという手もある。制限時間もあるし、ここは俺の嗅覚を使って着実に発見しよう。

で、空間に残されているルシフェリアのマンゴーみたいな香りを辿ったら……やっぱり、廊下からベッドルームに移動しただけっぽい。

ていうか、ベッドルームに入るなり見えたんだけど。

お姫様っぽいアリアのベッドの下、シーツの裾みたいなベッドスカートからハミ出てる──制服のスカートと、シカっぽいシッポが。カメのポーズになって、頭隠して尻隠さず状態だ。よくそれであんなに自信満々に隠れるのがうまいとか言えたもんだよ。

「見つけたぞ」

と、シッポを掴んだら――

「きゃっ♡」

尻ごと、ベッドの下に引っ込んだ。ので、

「おい、見つかったのに逃げるのはナシだぞ」

俺がそう言ったら、ルシフェリアはベッド下で前後を180度入れ替えたらしく、赤くなった顔を出してくる。ツノに引っかかったベッドスカートをヴェールにしながら。

「ぬ、主様ぁ……シッポをまた握るなんて……」

「あ、またやっちまってたな。ごめん。その……シッポを触られると、痛いのか？」

「ううん。きもちいい」

「……」

「ただそのせいで、力が抜けるのじゃ。もし握られたままじゃと、ルシフェリアは相手のなすがままになってしまう。だからシッポを握るのは禁忌、ルシフェリアをオモチャ扱いすることなのじゃ。主様は3回もやったがの。もう。もう。主様は我をどれだけ下に見てくれる……じゃない、見るつもりか。うれし……じゃない、腹立たしいぞッ」

がお、と、ルシフェリアが犬歯を剥くので――

「本当に済まなかった。もうしないよ」

確かに2度ならず3度までもイヤがる事をしてしまった俺は、頭を下げる。

「あ、いや、過失ならよいのじゃ。ルシフェリアは寛大じゃから。こ、故意であっても、主様になら、許さないこともなくもなくもない。何なら、今みたいに我が油断してる時に……ぎゅーっ！　と、もっと激しく……今も本当は、掴んでくれるかなと、ドキドキして待っておった部分も、なくも、なくもなく……だから、すごく……よかった……」

ルシフェリアは赤面したまま上目遣いに俺を見て、何か難解なことをブツブツ言ってる。

「……で、勝負は俺の勝ちでいいのか……？」

「あ、そうじゃ。忘れてた。主様のエッチ！　阿呆！　まだ我が見つかっただけじゃろう。次は主様が隠れて我が見つければ、引き分けじゃ。ルシフェリアは負けぬっ」

とか言って、ルシフェリアはベッド下からズリズリ這い出てくるんだが……なんで俺がエッチ呼ばわりされなきゃならんのだ。納得いかないぞ。

「ほれ、すぐ見つけてやるから隠れるがよい」

ルシフェリアはスキップで行った壁際に立つと、形のいいオシリを向けてくる。ピンと立てた短いシッポを、メトロノームのように左右に振りながら。

（……はぁ……）

俺、何やってんだろ。でもやらないとルシフェリアは絡んでくるし、勝負さえ終わればしばらくは放置しても静かにしててくれる。しっかり隠れて、勝って、終わらせよう。

俺は基本は抜き足で素早く移動し、何カ所かで敢えて足音やドアノブを回す音を立てる。

ルシフェリアにギリギリ聞こえる音量で。それからリビングで「もういいぞ」と発声し、無音かつ可能な限りの全速力でロフトに上がり、そこにもある狭めの――しかし入ろうと思えば入れる広さのクローゼットに隠れた。音を立てないよう、細心の注意を払いつつ。

――クローゼットのドアは薄く、全面に通気用の細いスリットがある。スリットからは予想通り外がギリギリ見える。ただし外から中は暗くて見えない造りだ。

(見えるのはロフトと、階段、下のリビングの一部……だな)

これならルシフェリアの動きも、一定程度は分かる。もし10分以内に発見されそうなら、スキを見てここから移動する手も打てるだろう。

しかし……入ってから気付いたが、このクローゼット。クチナシみたいな、甘酸っぱいアリアのスメルがスゴイな。半透明キャビネットにトランプ柄のプリント布らしきものが見えるところから察するに、ここはしばらく使わない肌着を収納する場所だったらしい。それとボディースプレーのストックもあって、いいニオイが致死量。口呼吸。

「探すぞー。ウフフッ。主様(ぬしさま)がいない。いないのう。我(われ)を置いてどこかへ隠れてしまったのじゃ。我は置き去りにされた。主様にとって無価値なものと思われた。思われたったら思われた♪」

心の底から楽しそうなルシフェリアの声と、スキップする足音が階下からする。言葉の意味はよく分からんが、まあ好きなんだろうね。かくれんぼが。

「主さまー？　ここかー？」

さっき俺が音を立てた場所をまんまと探しまくって、時間を浪費したルシフェリア……

「主さまー？」

そのセーラー服姿がスリットから階下のリビングに見え、ルシフェリアはテーブルの下、ソファーの裏、バルコニーなんかをあちこち探してる。制限時間の10分まで、あと5分だ。

それからリビングに立ち尽くし、キョロキョロ周囲を見回して、

「主さまー……？」

とか、すっかり弱った声を上げてる。

あんなに自信満々だったくせに、探すのヘタだなぁルシフェリア。カーテンの裏とか、ドデカいプラズマテレビの裏とか、まだ見てないし。このロフトには上がって来すらしてないし。

「おらぬ……主様がおらぬ。もしや、本当にいなくなってしまったのか……？　外に出ていってしまったのか？　主さまー！」

けっこうマジで焦った声を上げながら、ルシフェリアはようやく螺旋階段をロフトへと上がってくる。そうそう、ここだよ。やっと上がってきた。って、なんでルシフェリアを応援してるんだろうね俺は？

だがロフトを見回したルシフェリアは、床にエアマット、俺のマクラ、毛布、朝自分が

脱ぎ散らかしたヒモ水着だけが落ちてるのを見て……へなへな。へたり込んでしまった。正座から足を左右に開いてオシリを床に落とす、女の子座りで。

「うう……うう……主様。主様は、我のことがキライだったのじゃ……だから我を捨てて、どこかへ行ってしまったのじゃ……我は主様にとって、いらない女だったのじゃ。我は、紙屑のように捨てられたのじゃ。そうじゃ、我は主様とは釣り合わぬ女だったのじゃ……主様……主様……我は、我はどうして……こんな気分になるのかのう……ううぅ……」

ルシフェリアが両手の甲を目元に当てて、めそめそ……な、泣いてるよ。本気で。

どうしよう。勝負はさておき、出ていこうかな。でもあと4分だしな。

そう俺が逡巡していると、ルシフェリアはエアマットの脇に伏せて泣きながら——手を俺が自宅から持ってきていたマクラに伸ばす。反対の手は、毛布に。不貞寝するのかな。

「……主様、主様……いなければこっちのものじゃ。これは、我のものじゃ……あぁ……主様……あうぅ……くぅうん……きゅぅうん……主様ぁ……主様のにおいがするぅ……」

なんか、あいつ……俺のマクラを顔面に押しつけて抱きしめ、フンフン呼吸したり……毛布をチュウチュウ甘噛みしたりしてるんだが……何……やってんの……？

身もだえするようなルシフェリアの全身の動きは、何というか、いやらしい。何らかの犯罪現場を見てるような気分になってきたぞ。

と、俺がドン引きしてたら——がば！　ルシフェリアは急に腕立て伏せっぽく起きて、

「って、これでは我が主様を――ヒトの男などを好きな、変態のようではないか！」

のよう、じゃなくて、ガチでヘンタイの動きだったんだが……一人で自分にツッコミを入れたルシフェリアは、ばふぅ！　と、真っ赤にした顔を再び俺のマクラに押しつけて、

「ちがう！　ちがう！　ちがわない……のかもしれぬが、知らぬ！　すんすんすはーっ！　うぅっ、ううぅっ……！　うあぁ……あっ、あっ……！　ひっ、ひぃぃんっ、うわあぁん主様ぁッ――！」

今度は泣き声じゃなくて、それに似てるが何かが違う声を上げ始めた。これは体に何か、酸欠や発作のような問題が起きてる様子にも思えるぞ。緊急事態だ。助けないと。

「――お、おいルシフェリア。どうした。大丈夫か」

あと30秒で勝ちというところで、なんでか俺も赤くなってしまいつつクローゼットから出ると――

「ぴぎゃあ！」

3本の縦ロールを一斉に跳ねさせたルシフェリアは、俺のマクラと毛布を放り投げつつ、文字通り飛び上がった。

そして、ぼよんっ、どてっ。着地したエアマットにバウンドし、床にひっくり返ってる。

「い、いたあぁぁい」

「息は出来るか。落ち着いて、深呼吸しろ。お前は人間とほぼ同じ生き物みたいだから、

きっとそれで良くなる」

強襲科(アサルト)で習った初動救急の手順通り、仰向(あおむ)けになってるルシフェリアの気道を確保し、声を掛けながら脈を測る。心拍数は100。頻脈だが、病的なレベルじゃない。良かった。彼女の体に異変が起きた原因は不明なものの、命に係(かか)わるような事ではなかったらしい。

「み、みぃつけた。主様(ぬしさま)ぁ。これでおあいこじゃの」

こっちは真剣なのに、ルシフェリアは潤んだ瞳を細めて笑いかけてくる。

「あのなあ……ていうかお前、何やってたんだよ。人のマクラとか勝手に取って」

「——ふえっ？　いぁっ、み、見ておったのか。あれは、まずあれは、えーっと嘘泣(うそな)きっ、嘘泣きで主様を釣り出そうとしたのじゃっ」

どう見ても、ガチ泣きだったけど……

まあ、ルシフェリアは悪魔だしな。そういうのが上手(うま)いのかも。

「それでも主様が出てこんから、えーっと、寝床の布を取られたら困るじゃろうと思って、盗んでやったのじゃ。嗅いでおったのは、ニオイで主様を探す準備じゃよ、準備準備」

「そういう気持ち悪いことをするな」

さっきニオイでルシフェリアを探した俺(おれ)が自分の行為を棚に上げて言うと、

「きっ気持ち悪い——我(われ)が気持ち悪いっ……？　何じゃ何じゃ！　我は気持ち悪いのか！そうかそうかっ。あ、うー、無礼じゃぞ！」

なぜか一瞬ゾクッと悦ぶような顔をしたルシフェリアは、ガバッと四つん這いになり、えいえい、とツノで闘牛みたいに俺を刺してこようとするんですけど。まあ元気になったならいいや。どうでも。と、気を抜いたら、

「キヒヒッ。主様主様主さまぁー、かぷぅ！　ん～ん～～～！　んぅん～～～～！」

「うおっ！　やめろやめろ！　何だよ！」

俺の手首に、シッポをちぎらんばかりに振りながらのルシフェリアが噛みついてきた。甘噛みで。幸せいっぱいって顔をしてるけど、何なのこの感情表現。咥えたまま口の中で手首を舐めてくるし。くすぐったすぎるので、ツノを掴んで口を離させると――うわっ、ヨダレが糸引いた。

青くなった俺に、ルシフェリアは抱きついてきて……ごろにゃーん、と、ネコみたいに髪や頬やツノ――ネコにツノは無いが……を、俺の体に擦りつけてきてる。や、柔らかい。マンゴーみたいな甘いニオイもして、気まずいことこの上ないぞ。

「主様ぁ。どこか外に行ったのかと思って、淋しかったぞ。もういなくならないで……」

あ、それで思い出した。外――武藤のところに行かなきゃ。アリアに頼まれてたんだ。

4弾　生活は戦争

Last Hope

外に行くぞ、とルシフェリアに言ったら「よいのか⁉　じゃあ正装に着替えねばな」と
ヒモ水着に着替えようとするから一苦労だったが、なんとかセーラー服で連れ出せはした。
このグラドルみたいなスタイルで、ハイヒールで、しかもセーラー服のルシフェリアは
道行く人の目を引きまくるんで、恥ずかしかったが……こいつは大人びて見えても18歳。
セーラー服を着ても社会的に許される年齢なので、俺が人目を気にしちゃいけないよな。
いや、そもそも着たけりゃどこの誰が着てもいいんですよ、セーラー服ぐらい。別に犯罪じゃないし。クロメーテルも着てたし。うっ、トラウマで頭が……
「主様、ここは何じゃ？　女が皆このセーラー服を着ておるのう。ヒトの軍隊か？」
「悲しいことに割と合ってるが、違う。学校だ」
「ほう、学校」
初めて見る武偵高の構内——学校をキョロキョロ見回すルシフェリア同様、俺も周囲を
キョロキョロ見回す。今日は平日なんで、生徒たちがいる。そこを退学者がウロウロして
たら後ろ指を指されるだろう。笑いものにされるかも……
「どうした主様。さっきから挙動不審じゃぞ。なんでじゃ？　学校がキライなのか？」

ルシフェリアが、ニヤニヤと俺に問いかけてくる。イラッ。

「同年代のアリアが通ってて俺が通ってない時点で、その辺は察しろよ。ていうか、答え分かってて聞いてるだろ。お前」

「はてさて何のことやらじゃ。あ、退学になったのじゃなー？」

わざとらしく今分かったような顔で、ルシフェリアが白い歯を見せてくる。性格悪っ。

「お前らが悪魔と呼ばれる理由がよく分かったぜ。いいか、ここでは俺を主様って呼ぶな。キンジって呼べ」

「わかったぞ、主様」

「あまのじゃくめ……」

目つきが悪いんでメンチ切りには自信のある俺が睨(にら)んでも、むしろゾクッと嬉(うれ)しそうな顔するし。悪魔の扱いは難しすぎるぞ。狐(きつね)とか鬼とかエルフより難易度高い。

「ぬーしーさーまー」

「だからやめろって今言ったろっ」

「主様、主様」

俺の腕とガッチリ腕を組んできやがるし。人が、特に女子が近くを通ると「ウフフッ」とか俺に擦り寄ってそいつがこっちを見るよう仕向けるし。俺が嫌がる事を的確にやって、進んで迷惑かけようとしてないか？　コイツ。

ストレスで痛む胃を押さえながら学園島の中央北側・5区を歩き、武偵高附属小学校の子供たちが遊ぶ児童公園の横、モノレールの高架下へ行く。そこが車輌科のガレージ群だ。

その16番ガレージ……武藤のガレージはすぐそこなので、

「いいかげん放せっ。俺は女と腕を組んで歩くなんて嫌なんだよッ」

と、ルシフェリアを突き放す。

「なんじゃっ。花嫁を突き飛ばすとは、ひどい主様じゃの！」

そう言いつつ笑顔のルシフェリアだが……これを武藤たちの前に連れて行ったら絶対に冷やかされる。ルシフェリアは俺がイヤがるのを察して自分を花嫁と喧伝するだろうし、そしたらこの人間と悪魔の夫婦関係が既成事実化しかねん。なので、

「そこの公園で待ってろ。すぐ戻るから」

「おとなしく待ってたら、あとで優しくしてくれるかの？」

「……努力する」

と、俺はルシフェリアを児童公園に置いて、16番ガレージに入っていく。

修理・整備依頼を受けたらしき拳銃・小銃・機関銃、エンジンや数台のバイクと車両が所狭しと置かれた武藤のガレージに入るなり――

「おい女泣かせ。さっき外で見たんだけど、またえらい美人にモテてたね。見かけるたび

違う女といる」

レンチでドレッドヘアを掻(か)きながらの車輌科(ロジ)・鹿取一美(かとりかずみ)に難癖をつけられた。

せっかく置いてきたのに……見られてたか、ルシフェリアを。

「言うだけムダかもしれんが、事実は言っておく。あれはそういうのじゃない。お前こそ見るたびにトレーラーを新しいのに買い換えてるな。車屋(ディーラー)にモテて困るだろ」

アリアが言っていた修理品は、すぐに見つかった。鹿取のトレーラーの、ガルウィングみたいに側面を開いた大きな荷台がその作業場になっていたからだ。

そのちょっとした舞台みたいな荷台から、平賀(ひらが)さんが「とーやまくーん！」と、武藤が「おーキンジ」と、それぞれ作業の手を止めて挨拶してくれた。

俺は荷台にヨジ登り、とっとこ走ってきた平賀さんに——

「ワシントンDCでは世話になったな」

と言いつつ、また急に首を取り外したりしないかちょっと警戒しちゃうね。でもこれは本物の平賀さんだ。俺は精巧なロボットと人間をニオイで識別できるんですよ。

「いえいえですのだ。とーやまくんはキャラエルたちの学習も進めてくれたし、お世話になったのはこっちの方ですのだ」

「キンジはお使いで来たんだろ？　さっきアリアから電話あったぜ」

「ああ。ＹＨＳ(イース)／０２(ドゥ)か、これ。どんな具合だ？」

アリアがキャリアGA——武藤(むとう)たちに修理を依頼してた物の1つは、ホバー・スカート。平賀(ひらが)さんが発明した、7枚の推進器・兼・姿勢制御翼を腰に巻き付ける飛行用具(ジェットパック)だ。俺(おれ)はこれを実戦でも何度か見てる。墜落してたところも、何度か。

「型番はYHS／03(イース・トロワ)になったですのだ。アリアさんの注文通りリミッター解除系を組み込んで、通常の機動形態から高速形態に変形できるようにしたのだ。素材や燃料も最新化したんで、航続時間が長くなったですのだ」

言われてみると、前に見たものとは少し形状が違うな。下向きの花弁みたいなフィンのフォルムも薄く軽量化されて、一層こなれたカンジになった。色がピンクゴールドなのは同じだが。あとコイルガンらしき2門の銃口が気になるが。

鹿取(かとり)のトレーラーの荷台では、他に北海道(ほっかいどう)から運んだらしいオルクス潜航艇も整備中。

「飛ぶ系で言うと、とーやまくんの妹さんから預かったコレもほぼ修理できたですのだ」

あとこれは意外だったが、もう1つ……ジーサードが羽田(はねだ)沖でのネモ戦で使って壊れたガバリン——パーソナル・ジェット・グライダーとでも呼ぶべき小型航空機もここにある。近場で直せそうな技術者がいなかったんで、平賀さんに頼んだって事だね。

ガバリンは主翼しか無い、ブーメラン形のジェット機だ。艦載機のようにヒンジで上へ折り曲げている翼は以前白かったが、夜戦で丸見えだった反省からか黒灰色(ガンメタ)になってる。

「国交省航空局から機体記号も取ったぜェ〜、試験飛行用のしか取れなかったけどよォ」

ガレージの奥でバチバチとジープの板金を溶接している安齋スグルが、そう声を掛けてくる。背中越しでも分かるが、また太ったな。

ホバー・スカート、オルクス、ガバリンを荷台で整備してるのは、機密性の高い依頼品だからだろう。部外者が入りそうな時は、トレーラーのウィングボディを閉じてしまえばすぐ隠せるからな。

「キンジの関係者はイイもの見せてくれるよなぁ。勉強になる。アリアもお前の妹と話をつけて、ガバリンを見学させてもらってたぜ」

「ガバリンは固定翼式のハンググライダーを、オルクスは魚雷を元にすれば、あややにもイチから造れそうですのだ♪」

とか、武藤と平賀さんが言うんだが……キャリアGAの4人にこんなの整備させてたら、そのうちこういう新兵器を開発・製作から流通・販売までやりかねないね。軍需メーカーとか設立したりして。いいなあ、装備科とか車輌科には将来がありそうで。

ホバー・スカートとオルクスの状態や納品日をアリアにメールしておき、ガレージから出ると……なんか、俺がルシフェリアを置いてた児童公園が騒がしい。子供たちの声で。

何かやらかしたか？　と、急ぎ公園に駆けつけてみると、ルシフェリアがハイヒールでスキップしながら――

「ほれほれ。面白かろう。昔これと似た玩具(おもちゃ)が故郷で流行(はや)ってな、我(われ)も出来るのじゃ」

武偵高(ぶていこう)附属小学校で今さら流行してるハイパーヨーヨーで、『イヌの散歩(ウオーク・ザ・ドッグ)』をやってる。それを学校帰りの小学生たちが「ツノのお姉さんうまーい！」と笑顔で追っかけてるよ。

今度はヨーヨーのストリングを綾取(あやと)りみたいにしてホイホイと形を作るルシフェリアに、子供らは「アトミックファイヤーだ！」「リジェネレーションした！」「ちょっと違うけど東京(とうきょう)タワー！」などと技名を叫びつつ飛び跳ねて喜んでる。

「ははは、子どもとは愛(う)いものよのう。我も早くほしいものじゃ」

子供らに囲まれてニコニコしてるルシフェリアは――発言内容の一部に危険性は感じるものの――この短時間で、あんなに取り入ったのか。見知らぬ大人には警戒をしまくる、今日日(きょうび)の小学生たちに。あそこまで好かれるなんて、俺(おれ)には1年かけてもムリだ。

あの子供らの懐きっぷりは、単にヨーヨーが上手(うま)いからとか、武偵高の制服を着ているからとか、そういう理由だけによるものじゃない。

ナヴィガトリアでも部下たちの様子を見て、少し勘付いていた事ではあるが……ルシフェリアには、そういう能力があるんだ。すぐさま他者に好かれ、心を虜(とりこ)にする、アイドル性やカリスマ性みたいなものが。それは魔力ではなく、ルシフェリア族に備わる生来の魅力なのだろう。悪魔なのに子供らに囲まれて聖女のように微笑(ほほえ)む姿を見ていたら、俺さえも好きになってしまいそうだ。彼女のことを。

ルシフェリアとは、誰もが愛する、咲く花のような存在――

――だが、俺は警戒を緩めないぞ。その花は、毒の花なのかもしれないのだから。

あいつはNの重鎮で、大魔王みたいなモリアーティに協力していた1人なんだ。本人に悪意があろうとなかろうと、な。


3時過ぎに女子寮に帰ったら、ちょうどアリアも帰ってきたところだった。よかった、これでルシフェリアとの無限勝負から解放されるよ。

アリアは帰るなり、真新しい武偵高の赤セーラー服を検品してるので……

「なんだそれ。ルシフェリアの着替えか？　にしちゃサイズが小さいな」

「装備科（アムド）3年にデキるデザイナーがいるのよ。理子（りこ）に紹介してもらってね、新しい制服を作ってもらったの」

あのヒラヒラ制服をアリアが着たら、可愛（かわい）すぎでヒス的にマズいぞ……？　と思う俺も怖々そのセーラー服を見るが、形は普通。普段のやつとどう違うのか分からん。ただまあ、アリアは案外おしゃれさんだからな。俺には分からん微妙な違いがあるのかもね。

スカート丈も今までのより短くなってはいなさそうだし、ルシフェリアは帰りに買ってやったカレーパンを食っておとなしくしてるし、じゃあ勉強に戻るとするか――

と思ったら、俺の携帯が鳴った。電話だ。国際電話……またシャーロックか？　いや、国番号が+33。え、マジで誰？　俺、フランス語なんか出来ないんだけど。

「……誰だ。間違い電話だとしたら、ハデに間違えてるぞアンタ」

しょうがないので、英語でそう出ると――

『私だ。ネモだ。ネモ・リンカルン』

……！

また大変なのが掛けてきたな。

『貴様の米語は西部訛りが強くて聴き取りづらい。日本語でいいぞ。最近勉強して、日常会話程度はできるようになったから。漢字はまだほとんど読めないが』

と言うネモは、確かに日本語で話している。この短期間で、すごいな。さすがは15歳でフランスの国家学位を取得してるインテリだ。

だが、この電話――アリアにもルシフェリアにも、通話の相手を知られると難しい事になりそうだ。一旦ここは俺だけが話して、後でうまく伝えないと。

と、俺はロフトに隠れて……

「どこから俺の電話番号を聞いた」

『テテティ・レテティ姉妹から私書箱に手紙が来ていて、それで知った。関与した事柄は何でも報告するよう命じていたから、それを忠実に守ったようだ』

などと話し始める。

「電話してきてるってことは、無事なんだな」

『ノーチラスはしばらくシャーロックに追い回されたがな』

「今どこだ」

『日本だ。東京』

え、ええええ……？

『ルシフェリアはそこか』

「あ、ああ」

『行くから。ただ、私は東京の地理に詳しくない。おまけに、ひどい方向音痴だ』

方向音痴……どうりでローマでもナイアガラでも、お付きの者と一緒にいたわけだな。

『だから、迎えに来てくれ。電車でそこへ行こうとしたが、駅名が読めず辿り着けなくて……いま構内を出た駅も、何駅か分からない。タクシーのような小型車に乗ると、とても車酔いする体質だし……』

ネモを迎えに行くのは構わないが、ここに来るとなると一層難しいぞ。ルシフェリアはともかく、ネモのことはアリアがガチで敵視してるんだし。

ただ、外国で迷子になった時の言い知れない不安感は俺も香港で体験したことがある。

とにかく、助けに行こう。誰かに駅名や台場までの乗換についてを尋ねさせたところで、方向音痴じゃあさっての方向へ行きかねないからな。

「駅の特徴は」

『東京のおそらくセントラル駅にいる。アムステルダム中央駅とそっくりの駅だ』

——東京駅だ。

アリアに「ちょっとコンビニ行ってくる」と言って家を出た俺は、新橋経由の山手線で東京駅に着く。改めて電話すると、ネモはカエデの並木道にいるという。東京駅の近くにそれは一か所しかない。皇居側、丸の内の一角だ。

再開発が進む、丸の内仲通り——内外のブランド店が軒を連ねる丸ビルやパークビルの下を、早足に進む。信号を渡り、カエデの並木道、ティファニー丸の内店のそばに——

——いる。ネモが。

さすがに軍服軍帽ではなく、ガーリーな私服姿で。

白く控えめなフリルブラウスと、コーラルピンクのミニスカート。少し寒い初冬の街に合わせたのか、フワフワのフェイクファーで縁取られたケープを羽織っている。足下にはやや乙女チックなデザインの、エッフェル塔が描かれたトランク。ナイアガラで見た時もそうだったが、いいとこのお嬢って感じのコーデだ。ただ、そのリボンのワンポイントがついた可愛いポシェットにはオートマ拳銃が入ってるんだろうけど。

ネモはソワソワと落ち着かない様子で、前髪やツインテールを梳かすように触ってる。

それから——まだ少し距離があったものの、俺に気付き、

「……キンジ！」

やや光沢のあるローヒールの靴で、カエデの並木を全力で女の子走りしてきて……

はしっ！　と、抱きついてきちゃったよ。背伸びして。よっぽど不安だったのかな。

「会いたかった……」

と、ネモは俺を抱きしめたまま瑠璃紺（ガーターブルー）の眼（め）を喜ばせて見上げてきた。少しウェーブしたツインテールが揺れ、ふわりとチェリーみたいなネモの香りがする。

か、かわいい。あと、ちっちゃい。抱きつかれる瞬間も、体重をほとんど感じなかった。これでアメリカからエージエント（サイレント・オルゴ）を派遣されて命を狙われてた国際テロリストなんだから、人は見かけによらないものだね。

「迷子を見つけられてよかったよ」

「会いたかった」

……潤んだ上目遣いで、ネモがもういっぺんそう言ってきた。しばらくきちんと会ってなかった間に、ネモの中で俺の存在が大きくなっていたような目つきで。

「……」

「……」

ネモとくっついてたら……2人で過ごした無人島での日々を思い出し、気まずくなって

きたな。それはネモも同じだったらしく、赤くなって黙っちゃうし。

「……よくシャーロックから逃げ切れたな。反撃の態勢まで取ったって聞いたぞ。大した女だよ、ネモは」

「わ、私の一族は深海の一族だ。海中では後れを取らない」

やっと俺を放してくれたネモはドギマギ話しながら歩き、トランクを拾おうとする――ので、俺が持ってやる事にする。女の荷物を持つのは男の義務で名誉だとか、ネモと同じフランス人のジャンヌが言ってたからな。

「ようやく……キンジと話す時間ができたな」

あの島での、最後の夜。

ネモは言っていた。『もっと話す時間が欲しかった』、と。

「俺も、お前とはもっと話したいと思ってた。願いが叶ってよかったよ。ただ、話すのは島じゃ思いもよらなかったテーマになりそうだけどな」

「ああ、分かってる。ルシフェリアの所へ連れていってくれ」

――ネモは、ルシフェリアと俺たちの橋渡し役になれそうな人物だ。

正直、ステータスを戦闘力にほぼ全振りしてる俺とアリアじゃ……ルシフェリアを保護までは出来ても、有益な情報を得たり、こっちの味方に付けたりするのは難しそうだったからな。ネモにそういった利敵行為までは期待しないが、関与してくれれば物事の流れは確実に変わるだろう。硬直しつつある状況に変化を与えて、進展へのキッカケを掴むぞ。

ネモは山手線で、ドア脇の狛犬ポジションに立った俺にかなりくっついて立つ。なので小さい肩とか品のいいスカートが俺にぺったり接触してこそばゆい。それがフランス人の距離感なのか知らんが、かわいい女子にはもっとディスタンスを取ってほしい。

ゆりかもめの座席でも、ネモはかなりくっついて座ってきた。いつのまにかボレロの下――ブラウスの胸元に何かが垂れてたので、チラ見すると……それは無人島で俺があげた青瑪瑙をペンダントにしたものだった。さっきは服の中に入れてたのに、今は出してる。なんでだ？　服の中でチクチクしたとかかな。俺がそれに気付いた事に気付いて、ネモははにかむように赤くなってるけど。謎だ。

「お前、瞬間移動で俺の所に来れば良かったんじゃないか？　そしたら電車代も……」

「陽位相跳躍は危険を伴う術だから、乱用したくはない。特に知らない場所に跳躍するとなると座標の検索や設定が必要になり、精密かつ安全な跳躍が難しくなる。『視界内』や『強い印象のある場所』へ跳ぶのなら比較的容易だが」

へー……よく分からないけど、知らない土地には公共交通機関とかで行く方が無難って事か。超々能力もそこまで万能じゃないんだな。

いつしか夜になっていた窓の外を見るネモは、ちょっと俺の方に寄り添ってきて――

「綺麗だ。もうすぐカルティエだな。艦からは方角を知る標でしかなかったのに、貴様と一緒だと、不思議とキラキラ輝いて見える……」

　とか、ちょっと詩的なセリフを酔うような調子で言ってくる。

「カルティエ？　え、誰か付けてるか？」

　呟いて車両内の女性客を見回す俺を、ネモがクスッと笑う。

「そうじゃなくて。カルティエとはフランス語で半月の事だ。ファッション・ブランドのカルティエとは綴りも意味も違う。あれは人名だ……キンジ……」

　真っ隣から俺の顔を見上げるネモは、何だか少しポーっとした目つきだ。俺の顔が至近距離にあって、目の焦点が合わないのかな。メガネも持ってたし、目が悪いのかもね。

「悪いな、俺はフランス語が分からないんだ」

「好き」

「は？」

「あ！　──つ、つい。あ、あは。つい。あはは。なんだか、あつい・な」

　ネモはついポロッと出てしまった言葉を押し戻すように、真っ赤になって口を押さえて──それからカラ笑いして、自分の顔を下から両手でパタパタ扇いでる。暑いか？　夜になって寒くなってきてると思うんだが。

　あと、好きって、カルティエが好きなのか？　俺に言うって事は、おねだりしてるのか知らんが……あんな高級店のアクセサリー、俺からは逆さに振っても出てこないぞ。

　それから車内でネモは何かをごまかすようにアセアセと、ペラペラ喋り始めた。でも、ずっと笑顔で。話題は、2人だけしか知らないあの無人島での日々の思い出話だ。なので俺も――猿のコキンジや犬のランティス、ココナッツや鳥のタマゴ、魚やウニの話に花を咲かせる。で、ユスラヤシの木を柱にして建てた家の話……をしてたら、あの時1階から竹の天井のスキマ越しに見えたネモのチェリー柄の下着を思い出してしまって、自らヒス地雷を踏みかけた。か、考えちゃダメだぞキンジ。いま隣にいるネモの下着も、やっぱりあれなのかな……とか、そういう事は。ああ、だから想像するなって……！


　危ういところでゆりかもめが台場駅に着いてくれたので、俺はヒステリアモードになる危機を脱した。ここから学園島へ続く東京臨海モノレールは運行本数が少ないので、俺とネモは駅でしばらく待ちながら――周囲に人も少ないので、立ち入った話をする。

「ルシフェリアとは争いになっていないか」

「大丈夫だ、今のところ。いろいろ面倒は起きてるが」

「いや、とりあえず戦っていないのなら及第点だ。私は何より、ルシフェリアとキンジが争って殺されないようにしたかった」

「俺は殺さないって。武偵法もあるんだし」

「逆だ。ルシフェリアがその気になって魔術を弄すれば、キンジどころか——この世界の人間を全員殺せるのだからな」

「……本人もそんな事を仄めかしてたが、ネモが言うんならマジなんだろうな。あいつの魔力を封印しておいて良かったよ」

俺がそう言うと、ネモはお人形さんみたいな青い目を丸くして、

「——封印？　できたのか？　我々も万一に備えてそういう行為を検討した過去があるが、できなさそうだったぞ。貴様は本当に不可能を可能にする男だな」

俺じゃなくて、アリアがジャンヌに頼んでやってもらったんだけどね。ただ、今はまだアリアの事は話せないんだよな……女子寮に着く前には、家にアリアもいると伝えなきゃならないんだけど。

「封印の有無はともかく……ルシフェリア族は代々、人類とは全面的には争わない協定を守っている。本人も人類を滅ぼしても自分にとって旨味がないと悟っているから、心配は要らないだろう。ただ、彼女には、単独でもできる。大魔術による、この世への侵略が」

「……」

「ルシフェリアは、向こうの世界——レクテイアの神族。それも上位神、強い神だ。彼女個人が比較的平和主義でも、彼女を利用しようとする者が現れるとこの世界が危機に陥る。我々はそれに気をつけねばならない」

「あれが神様……しかも、上位の強い神ねえ……」

ルシフェリアとの勝負には何度も勝った俺は、ヘラヘラと苦笑いするのだが——ネモは、シリアスな表情を崩さない。

「向こうの神とは概念や定義が異なる。世界を自分の意志で自由に変えてしまえる者、狭義では『世界を滅ぼせる者』を神と呼んでいるのだ」

——レクテイアでいう神とは、世界を滅ぼせる者——

それは空恐ろしいが、腑には落ちる定義だ。こっちの世界の神々も、天から硫黄と火を降らせるヤハウェ、万物を破壊できるシヴァ、伝染病を広めるセクメト、天岩戸に隠れて世界を暗闇にした天照大御神……その力の大きさを示すために、人が一切の反撃もできず皆殺しにされたり、世界が滅亡したりする描写を以て神が描かれる事はあるからな。

そしてそれはレクテイア人にとって、描写ではなく現実。ラプンツェルが交わった花の女神・クロリシアも、確かに世界を滅ぼそうと思えば滅ぼせる力の持ち主と言えた。

「神の上位・下位ってのは何なんだ。世界を滅ぼせるなら、みんな同格じゃないのか」

「時間と効率だ。『どれだけ迅速に、効率良く世界を滅ぼせるか』で神の強弱が決まる」

……全員が世界を滅ぼせる事は前提で、その上手い下手で上下が決まってる神々……そんなのがこの世界に来かねないとなったら、そりゃアメリカも日本も『砦』に入ってサード・エンゲージを止めようと対策を立てるハズだよ。

「油断してるようだから……キンジにも分かるように、ルシフェリアの強さを教えておく。貴様が先日戦った花の女神クロリシアの神としての強さは、下の中。仮に人類の核兵器を全て自由に撃てる者がいるとすると、その強さは中の下。熱核攻撃はレクテイアの尺度で言うと、さほど効率的ではないのでな。そして――ルシフェリアは、上の中。紛う事なき上位神だ」

「……」

いつの間にか苦笑いをすっかり消してしまい、額に汗を滲ませていた俺に――

「もちろん、出来るのとするのとは別だ。人類だって水爆を作ったが、世界は滅びてない。さっきも言ったが、ルシフェリアにその気は無い……しかし機嫌は損ねない方がいいし、監視も兼ねて面倒は見てやるべきだろう。そもそも彼女は周囲に世話をする者がいないとダメなタイプだし」

ネモが、そう言ってくる。

「あ、ああ。それは分かるよ」

「ルシフェリアはNでは自由に振る舞っていて、教授も管理してなかった。曾孫だからか、放任されていたのだ。ただ今回初めて、教授に彼女を見守るよう頼まれた」

モリアーティも――金指輪のネモを動かしてまで、この件に取り組んできたって事か。

少しその意識が薄れてきていたが、やっぱりルシフェリアとの生活は……2つの世界の命運を分ける、Nと俺たちの戦いの大一番なんだな。


アリアの事をネモにどう言おう、ネモの事をアリアにどう言おう。グルグル考えるが、思いつかないまま……俺はネモと浮島北駅を降り、学園島の女子寮に着いてしまった。

「ここがお前の家か。思ったよりいい所に住んでいるのだな」

漢字が読めないから『第1女子寮』も当然読めないネモは、引き続き機嫌がいい。この笑顔がいつ消えるかと思うと、俺は気が気じゃないよ。

ただ、ネモの今の――いいとこのお嬢ちゃまみたいな服装を見れば、戦いに来たんじゃないとアリアも分かってくれるだろう。分かってくれるんじゃないかな。

（もう、会わせてから説明しよう……）

物事を何でも先送りにする俺が、ネモと10階に上がって共用廊下を渡り、えいやあ！と――アリアの部屋のドアを開ける。

そしたら、その音を聞いたルシフェリアが飼い犬みたいに走ってやってきた。

「主様ー……ネモ！　よくここに来てくれたのう。礼をやろう。我の笑顔じゃ」

「同志ルシフェリア、無事でよかった。海から掠われたのはノーチラスから見えたから、ナヴィガトリアにも伝えた。みんな心配していたぞ」

ネモにそう言われたルシフェリアは、ちょっと表情を暗くして――

「ネモとは金指輪同士じゃったからともかく……下の者たちには、もう合わせる顔が無い。皆には、ルシフェリアは死んだと伝えてくれぬか」

「そうもいかないだろう、生きているのだし」

などと、ルシフェリアとネモが話していると……

「長いコンビニだったわね。また立ち読みしてたんでしょ、ダメよ？　って――ネモ!?」

エントランスにやってきたアリアが、飛び上がってる。

「うっ!?　神崎・ホームズ・アリア……！」

バッタリ出会ってしまったネモとアリアは、見つめ合って固まってしまい――

「……っ……」

「……っ……」

アリアはネモがここへ来た流れを、ネモはアリアがここにいる理由を、それぞれ考えて――からの、それはどうでもよくなったらしく、バッ、バッ。

お互いへ向けて、前へ倣えのポーズ。そして、ぼわぁ……赤紫色と瑠璃紺の目を、片方ずつ光らせ始めたぞ……！

上位神のルシフェリアもレーザーの流れ弾はイヤらしく、一歩引く中――

「ストップストーップ！」

俺は2人の間に入り、アリアにパシンッ、ネモにパシンッ。目の前で1発ずつ拍手するじゃん……！

今まで頑張って編み出してきた『矛盾の傘』とか『ノヌガーレ』とか、全部いらなかった

じゃないかなと思って咄嗟にやったけど……これで止めれたの!? レーザーって。じゃあ

こいつらレーザー撃つ時には目を開けっぱなしにするから、ワンチャン中断させられるん

ネコ騙し。そしたらどっちもマバタキしちゃって、レーザーがキャンセルされた。えっ、

「どきなさいキンジ！　ネモは曾お爺様を殺そうとした敵よ！」

「それはこっちのセリフだ、シャーロックは私を殺そうとした敵！」

藍幇城やリニア新幹線の上での死闘を思い出して呆然とする俺——を挟んで、アリアと

ネモがフックでお互いを殴ろうとしてる。俺の前から、後ろから。

「キ、キンジ、貴様はアリアと一緒に暮らしていたのかっ!?　生殖が可能な年齢の男女が

同居など——まあ私もお前と一時期、し、したが——猥褻だぞっ！」

俺にキャンキャン怒ってスキが出来たネモを、アリアは「やあっ！」とブラウスの背の

中から逆手で抜いた小太刀でブッ刺そうとする。そしたらネモもキャワイイお洋服のお尻

側をガバッと跳ね上げてショートソードを抜いた。で、グサグサ刺そうと反撃を始めてる。

「このっこのっ、もっと刺しやすい位置に来なさいよ！」

「貴様こそ！　体が小さいのとキンジがいるのとでよく見えんぞ！」

今は俺を迂回して相手の脇腹を刺そうとし合ってるが、こいつらの事だ。痺れを切らし、

まっすぐ突き合い始めかねんぞ。俺ごと。今は長い睫毛の目をぱちくりさせてるだけだが、ルシフェリアもネモに味方して動きかねないし。

頭に血が上ったアリアとネモは、「Frog!」「Rosbif!」――英語とフランス語で罵り合い。2人はイギリス人とフランス人なので反りが合わないところもあるみたいだ。しかし俺に言わせりゃ、ヨーロッパ人なんか何国人でも大して違いが分からん。向こうに言わせりゃ日本人と中国人も見分けがつかないんだろうけど。

「――そこまでだ！　英仏戦争は終わり！　どっちも光りモンをしまえ！」

俺はアリアとネモのおでこを押して両腕を広げ、２人を引き離す。リーチ不足でネモを攻撃できなくなったアリアは、

「なんでこっちに味方しないのよキンジ！　ネモはテロリストよ!?」

とか、むくれてるが……

「俺も――ネモのテロ行為そのものには反対だ。だが行動の根底には考えがあって、その考え自体は必ずしも悪いものじゃない。考えを持つ権利は誰にだってあるぞ。お前も一度ネモの理念を聞いておけ。ネモもここでアリアと話して、物事の進め方を再検討しろ」

俺は相互理解を促そうと、そう2人に言う。

そしたらアリアは余計に頬を膨らまし、ネモは少しキュンとしたような顔になってる。

「何よそのネモ寄りの言い方っ。あんた、ネモとあたしで対応に差があるんじゃない？」

「そりゃネモが俺を撃った弾数は20発、お前が俺を撃った弾数は4617発で、ケタが違うからな。2ケタ違う」

「よく記憶してるわね……記憶すべき事はしないくせに……」

「アリア。ここは一時休戦して、ネモを家に上げてやれ。ネモはルシフェリアの件で力になってくれるはずだ。ネモもケンカするな。アリアは1日平均8発俺に発砲するのを脇に置けば頼りになるやつだから」

「よくそれを脇に置けるな貴様は……ま、まあ、よかろう。とりあえずはルシフェリアにアリアが危害を加えないよう、監視させてもらうぞ。今のところ大丈夫そうだが」

ネモがショートソードを背後にしまったのを見て、アリアも……イライラ顔ではあるが、小太刀を収めた。俺たちだけじゃルシフェリアの件を進展させられないので、ここは敵の手でも借りたい――という意志は、俺と一致してたみたいだな。

「言っとくけど、ルシフェリアの身柄引渡はしないわよ。ルシフェリア、あんたもNには帰るつもりないんでしょ」

「うむ……」

アリアとルシフェリアをジト目で見回したネモは……一旦靴のまま家に上がろうとして、ここが日本だと思い出したらしく脱いだ。そして上がる時に脱いだ靴の向きをしゃがんでお行儀よく揃えてから、アリアに促され、俺やルシフェリアと一緒に廊下を歩き……

「ふん。アリアらしい、色彩に乏しい廊下だな。絵画を飾るべきだ。せめて写真を」

とか、さっそくケチをつけてるんだけど。ツンケンしてるなあ。あと写真は良くない。クロメーテルの写真を飾られたらどうすんだっちゅうの。


それからアリア、ネモ、ルシフェリアはリビングで白いテーブルについた――というか、俺がつかせた。コーヒーも俺が淹れて、4人が話せる空間をなんとか用意する。

しかしアリアもネモも無言。その空気に気圧されて、ルシフェリアも黙っちゃってるよ。

「……」

「……」

「……」

「……」

俺もコーヒーを啜りながら、所在なく目だけキョロキョロさせるしかないんだが……

対話を促したものの、一体何から話させりゃいいのか分からん。自慢じゃないが、俺は金や人徳以上にコミュニケーション能力が無い男なのだ。ピンク・水色・黒で、髪の色の色彩は豊かになりましたね。なんて話をしても、スベるだろうし……

そしたら、この4人の中では最もコミュ力が高いと思われるルシフェリアが、

「ではアリアとネモ、共にフロに入れ。我と主様も入る。こういう時はそうするのじゃ」

とか言うんで、

「主様……？」

「なんでよ！」

ネモとアリアがようやく声を出した。片方は怪訝な声、片方は赤面しての怒鳴り声だが。

「そういえば……ルシフェリアはナヴィガトリアでも、乗員同士でケンカした者がいるとそれを強いていたな。私が聞いた所によると、元はエンディミラの発案だったらしいが」

「うむ。これはエルフの知恵でのう。同じ水に入ると、仲良くなれるのじゃ」

ネモとルシフェリアがそんな話をするので、

「よしそうしろ。俺以外で入れ。日本では裸の付き合いといって——バスタブメーカーのアンケートによれば、61％の日本人がフロに一緒に入った友人との心の距離が近くなった経験があると言う。お辞儀の起源は相手を直視しない姿勢になり攻撃の意思がないと示す事、握手の起源は互いに武器を持ってないと示す事という説もある。一緒に入浴するのは、その究極形だ。互いに完全にノーガードになる事で、自然と信頼関係が発生する」

しめたと思った俺は、しっかり論拠も添えて素早く賛成。

というのも、しずかちゃんでもない限り人間は1日に2回も3回もフロには入らない。1度ここで全員まとめてフロに入れてしまえば、俺が入る時に女に入ってこられる恒例のアンラッキー・イベントを未然に防止できるからだ。なんて賢さだ、俺。

「なぜ主様は入らんのじゃ」

きょとーん、と、ルシフェリアがツノごと首を傾げるので、

「お前のがなぜじゃだ！　男と女は一緒にフロには入らないの！　はい全員武装解除っ、すぐ入浴！　その間に俺は晩メシを買ってくる。あとフロから上がった後はパジャマなり私服なりちゃんと着ろ。バスタオルいっちょでウロついてたりしたらカゼひくぞ」

俺はアリアやネモから銃やら剣やらを取り上げて集め、そそくさと家を出る。うーん、完璧だ。自分の身の安全は守れたし、コイツらもフロで洗いっことかすれば少しは仲良くなるかもだし。それにこれで、類族運命を回避——運命を、エンディミラの時とは大きく異なる流れに持ち込めもしただろう。あの時はフロで大変な目に遭ったからな。あ、思い出すなよキンジ。ヒスには思い出しヒスってものもあるんだから。


今日も半額弁当と投げ売りパンを買って、帰ってくると……

ルシフェリアがネモとアリアの仲を取り持とうとしてくれたのと、無人島の温泉で湯に浸かる快適さを覚えたネモが入りたがった事も幸いし、3人はマジで一緒に入浴した様子。アリアの家のフロ場は広いから、ギュウギュウ詰めになる事もなかったようだ。で、今のアリアとネモはようやく最初ほどは険悪じゃない感じで「お腹すいたわね」「私もだ」「我もじゃ」と、ルシフェリアを交えて会話してる。あのアンケートは本当だったんだな。

だが……その、アリアとネモが。アリアがネモに供出したらしく2人ともセーラー服を着てるのはいいとして、ドライヤーで乾かした長い髪を背中に流したまま。2人のツインテール姿を見慣れた俺としては、どこのどなた状態だ。片やピンクブロンドのストレート、此方デイドリーム・ブルーで若干ウェーブしてる髪だから、確かにアリアとネモなんだが。

「あ、キンジおかえり。またゴハンは半額弁当なのね……」

「ハンガク？　ハンバーグか？　ごちそうになってしまって済まないな」

ダイニングルームに来た2人は──髪型がロングになっても、顔はアリアとネモのまま。これがダブルで新鮮。超かわいい。クラッと来た。コイツらはいつも男勝りに戦うくせに、この小柄な体と長い髪で強烈な女子力を発揮してくるのだ。よくないですよ、そういうの。

「カレーパンはあったか？　カレーパンはあったか？」

スキップしてきたルシフェリアの後ろ髪は、形状記憶合金みたいに三つ叉の縦ロールを保ってるが……俺はアリアとネモに、

「あー、お前ら、髪。いつもの形にしろ」

ドギマギしながらそう言ったら、ルシフェリアが左右の縦ロールを側頭部に持ち上げて、

「む。主様はこういう髪型の女が好きなのか？　それなら我もこうして暮らそうか？」

とかサービス精神に溢れる事を言ってくれちゃうし。ついチラッとそっちを見ちゃったけど、これはこれでリアルに高3でツインテールやってるイタい子感があって……それが

むしろ発育したカラダと無邪気なココロのギャップを感じさせ、血流がグッと来てしまう。こういうのに弱いせいで、俺はイタい子ホイホイなのかもしれないな。

「いや、好きとかそういうんじゃなくて、まとめてないと弁当にくっつくだろ。慣れない髪型してると、自分の髪がどこにあるか意識しづらくなるだろうし」

こういう屁理屈は割とすぐ思いつくタイプの俺が、アリアとネモをツインテールに誘導すると——2人は「それもそうか」という顔をし、それぞれどこからともなくヘアゴムを出し、モーションをコピーしたんじゃないかってぐらい同じ動きで片方口にくわえ、もう片方のゴムで右のテールを作る。それから左のテールも同タイムで作った。アリアとネモ、お前ら仲良くなれる素質けっこうあるんじゃない？

「できたわ」

「食べよう」

と、並んで俺を見上げてくるアリアとネモは……やっぱりツインテールでも可愛い！

そもそも基本ツインテールとは女子専用の髪型。つまり女子の証。女子、女子、女子、その2文字が俺の頭の中でグルグルする。そしたらヒス性の血流が——ってオイ！　俺っ。女子を感じただけでヒスってたら本格的に社会生活が送れなくなるぞッ。レクテイアほどじゃないが、この世界の人間だって半分は女子なんだから……！

「……もう。今こうしてネモとルシフェリアと一緒にお弁当を食べてるなんて、信じられないわ。これもキンジに女を丸め込む異能力があるせいね」

「異能力って。あっこらルシフェリア！　ちく天を盗むな！　返せ！」

　親子丼をスプーンで食べてるアリアにツッコんだり、俺（おれ）のボリュームミックス弁当からオカズを取ったルシフェリアの口に手を突っ込んだり、俺は食卓でも忙しい。

「もう飲み込んだから返せぬ。アリア——皆で一緒に仲良く過ごすのは良いことじゃぞ。世界と世界の繋（つな）がりは、人と人の繋がりから始まるのじゃ。この世界とレクテイアも我（われ）と主様（ぬしさま）の婚姻でスムーズに結びつくであろう」

　自分のカレーパンと唐揚げ弁当があるくせに、ちく天に続いて俺のアジフライも取ったルシフェリアが言うと——そぼろ弁当を食べてたネモが「えんっ！」と咽（む）せて、アリアは口を尖（とが）らせる。

「ルシフェリア。あんた、キンジとのその……そのおままごとは、ほどほどにしなさい。この際だから明かしとくけど、あたしはキンジにプロポーズされてるから！」

　びしいっ！　ルシフェリアを指さしてアリアがそんな事を言い出したので、今度は俺が咽せる番だ。

「うげほっ！　——えっ、したっけ!?」

「はああああああああああ————!?」

俺とアリアが双方目玉を飛び出させそうな顔で見合っていると、一瞬ショック顔をしたネモがギロリとアリアを睨み、

「アリア！　——貴様はそのプロポーズを受けたのかッ？」

「えっ、あ、そ、それは、まだ……」

「では不成立だ！　言っておくが、私はしたぞ！　キンジがまだ受けていないが、片方がした点に於いては数学的に同じだっ、引き分けだっ」

ネモお前、数学出来るの出来ないの？　こいつに教わった勉強が正しかったのか不安になってきた。

「……」

またアリアとネモが睨み合うので、俺はいつでも逃げられるようイスを少し後ろに引く。

そしたら——ルシフェリアが、「争うでない」と2人を手で制してる。

おっ、仲裁してくれるのかな？　と思ったら、

「なにを争うことがあるのか。みんなで主様の子を産めば良いではないか。競うなら子の数で競えば良い。まあ我が一番に決まっておるが。もう、お腹に主様の子がおるしな」

とか言うもんだから、俺は盛大にコケてボリュームミックス弁当に顔面から突っ込んでしまう。

「お、おい信じるなアリア、ネモ、顔を青くしてこっちを見るなっ。こらルシフェリア！

俺は……み、身に覚えがないぞッ！」

　顔面のライスを手で落としつつ、俺はワリバシを折らんばかりに握りしめて身の潔白を訴える。

「覚えがないだなんて、なんてヒドイお人じゃ。主様はアリアがいない間に、我の身体をあんなに激しく貪ったというのに……うう……ふええん……」

「だから光を失った目でこっちを見るなアリア、ネモっ。身体を貪ったたって、あれの事か、お前の汁が入ったマッシュポテトの――ルシフェリア、今のセリフの後ろ半分は本当かもしれんが前半分とは別の話題だろっ！　ヘンな話術を使うな！」

「あ、あたしがいない間に……何やってんの、あんたたち……？　マッシュポテト……ど、どういうヘンタイなの……？」

「ではルシフェリアのカラダを貪ったのは本当という事かッ!?　他の女の目を盗んでとは、姑息だぞ貴様！　いや、目の前で貪られてもそれはそれで困るが……」

　アリアは自分の想像の及ばないレベルの変態たちを見るような目を俺とルシフェリアに向けてくるやら、ネモは叱りつけてくるやらだが、

「お前ら易々と騙されるなッ、ルシフェリアも泣き真似すんな！」

「おほっ、赤ちゃんが動いた」

お腹に手を当ててニッコリしたルシフェリアに、アリアとネモはイスごとブッ倒れる。

「——1日や2日でそこまで大きくなるワケないだろッ！」

「キヒヒッ。ウソぴょーんじゃ」

ルシフェリアはイスを引き身を屈(かが)め、テーブルの下で目を回してるアリアとネモに——

左右の人さし指を自分の左右のほっぺたに付け、舌を出して見せてる。まさに悪魔……！

「なんでそんなウソついたんだ、こいつら失神しかけてるだろっ」

「だって、子が欲しいと言ったら主様が恥ずかしがるから。どうしたらよいのかと、我は悩んでしまってのう。理解できぬのう。ヒトはなぜ子を成す話を恥ずかしがるのじゃ？」

「改めて問われると、なんでなのかは謎だが……とにかく恥ずかしいんだよッ」

「我はヒトがメスも同じことを恥ずかしがるのか、確かめたかったのじゃ。今のは実験。そしてやはり、恥ずかしがりおる。ヒトは天邪鬼(あまのじゃく)にも、逆の仕草——恥ずかしがることで、求愛するものなのか？　うー、分からぬ……うきゃぁ!?　何をするか！　不敬じゃぞ！」

眉を寄せて考え込んでいたルシフェリアの右と左の縦ロールを、ぐいっ！　ぐいっ！

アリアとネモがそれぞれ掴(つか)み、テーブル下に引っ張り込む。ルシフェリアも右手でアリア、左手でネモのテールを1本ずつ引っ張り返し……全員「いたたたた！」ってなってる。

……もう……これは放っておいて、弁当を食べよう……

（しかし、これ……）

ネモが来れば事態が好転するかもと思ったが、一進一退って感じだな。ルシフェリアに関する情報はネモから得られたし、アリアとネモを争わせない所までは何とかできたが、今度はルシフェリアが2人の神経を逆撫(さかな)でするし。

このままだと状況は一進一退で済まず、アリアとネモにストレスが溜(た)まり続け、俺(おれ)との事が欲求通りにいかないルシフェリアにも不満が溜まり続けるだろう。そうなれば、この生活は遅かれ早かれ破綻するぞ。アリアとネモが戦う、ネモがルシフェリアを連れ去る、ルシフェリアと俺が大変な事になる、どれが起きてもおかしくない。俺は慣れているから平気でも、しなしなの半額弁当とパンばかりの食生活で——アリア、ルシフェリア、ネモ——誰かが、健康を損なうかもしれない。ジャンヌが作った封印だってジャンヌが作ったやつなんだし、いつまで持つか。

だがこの生活は生活そのものがNとの戦いの1つで、きっと重要な転換点。Nの重鎮・ネモが来た事でその重要度は一層増しもしただろう。全く新しい形の戦いだが、ズルズル後退してはならない点は通常の戦いと同じはずだ。むしろ更なる戦力を投入し、前に出るぐらいでないと。

この戦線、最大の問題は——プレイヤー全員の『生活』に対する能力が無いことだ。俺、アリア、ルシフェリア、ネモ、全員に生活力がない。実戦に喩(たと)えるなら統率の取れてない烏合(うごう)の衆が、てんでバラバラに石やら火炎瓶やらを投げてるような状態。

そこには正しい軍事知識を持つ、軍人の介入が必要だ。言うなれば『生活軍人』を呼び、グズグズの戦況を統率してもらわないと。

生活力ですぐ思いつくのは白雪だが、あれはまだ神潊にいるからすぐには来られない。

それに白雪は『砦』に近い星伽の一員として、ネモやルシフェリアと対立する懸念がある。

逆にルシフェリアと結託し、俺に子供がどうのの件で一大事、いや2人合わせて二大事を
起こす可能性も大いにありえる。

今すぐ来られて、『砦』や『扉』の立場を今のところ取っていない、生活のプロ……

——となると、あいつ一択だ。

と、俺はテーブルの下を覗き込み、

「おいアリア、ネモ、ルシフェリア。お互いの髪を放せ。ハゲるぞ。えーと、明日ここに
人を呼ぶ。Nに絡んでない中立の人物だから心配するな。俺の友人だ」

そう言ったら、組んず解れつしていた3人は——それぞれビックリ顔で座り直す。背の
あるルシフェリアだけは後頭部とツノをテーブルの板にぶつけてたが。

「友人？　あんた友達なんか武藤と不知火ぐらいしかいないじゃない。ここは女子寮よ」

「え、貴様に友達がいるのか。想像上のイマジナリーフレンドとかではなくてか？」

「主様なんかの友達をやれるとは、相当な忍耐力の持ち主じゃな……」

「失礼だぞお前ら。いや、いきなり名前を言ってもネモとルシフェリアには分からないと
思ってそう呼んだんだが——リサだ」

俺に言われて、リサの有用性を知っているアリアがボサボサになった髪の上に豆電球を光らせる。

「いいわねそれ。あの子、お掃除したりゴハン作ったりするの好きだし」

「好きも何も、職業がメイドだからな。この家は広いから1人増えても平気だろ」

「うん。分かった。ネモ用のと合わせて、もう2台ベッドを入れるわ」

よし、通った。この戦い、ここからが反撃だぞ。どんな状況にも柔和な日常をもたらす力のあるリサがその切り札だ。この奥の手を使ってもうまくいかなければ、もう打つ手は無いだろう。おそらく史上最も平和的な――背水の陣、ってやつだな。


翌日の放課後、電話で呼んだら――

リサは、すぐ来た。食料品入りのエコバッグをカゴに乗せたママチャリで。

女子寮の自転車置き場でサドル泥棒のごとく人目を忍んでいた俺が姿を現すと、リサは制服の防弾ロングスカートを小さく摘まみ上げて一礼してくる。

「ご主人様。お求めいただいて、リサは光栄です」

やわらかな長い睫毛に縁取られた翠玉色の瞳で、優しく微笑むリサ――もうこれだけで、平和と癒やしのムードが流れてきたぞ。さすが生活軍人。いや、生活将軍の貫禄だ。

「今回も済まないな。この戦いは今までとは違って、生活そのものが戦いだ。この生活がうまくいくかどうかに、大きなものが懸かってる」

「承りました。事態はアリア様からも伺ってます。ご主人様の新しい奥様として名乗りを上げた方がいらっしゃるとの事も承りました」

「そこは承るなよ。えーっと、ルシフェリアはだなぁ……」

「ご主人様はアリア様のパートナーで、ルシフェリア様の旦那様で、ネモ様の対——」

……改めて列挙されるの、ストレスで胃に来るんですが？

「ですが、パートナーは仕事が終われば離別が、奥様には気持ちが終われば離婚が、対は平衡が終われば離散が起き得ます。一方、生活には終わりがございません。メイドだけが、最後までおそばに」

リサはメイド最強論を語り、俺にどんな女がいようと余裕って笑顔をしてるんだが……メイドだって、解雇とかありえるじゃんね。まあ、そうはならない自信があるって事なんだろうけど。実際こうして関係が続いてるし。

「……言うのもアホらしいが、ルシフェリアは俺の嫁じゃないぞ。ただ、お前がアイツをそう扱って機嫌を取ってやる事は禁止しない。ルシフェリアの機嫌を損ねると、短時間で効率良く地球が破壊されかねないんでな。それとの両立は難しいかもしれないが、お前は家庭内では中立を保て。アリアにもルシフェリアにもネモにも平等に接しろ」

「承りました」

「実際、あの3人は俺には難しい。お前じゃなきゃダメそうだよ」

という俺の発言に、リサは「まあ」と立てた両手を口元に寄せる。大きな驚きと喜びの表情になる、はしたない行為を隠すかのように。それから、メイドカチューシャの周囲にお花をぽわぽわ浮かべるような幸せいっぱいの顔になった。

赤くなった両頬を隠すように両手をあて、少し背伸びして俺の耳に口を寄せたリサが、

「ご主人様が、リサを一番と思って下さっているなんて。それを口にして下さるなんて。リサは幸せ者です……これから、いーっぱい、ご奉仕させていただきますね……」

とか、シロップみたいな甘い吐息で囁いてくるんだけど……なにその、奥様には内緒で旦那様に寵愛されてるメイド的なリアクション……？

あ。今の。俺は『あの3人の扱いは俺には難しいから、リサにしかできなさそうだ』と言ったつもりなんだが——言葉足らずで『アリアもルシフェリアもネモも難しい女だから、俺はリサが一番好き』って意味に解釈されたのか？　だとしたら、やっちまったな！

かといって、このリサの喜びよう……『違うぞバカ』と否定したら、泣いて帰っちゃいかねないぞ。そしたら将軍抜きでの暴動が続いて、最後には地球が危ない。やむをえん、訂正は後回しにしよう。生活は戦争。戦争に多少の犠牲はつきものなのだから。


食料を満載したエコバッグは重そうだったので、俺が持つと言ったんだけど——リサは

「いえ、ご主人様に運ばせるなどとんでもございません。これはメイドの仕事ですので」

と持ち手を両手で掴み、スカート前にブラ提げて自ら運ぶ。都合、リサの左右の二の腕が自らのたわわな胸をむんにゅり左右から寄せてしまってた。俺はエレベーターに乗ってる間中、セーラーブラウスがパーンと破裂して花柄刺繍の白下着が、果ては下着もビリッといって豊満な肉果がまろび出ちゃう幻覚に苛まれたよ。俺って想像力ありすぎるのかな。

アリアの部屋のエントランスに入り、バゲージラックにエコバッグを置いたリサは……ネモとルシフェリアがアリアに連れられて来たのを、エレガントな跪礼で迎える。

「お初にお目にかかります。私はリサ・アヴェ・デュ・アンク。オランダ出身のメイドでございます。ご機嫌麗しゅう、ネモ様。ご主人様と対を成す、優れた無二の力をお持ちの御方にお会いできて、至福の極みにございます」

流暢なフランス語で挨拶したリサを——ヨイショされたのであろうネモは、ふむふむと品定めするように見た。そして「よろしい。キンジの紹介だし、上がる事を許可する」と家主でもないのに日本語で返してる。

しかし……バスカービルにもホームズ家にも取り入った無敵のリサが、

「そしてルシフェリア様も、ご主人様の——」

「——馴れ馴れしいやつじゃの」

初めて、躓いた。

セーラー服の胸を張って仁王立ちするルシフェリアに、挨拶を遮られたのだ。

「我の主様を、ご主人様と呼ぶか。それではダブってしまうじゃろ。その呼び方は、我の許しを得てからにせよ。我はこの世界を侵掠しに来た神じゃぞ。とっても偉いんじゃぞ」

俺の腕をぐいっと抱き寄せたルシフェリアに、リサは……

「大変失礼いたしました」

全く動じず、ペコリと頭を下げる。それから姿勢を戻し、ルシフェリアが俺の腕を胸で挟んでるのを見て微粒子レベルでイラッとした気配をさせたものの――顔の筋肉を巧みに操り、そうとは気付かせない和やかな笑顔を作る。

「世界を侵掠とは、なんという志の大きな御方でしょうか。リサは心より敬服いたします。ああ。偉大なる神ルシフェリア様にお仕えできます事、この生涯の誇りとなりましょう」

リサがルシフェリアを崇拝するような仕草を少し交え、一人芝居のように喋ると……

「――そうじゃろ、そうじゃろ。うんうん。じゃあ良いぞ、主様をご主人様と呼んでも」

ここへ来てから丸っきり神扱いを受けてなかったルシフェリアは、ニヤニヤ、デレデレ。的確なレベルまで下手に出たリサを見て満足したらしく、もう上機嫌になってる。

す、凄いな。リサのこの修正力。別の国どころか別の世界の出身者にさえも――相手が慇懃無礼と感じないギリギリの線まで美辞麗句の程度を高め、秒で取り入った。これ……リサが外交官とかになったら、どこの国とのどんな敵対関係も丸く収まるんじゃないの？

本人がメイドの仕事に誇りを持ってるから、ならないだろうけど。

ともあれ、リサが無事に入城した事で……ピンク、黒、水色、金色の髪色だけじゃなく、貧・爆・普・巨の胸の彩りも豊かになったな。そこは、気をつけないと。


リサはアリアたちに紅茶を淹れてテーブルに集めたかと思うと、すぐキッチンにあったケーキスタンドに色とりどりのお菓子を載せて運んできた。アフタヌーンティーはどこのどんな女子にとっても好ましいものらしく、アリア、ルシフェリア、ネモは奇跡のようにおとなしくティータイムに入る。俺はここに何日も住んでるのに知らなかったがアリアはレコードプレーヤーを持っていて、リサは室内を一回りしただけで目敏くそれを見つけ、バッハの『G線上のアリア』を流す。

音楽で武偵とテロリストたちを鎮静させると――リサは音もなく、手際よく、各部屋をハタキや化学雑巾で掃除し始めた。女が3人いたのに荒れてた家中を数時間でピカピカにすると――今度は、料理に取りかかってる。あまりにも働き者なので、疲れちゃうんじゃないかと心配になる俺が、

「あー、俺……半額弁当が売り切れてた時に備えて、自分の部屋からここにインスタントラーメンをけっこう持ち込んでてな。賞味期限とかもあるから、晩メシはこれでいいよ」

キッチンで鼻歌交じりに野菜の鮮度を確かめていたリサに、しょう油味のチャルメラを

5食分渡したら……

「まあ、ありがとうございます。ではこれを使ったお料理を作りますね」

リサは、家事が楽しくてしょうがないといったキラキラ笑顔を返してくる。

そして持ってきてたタマネギを、トントントントン──プロの料理人の手つきでカット。

モノだけはいいアリアの鍋(ル・クルーゼ)にそれを入れ、牛脂とサラダ油で温めてる。え、チャルメラは茹(ゆ)でればいいだけじゃん……？　と思う俺をよそに、リサは牛バラ肉を鍋へ入れ、サッと炒(いた)め、砂糖・しょうゆ・みりんで味付け。おたまと小皿で味見をし、「よし(モーイ)」の声。別の大鍋でインスタント麺を茹で始め、タマネギと牛肉をボウルに移して、鍋に残った肉汁とチャルメラに付属してたしょう油スープを混ぜてお湯を加え、一煮立ちさせてる。巧みで軽やかな、ピアニストみたいな手つきで。

リサは茹で上げた麺を富士山形に4皿盛り付けると、そこにさっきの牛肉とタマネギを加えて、賽(さい)の目(め)に細かく切ったトマトと刻んだ春菊で彩りを添えてる。まぜそば富士山の頂上には、仕上げに卵黄が載った。

（……っ……！）

う、うまそう……！　無骨なインスタントラーメンから、キラキラ輝くように華やかで栄養バランスの良さそうな料理が爆誕したぞ。信じられん。

「さあ、ご主人様。皆様も。お夕食の用意ができましたよ」

いつの間にか淹れていた普洱茶と共に、リサがダイニングテーブルにそれを並べ終えた時——時刻は、ちょうど7時になった。

すでにニオイに引き寄せられて集まっていたアリア・ルシフェリア・ネモも、期待大！って顔で「美味しそうね！」「これは精が付きそうじゃ」「いい香りだ」と盛り上がってる。何か怖いセリフも一部あったが。

「本日は、牛肉と季節野菜のスープレス・ヌードルになります。春菊は春と書きますが冬、今が旬です。どうぞ、ご賞味下さい。お召し上がりの途中で胡椒を一振りしますと、よりスパイシーな味もお楽しみいただけますよ」

キャッキャッと大はしゃぎのアリアたちと共に、俺もハシを取ってそれを食べると——

（うまい……うまいぞ……！　これがあの、インスタント麺だなんて……！）

素晴らしい仕上がりだ。何よりこの、すき焼きとラーメンのいいとこ取りをしたような風味。その味に踊る舌が、春菊の苦味とトマトの酸味の連弾のアクセントでさらに踊る。あの僅かな食材と調味料で、この奇跡のバランスを取ったっていうのか。まさに神業だな。

「さすがはリサね。シンプルを完璧にこなすのは、一流にしかできない事よ」

「これは美味いのう！　どこの国の料理じゃ？」

「野菜不足もこれで解消だな。なるほど、いいメイドだ」

アリア、ルシフェリア、ネモも、揃って百点満点の札を上げる的なコメントだ。

「味つけは日本のものですが、麺は中国が発祥と言われています。合わせ方はタイ料理を参考にいたしました」

テーブルの脇に立って適宜(てきぎ)お茶を注ぎ足(つぎた)すリサが、ルシフェリアの質問に答え……

「元々これの材料だったしょう油ラーメンが、日本のしょう油と中華料理が融合したものだからな。お前が好きなカレーパンもだが、複数の文化が交じり合うと新しく良いものが生じやすい。特に日本は島国だから、和魂漢才(わこんかんさい)、和洋折衷(わようせっちゅう)──昔から海外の物をありがたがったり面白がったりして受け入れる土壌があるんだ。日本語は世界で最も外来語を多く取り入れ変化し続ける言語とも言われてるし、中世に輸入された仏教は日本の土着信仰と合わさって独自の宗教観を生んだ。アメリカンコミックの様式と日本絵画のセンスが融合してマンガの表現が生まれ──」

「うまいものを食べたら元気が出たぞ！　主様(ぬしさま)、次はいつ勝負するかの？　やっと相星になったのじゃし」

「話をスルーするな。せっかく受験勉強で身に付けた教養をひけらかしてたのに……って、今は俺の3勝2敗だろ？　流れでサバを読むな」

「きひひっ」

俺はルシフェリアと駄弁(だべ)りつつ、コショウのフタが固くて開けられなさそうだったネモからそれを取って開けてやる。

「むっ、確かにブラックペッパーも合う。ハシが止まらないな、これは」

「そうなの？　あたしにもコショウちょうだい」

「うむ。一部分に掛けると良いと思うぞ」

「そうね、半分だけ味変(あじへん)してみる」

　リサの料理のおかげで、ネモとアリアも今まで以上に仲良く会話してる……やったぞ。俺(おれ)の部屋やベーカー街に続き、ここでもリサの起用は当たり(モーイ)だ。早くも、この生活に良い徴候が現れ始めてる。

　リサ将軍の導きで、俺たち烏合(うごう)の衆の陣形が整いつつある。俺、アリア、ルシフェリア、ネモが絆(きずな)を強めれば——いずれNに有意な働きかけもできるだろう。それがどういう形のものになるかは、まだ全く見えていないが。


　夜、アリアたちが北リビングで衛星放送のBBCニュースを見てる傍ら、俺が勉強していると……ちょうど小腹が空(す)いたタイミングで、

「皆さま、お夜食をお持ちしました」

　リサが、サンドイッチを作ってきてくれたよ。気が利くなぁ。大きな銀のトレーには、ハム、たまご、ツナ、チーズ、さらには女子向けにフルーツサンドまで揃(そろ)ってる。じゃあちょっと休憩して、みんなで摘(つ)まむか。

　——俺たちはテーブルに集まり、思い思いのサンドイッチをコーヒーや紅茶で楽しむ。

「それにしても、貴様はこの家でも勉強しているのだな。良いことだぞ」

　東京駅（とうきょう）や電車内ではけっこう女の子らしかったネモが、男っぽい口調で俺に話しかけてくる。アリアたちがいるとそうなるっぽいね。

「まあ……お前も知っての通り、高校を中退しちゃったからな。学校に通えてないから、自分でやらないといけなくなってるだけだ」

「そういえば、ご主人様は高認（こうにん）の試験に合格なさったそうですね。おめでとうございます。えらい、えらい、です」

　と、リサが白い手で俺の頭をナデナデしてくれるんだが……

「え、どこから聞いたんだよ」

「望月（もちづき）様から教えていただきました」

　ああ、恩人の望月萌（もえ）には報告してたからな。そして武偵高（ぶていこう）では、萌もリサも救護科（アンビュラス）だ。俺に縁のある同士、そこが繋（つな）がってるのね。

「コウニンのテスト、頑張ったのだな。え、えらい、えらいだぞ。本番の入試に向けて、また数学を見てやろう。マンツーマン（アンテーテアテーテ）で」

　ネモも、背伸び気味に腕を伸ばし……ちょっと照れながら、俺の頭をヨシヨシしてくる。

「じゃああたしも！　国語以外なら教えられるわ」

そしたらネモに負けじと、アリアも家庭教師を買って出てくれる。イ・ウーで北極海を回る時に経験したけど、こいつって銃で脅す超スパルタ式で勉強を監督してくるんだよね。怖いから集中力がハンパなく上がって、確かにメキメキ覚えるんだけどさ。

その後、メガネをかけたメガネモと拳銃(ガバ)片手の普段のアリアが左右についてくれて……俺(おれ)は数学や理科を教わった。

アホの俺に教えるのにはかなりの労力がいるので、2人には協力が要される。おかげで最終的にはネモとアリアは俺が正答すると「やった！」とハイタッチするほど打ち解けてたよ。

今日の分の勉強が一段落してお開きになると、時計は21時。予定ではもう2時間ぐらいやるつもりだったが、教えてくれる人がいると早く終わるものなんだよな。

しかし計画した量を超過してまで勉強をすると、明日以降のモチベーションが下がる。ここはもう、寝ちゃおうか。いや、でも寝るにはちょっと早いよな……

携帯でネットでも見ようかと考えて南リビングに入ると、リサがお裁縫セットでネモの軍帽……ツインテールを出す穴のフチの解(ほつ)れを縫っていたので、

「リサ、何かヒマ潰しになりそうな物は持ってないか？　ちょっと手持ち無沙汰でな」

とかムチャ振りしてみたら、

「はい。おもちゃとテーブルゲームをお持ちしてますよ」

ときた。どこまで万能なのこのメイド。

　さっき第2女子寮の自室とここを何往復かしてたリサが、その際持ってきていたらしい箱を出してくると——中にはトランプ、モノポリー、カルカソンヌ、ダイスなどがある。今回のミッションをちゃんと理解していて、複数人数で盛り上がれそうなものが多いな。

「お、これは……指ハブか？　珍しいもの持ってるな」

「はい。望月萌(もちづきもえ)様が依頼(クエスト)で沖縄に出張された時、お土産で買ってきて下さいました」

　指ハブとはテープバンドみたいなヤシ科植物の葉を多重螺旋(らせん)状に編んでチューブにしたオモチャで、名前の通りヘビの形をしている。そのヘビの口——筒の先に指を入れてからシッポを引っ張ると螺旋が収縮して内径が狭まり、指が抜けなくなるものだ。引っ張れば引っ張るほどきつく締まるが、逆にシッポを押すと内径が広がって簡単に抜ける。

　指ハブは2匹あったので、俺はリサにそれを借りて……北リビングでテレビを見ていたアリア、ルシフェリア、ネモの所へ行き、

「おい、お前たち、このヘビを知ってるか？」

と言って見せたらアリアとルシフェリアは「？」って顔をしたが、ネモは「知ってるぞ。ベトナムで見た。指を入れると——」と仕組みを言いかける。なので俺は床に座っていたネモの後ろに2人羽織っぽく座り、片手で口を塞ぐ。

「むぐむわのむあ」

「このヘビの口に指を入れると、良い子はすぐ抜けるが、悪い子は指が一生抜けなくなる。アリア、ルシフェリア、やってみろ」

　赤くなってジタバタするネモを押さえつつ、俺が指ハブを2匹突き出すと――

「バカなの？　ローマの『真実の口』じゃないんだから」

「主様は阿呆じゃのう。これはただの草を編んだ筒ではないか」

　アリアとルシフェリアは、揃って指ハブの口に人さし指を入れ、揃ってシッポを握り、

「はい抜くわよ。はい……抜くわよ。え……あれ……っ？」

「……ぬ、抜けぬ……っ……!?」

　ぷぷぷぷ。2人して、でかい目を一層でかく見開いてテンパってるよ。

「どうやら、お前たちは日頃の行いが悪かったみたいだな。今後はヘビと共に生きろ」

　ニヤーと笑う俺と2人をジト目で見てるネモの前で――ルシフェリアは「ぎゃー！」ともんどり打って指ハブを思いっきり引っ張ってる。

　アリアは指に食らいついたままのハブで俺をビシバシ叩きながら、

「どうしてくれんのよ！　これじゃ一生トリガーが引けないじゃない！」

　とか涙目になってるんだけど、人生における人さし指の用途それだけなのお前……？

　残像が残るレベルのスピードでブレイクダンスみたいに転げ回っているルシフェリアは

スカートがキワドイし、アリアに叩かれて痛いしなので、俺はネモの口から手を外す。

「ル、ルシフェリア。アリア。それは引っ張ると取れないものなのだ。シッポを押せ」

ネモに教わった2人は、一時停止する動画みたいにピタッと止まり……

それから、くにゅ、すぽ。指ハブをそれぞれの指から外せてる。外せたのにまだ構造が理解できてないのか、揃ってキョトーンとした顔で。

「面白いだろそれ。物事は強引にやろうとしてもうまくいかない、引いてダメなら押してみろ——という教訓を与えてくれる、沖縄のオモチャだ」

ドヤ顔で語る俺に、アリアとルシフェリアは笑顔……

……あれ……笑顔、なんだけど……額に青筋を立ててませんかね……？

「ほんっとに面白かったわ。じゃあ次はキンジが」

「良い子か悪い子か、確かめないといかんのう」

2人は指ハブに俺の左右の人さし指をくわえさせて、びきぃーっ！　引っ張ってきた！綱引きみたいな勢いで！

「いたたたたた！　おっおぃよせ！　そんなに強く引っ張るなぁあ！」

「あら抜けないわね！」

「主様は！　悪い子なんじゃのう！」

「やめろやめろ！　指が指が！　ハブが抜けないかわりに指が抜ける！　すみません！

すみませんでした！」

ネモがハイハイして逃げる中、アリアとルシフェリアは怒り心頭の顔で俺の左右の指を右へ左へ、上へ下へ振り回す。縄跳びで二重跳びする時よりも速く。ぎゃあぁ！　なんか指の内部がゴキゴキッて鳴ったあぁ！

1分後——ようやく解放された俺がバッタリ絨毯に倒れると、這って戻ってきたネモが、

「だ、大丈夫かキンジ。左右の人さし指がありえないほどジグザグに曲がってるが……」

と、指ハブを外してくれつつ、ドン引き顔。半ベソの俺が人さし指1本につき3カ所、計6カ所の脱臼を遠山家の整復術でゴキゴキ治してたら、

「さ、さあさあ皆さん。指ハブはおしまいにして、何か他のゲームをしましょう！」

騒ぎを聞いたリサがゲーム箱を手に駆けつけて、アリアとルシフェリアによって今度は両手中指にハブをセッティングされそうになっていた俺を救出してくれるのであった。

指ハブは永久封印され、それからはリサのゲーム箱からネモが選んだ『人狼ゲーム』をやる事になった。それはプレイヤーそれぞれが村人か人狼かの役になり、誰が人狼なのか当て合う推理ゲームだ。ネモは好きらしく、俺は探偵科の授業でやらされたからルールを知っていた。だがアリアとルシフェリアは知らないので、ネモが説明してやっている。

その間、みんなで囲めるローテーブルをリサとリビングへ運びつつ——

「リアルに人狼のリサが人狼ゲームやるとか、シュールだな。あっ、そうだ。リサお前、人狼役だってバレたらリアルに変身する演出したらどうだ。ガオーって」

「まあ。うふふ。申し訳ありませんが、大きくなる変身は危機に陥らないと出来ませんし、月齢によって程度が変わるものですので。自分の意思で耳やシッポを出す事はできますが、今夜は半月の少し前ぐらいですから、それも半分ぐらいになるかと……」

俺はリサから、そんなリサ豆知識を教えてもらう。へー……あのイヌミミの出方って、月齢によって変わるものだったのか。

「ネモの説明でルールは分かったけど。中途半端に残酷で、逆に子供っぽいゲームね」

「じゃあアリア抜きでやってもいいのじゃぞ」

おどろおどろしいカードのパッケージがイヤなのか批判的なアリアに、ルシフェリアがローテーブルへ――むにゅん、と、胸を載っけながら座って言うと、

「……まあ付き合ってあげるわ。あたしは大人だから」

あぐらをかいたアリアも対抗して全力で胸を載っけようとし、しかし引っかかるものが無いのでそのまま胴体が落ちてガンッとテーブルにアゴをぶつけてた。で、イライラ顔で頬杖(ほおづえ)に切り替えてる。アリアの貧乳芸、幅が出てきたな。

リサもローテーブルにつくと、ぽにゅん。胸は余裕で載る。それやらなきゃダメなの？身長は的な顔で正座したネモも……なんとか、テーブル上に胸を載せる事に成功してた。身長は

アリアとどっこいどっこいなのに、ネモって胸あるんだよなぁ一応……オスプレイの上で触っちゃったから、知ってたけどさ……

なおこの現象はアリアのローテーブルの天板の高さが中途半端にあるせいで、胸のある皆さんは自然とそうなっちゃうらしい。なので目の毒なその光景にツッコむこともできず、血流に細心の注意を払いながら人狼(じんろう)ゲームをやるハメになった。リサだけじゃなくて俺(おれ)も人狼みたいなもんだな、こうなると。

で……やったらやったで人狼ゲームはけっこう楽しく、それぞれの個性も出る。

ホラーなムードが苦手なアリアは、村に人狼が潜んでいるというゲーム設定が怖くて、自分が村人な時は顔に出まくり。マジメなネモはこんなゲームでも本気で勝利を目指すし、ちょっとのルール違反も許さない。勝ち負けにこだわるルシフェリアは、勝つと大喜びだ。リサの司会進行(ゲームマスター)が上手(うま)いこともあって、ゲームは盛り上がり……

アリア、ルシフェリア、ネモ、そして俺――みんなが今まで以上に、親密になれていく。かつては戦ったそれぞれ同士が、いつしか、昔からの友達のように気安くなっていく。

しかし、ふと考えてしまったのだが、

(この状況……女が４人で、男が１人……)

もしサード・エンゲージの扉が開かれたら――続々と現れるのであろうレクテイア人は、全員が女だ。その規模によっては地域の、国の、世界の人口が女に傾く。極端な場合は、今のこの室内のように。そしたら俺同様、複数の女に挟まれて難儀する男も現れるだろう。いや、そういう状況はむしろ大歓迎っていう豪気な男もいるんだろうけど……

──じゃあその時、この世界に元々いた女たちは何を考えるだろう？

そこに、いや、そこから物事を広げて考えると……大きな問題がサード・エンゲージに潜んでいるような気がする。単に男女の人口バランスの件だけじゃなく、幾つもの問題が。村に潜む狼人間のような、一目ではそれと気付けない──いつかキバを剥く、問題が。

リサの力によって、俺たちの生活は大幅に改善された。

室内や服が清潔に保たれて快適なのに加え、やはり食事内容が良くなったのが大きい。三食がいつも美味しいとストレスが緩和されて不和が起きづらくなるし、栄養バランスが良くなると心理状態も良くなる。アリアが怒りっぽかったのも食生活のせいだったのか、今は顔だけじゃなく性格も可愛くなってきたような気がするよ。

そのリサとアリアは、朝、学校へ行き……しばらくここで過ごしてるうちにネモも近場なら迷わなくなってきたので、コンビニへ買い物に行った。

そのため、俺とルシフェリアが家に残る。少し久しぶりだな。２人っきりになったのは……と思いながらリビングで勉強してたら、視線を感じたので──振り返ると──

ルシフェリアが、少し離れた所から俺を見ていた。無言で、ポケーッとした目で。何か、ほんのり赤くなって。胸元に片手をそっと寄せて。

で、俺と目が合ったルシフェリアはアワワって顔になり……それから自分の思考を否定するような仕草で、頭をツノごとブンブン横に振ってる。

「……何だ？」

女子の考えなんかネモの漢字よりも読めない俺が、不可解なルシフェリアに尋ねると、

「主様、勝負じゃ。先日の人狼ゲームで我は主様より多く勝ったから、あれも1勝とする。すなわち今は3勝3敗。我はもう勝負の総数を増やすことはせぬ。これが真の最終戦じゃ。打ち技無し、投げ技無し、手と手で押し合い、退くか倒れるかした方が負けじゃ」

キリッと表情を正したルシフェリアが、こっちへ歩み寄ってきた。そしてツメを立てるようにした左右の手を前に出し、両手と両手を繋ぎ合わせて押し合うスタイルの力比べを挑んでくる。

「……じゃあやってやるけど、ほとんど格闘戦と変わらないだろ。やる前から勝ち負けは見えてるぞ」

まあどうせ、負けたら『やっぱり前言撤回！　9本勝負にする』とか言い出すんでしょ。

ただ俺としても、近頃は家にこもって勉強ばかりしてたから、軽い運動はしたいところだ。

その勝負なら家の中の物を壊すこともなさそうだし、付き合ってやるか。

と、俺は立ち上がり——

右手、左手、と両手の指と指を絡ませ、ルシフェリアとの力比べに応じる。

「よし、いつでも押してこい」

「ゆくぞ、主様！」

——俺とルシフェリアの間には身長差があり、体重差があって、筋力差もある。それはヒステリアモード・魔力のそれぞれを抜いた2人の間にある、普通の男女の格差だ。

それに加え、ルシフェリアは挑んできたくせに力比べ(ロックアップ)の基本が分かってない。ただ歯を食いしばり、「う〜〜〜〜〜！」と両腕で力いっぱい押してきているだけだ。

手四つ(ジョインベンチ)の場合は、自分と相手の腕の関節の向きに注意を払い、力の流れを読み、自分の体勢を力が込めやすいものに、相手の体勢を力が込めにくいものに誘導する。力比べとは、そうして相手に伝える腕力・背筋力・脚力を刻一刻と増やし、同時に奪っていく、筋力の陣取りゲームみたいなものだ。こんなふうに、な。

「……」

「……あっ……んっ……うぅ〜〜〜〜っ」

ルシフェリアは次第に俺に覆(おお)い被(かぶ)さられるようなしゃがみ姿勢にされていき、さらにはブリッジのような体勢まで取って堪(こら)え、要所要所で遠山(とおやま)家にもあるフェイント技を巧みに使ってきたものの、それも俺には容易に見抜けるレベルで——結局、

「——あんっ」

俺に押し切られ、背中をついて倒れた。

白い、フワフワの毛長のカーペットの上に。

「やっぱり……主様は、我よりも強いんじゃのう」

「力には言うほどの差は無いぞ。俺が10なら、お前が8ってとこだ。ただ、こういうのは相手の意識とか呼吸を読んで勝負所を掴むものだからな。それは、ギリギリの戦いをする経験でしか身につかない。そして俺はその経験が悲しいほど多い。それだけだ」

立ち直した俺は腕時計を整えながら、ルシフェリアを見下ろす。

勝ちはしたが、真剣勝負の空気は無かったな。ルシフェリアは全力を出しても負けると分かっていて、それでも全力で挑み、負けた。そんな手応えだった。力比べでは女の方が劣るという認識を前に語ってもいたし、何やらその力関係を実感しようとしたような……

「さっき俺を見て、何を考えてたんだ。意識を読めと言っておいてアレだが、ああやって見られてるのに考えが分からないと気分が悪いもんだぞ」

そう俺が尋ねると、仰向けのルシフェリアは青みがかった黒い瞳を閉じ——

「……思い出しておった。ナヴィガトリアでの、主様との、最初の戦いを……」

「……イヤな思い出じゃないのか？　みんなの前で、男に屈したのは」

「イヤな思い出……に、なるハズだったんじゃがのう。いま思い出すと、ドキドキして、顔と胸が熱くなって……」

ルシフェリアは幸せそうに開けた薄目で俺を見上げ、自らの胸を赤いマニキュアの手でそっと撫でている。大切な思い出を、その思い出をくれた人の前で反芻するかのように。

「その後も、主様と戦ったのう。そして負けた。2度も、3度も……それで思い知った。我は主様より弱いのじゃ」

「思い知ったなら、もう勝負しなくてもよかったろ。戦いと関係ない勝負まで、あれこれ持ち出して……」

「うむ。もう腑に落ちた。いや、本当は、最初の戦いで落ちていたのじゃ……」

そう言ってルシフェリアは上体を起こし、俺の下で女の子座りになる。幸せそうなまま、胸に手をあてたままで。

「それで、なんで──そんなに嬉しそうなんだ」

「我はナヴィガトリアで生まれて初めて勝負に負け、死にたいほどの屈辱を覚えた。でも、主様にだけは打ち明けよう……それと共に、喜びも覚えたのじゃ」

……喜び？

「我はルシフェリア。地上の何よりも強く、そうあり続けなければならない種族。母様も、お婆様も、ご先祖様も、みんなそうじゃった。だから我は自分に強くあれと言い聞かせ、肩肘を張り、偉ぶって、全種族の上に立っておったのじゃ。あれだけの者たちに囲まれておりながら、ずっと、ずっと、孤独にな……」

「……」

「でもそれが、あのナヴィガトリアで終わった。我は主様によって最強の種の座から引き下ろされ、皆の前に二度と戻れぬ辱めを受けた。そうしたら、その時――肩に載っていた見えない重石が、取れたような感じがしたのじゃ。気が楽になって、ホッとした」

　ルシフェリアは……ムリをしていたんだ。きっと物心ついてから、ずっと。

　強く美しい種族に生まれたせいで、皆の前で名誉を守り続け、気高く、畏怖されるべき神の態度を取り続ける宿命に縛られて生きてきたんだ。ずっと、独りぼっちで。

　だが彼女を雁字搦めに縛っていたその鎖は、断ち切られた。あの時、この俺の手で。

「ここで目を覚ましたあの日、我は殺されることを覚悟しておった。でもどうせなら我を楽にしてくれた主様に殺してもらいたかった。その願いが叶わず、アリアに殺されそうになった時……主様は、我をアリアから守ってくれたじゃろ。あの時、また……我に新しい気持ちが生じたのじゃ。『守られた、嬉しい』という……」

　その告白が恥ずかしいのか、ルシフェリアは赤くした顔を手で隠す。

「我は……かつては誰かに守ってもらうなど、考えたこともなかった。庇護されるなど、弱さの証じゃから。でもあのとき守ってもらえて、すごくビックリして、すごく嬉しくて……しかも主様は、食べ物まで与えてくれたし……それで我はもう、もう……」

　アリアの銃口から守ってやったあの時、ルシフェリアが驚いたような顔をしていたのは

――そういう事だったのか。

いつも強さをアピールしなければならないルシフェリア族は、誰にも自分を守らせない。むしろ皆を守る存在として、常に矢面に立つ。ナヴィガトリアに攻め入った俺を迎え打つルシフェリアの態度は、まさにそういうものだった。

そういう定めの女が、初めて誰かに守られて……

今までの人生で感じた事のない感情を、覚えた。だから、それに驚いていたんだ。

「それからも我は、主様に負けて、負けて、その一方で世話も焼いてもらっているうちに……自分より強い主様に守られているという感覚が、どんどん大きな喜びになっていった。取り返しがつかぬほど、大きく、大きく……そして今、その気持ちがただの喜びではないことも分かってきた。きっとこれは、この感情の名は……」

ルシフェリアは俺を潤んだ瞳で見上げてきて、俺の膝にそっと触れ……

「……しあわせ……女の、幸せなのじゃ」

それからその長い髪を揺らして、俺の足にウットリと寄りかかってくるので――

俺は片膝をついて、ルシフェリアと目線の高さを合わせてやる。

「女ばかりの世界から来たから知らないんだろうが、男が女を守るのは当たり前の行為だ。前も言ったが男は女を手にかけないし、腹を空(す)かしてたら食事の面倒ぐらい見る。むしろ弁当とパンぐらいしか食べさせてやれなくて、済まなかったと思ってるぐらいだ」

ここは、こっちの世界の人口の半分を占める『男』の性質について教えてやらなければいけなさそうなので――俺がマジメにそう語ったら、

「……守る……やはり我は、主様に守られてるんじゃのう！」

ルシフェリアは俺の胸に抱きついてきて、反動でオシリが揺れるほどに尻尾をピコピコ振りまくってる。

「主様。また勝負しよ。やっぱり前言撤回、9本勝負じゃ」

「――なんでだよ！　今の話と繋がりがないだろっ！」

「そしてまた、我を弄ぶように倒してくれ。さっきみたいに、傲然と見下ろしてくれ」

「だからなんで、わざわざ負けたがるんだ……さっきのも……！」

「いじめてほしいんじゃぁ、男の主様にぃ。女の喜びを感じたいんじゃぁ」

ばふぅと俺の膝にすがりついたルシフェリアは――そこから上目遣いで俺を見てくる。

「いじめてほしい」とせがむその目に、ハートを浮かべて。そ……それが女の喜びなの？

なんか違うんじゃない……!?

ルシフェリアは「主様、主様ぁ」と俺を呼びながら四つん這いになり、片膝立ちの俺の前でハイハイして180度方向転換。そして俺にピンと立てたシッポと、ミニスカートのオシリを突き出してくる。

「まず、さっき負けた我に、おしおきしてくださいなのじゃ。我のシッポを、ぎゅーっ！

って強く掴んで、我をダメにしてくれ。我の頭を後ろから床に押しつけて、みじめに伏せさせてくれ。そうなった我のオシリを、ペンペンしてくれっ。熱くて燃えちゃうぐらい、ペンペンしてくれ、その時もシッポは掴んだままで——ううっ、ううっ」

まずは、つかんで、つかんで！　と、ねだるように——

ルシフェリアは短いシッポをうねうね波打たせ、時にピーンと立たせて見せつけてくる。

「ぬ、主様。おねがいじゃあ……ああ、我がこの姿を主様に向ける意味が分かるか。け、気高きルシフェリア族が、『伏せ』と『シッポを向ける』を合わせたこのポーズを見せることが、どれだけ屈辱的なことか。ああ、主様。もう我は堪えられぬ。我にひどいことをいっぱいして、めちゃくちゃにしてくださいなのじゃあ……！」

俺に押さえられたワケでもないのに、ルシフェリアは頭を勝手に床につけていく。逆に、形のいいオシリは突き上げてきてるぞ。

「我はそんなことも、主様のオモチャにされることも考えておったのじゃ、さっき。こ、高貴な我が、もしそうされたら……と、考えただけで、そうされたら……イイんじゃ！」

どんどん勝手に興奮していってるのか、ルシフェリアは発言がアヤフヤになってきてる。

「我は最近主様がそばにいると、2人っきりでいると、そんなことばっかり考えてしまう。主様に乱暴に押さえつけられ、下に敷かれて、その流れで、こっ、子、どんどんこの世にルシフェリアを殖やして、共にこの世を侵掠しよう、主様ぁ……！」

ルシフェリアの欲求は――俺には何が何やらだぞ。それが彼女にとって最も恥ずかしいことなのは理屈で分かるが、それを自ら求めてくるのが理解できん。あとそこから流れるように子とか侵略の話に繋（つな）がっていくのがさらに分からん！

「お、押さえつけられるとか、オモチャにされるとか、って……そんなヒドイ目になんか遭いたくないだろ、普通っ」

俺が拒むような事を言うと、ルシフェリアはシッポを向けたまま――上気しきった顔と目だけでこっちに振り返ってくる。そしてドキドキしながら怒るような声で、

「わ、我は普通じゃないらしいのじゃ。我はそうしてもらいたいのじゃ。で、でもこれは主様が原因なのじゃぞっ！」

「えっ、なんで俺が――」

「だって我に恥をかかせて、やっつけたくせに、そのあと優しくしたりするからっ！」

も、もう完全に分からん……！　何がどうなってるの、今ここ……！

「気高いルシフェリアが――高貴な女がそんなことされたら、こうなっちゃうに決まっておるじゃろ！　ああそうじゃよっ、我（われ）が気色の悪い、面倒くさいことを言ってるのは自分でも分かっておる。でも主様だって花嫁をこんなヘンタイにしたんじゃから、少しはその求めに応じる責任があろうというものじゃぞっ！」

ブランブランと胸を振るハイハイでこっちに向き直ったルシフェリアは、がおぅ！　と

俺をツノと犬歯で威嚇してから——また、ウルウル潤んだ瞳で俺を見上げてくる。そして俺の膝にすがりつき……

「我は……我は、すっかり弱くなった。力が落ちたということではない。心に、失いたくないものを持ってしまったのじゃ。あのナヴィガトリアで、我は言った。ルシフェリアに愛など不要、誰とも絆は作らぬ……とな。その思いは主様と出会い、暮らした日々で——硝子のように砕け散った。主様。我は、アリアのように戦い、リサのように働き、ネモのように賢くもなるから。どうか我と一緒にいてくれ。我はこうして主様と一緒にいるのが好きなのじゃ。主様と過ごす幸せな毎日を、失いたくない。そういう気持ちを心に持ってしまったからには……我はもう、ルシフェリアではないのかもしれぬ……ただの、女なのかもしれぬ……」

「うわうわうわ話をしんみり聞かせながら俺のネクタイとかベルトを取るな！」

　真剣に話しているのでちゃんと聞いてたら、その隙にボタンまで外してきていた深紅のマニキュアの手を掴んで止めてたら——

　——ピンポーン！　と、インターホンが鳴った。

　て、天の助けだ。コンビニに行ったネモが戻ってきたらしい。

「ほ、ほらっ、ネモが帰ってきたぞ」

「チッ」

ネモと聞いたルシフェリアは冷静になって、舌打ち一発。「間の悪いやつじゃの。今は主様をひとりじめしたい気分なのに……」とかボヤきつつ俺を放してくれたよ。

俺は半分ぐらい開いちゃったワイシャツの上は後回しにしつつ、ベルトを取られてズリ落ちそうなズボンを引き上げつつ、エントランスまで小走りに逃げ——

ガチャッ、と、玄関のドアを開けると。

「……っ……！」

ネモじゃない。

「——え、遠山（とおやま）……先輩？」

向こうも驚いてピョンとおさげ髪を跳ねさせてる、お、お巡りさんだぁ……ッ！

俺を知る、この婦警は——女子高生でもある。武偵高（ぶていこう）の架橋生（アクロス）、つまり武偵でありつつ警察官でもある……強襲科（アサルト）1年の、乾桜（いぬいさくら）だ。丸っこい婦警帽と小柄な体に着た警察制服はコスプレみたいで可愛（かわい）いが、テロリストと同居してる今は最も会いたくないヤツだぞ。

女子寮のアリアの部屋にいて着衣が乱れてる俺に思ーいーっきーりー眉を寄せた乾は、後からとてとて出てきて「むっ、警察か」と廊下の角に隠れたルシフェリアにも怪訝（けげん）な顔。ルシフェリアも警察だって分かったならそういう怪しい動きをするなよっ。

「前、俺の部屋にも……来た事あるよな、お前。俺をマークしてんのか」

「私なんかがそんなハイレベルな任務は任されませんよ」

「じゃあ何しに来た」

「えっと、巡回連絡カードをお持ちしました。私はここの受持警察官ですので」

うう。万年人手不足の警視庁が、マジメに記入するヤツなんか絶対いないこの女子寮に巡回連絡カードを配らせる人員を割くワケはない。すなわち、乾は何らかの嫌疑があってここへ来た。でも俺を見て驚いたという事は、まだ詳しく調べてはいない。とにかく一旦追い返して、本格的にガサを入れられないよう何らかの手を打とう。

「わ、分かった。書いたら交番に持ってくから。帰れ」

ピーポくんの描いてある封筒を受け取った俺が、ドアを閉めようとすると——乾が肩を巧みに割り込ませて阻んだ。クソッ、警察の手先め。ドア先の攻防に慣れてるな。

「なぜ遠山先輩がここにいるんですか。女子寮は男子禁制ですよ？」

「いたら違法なのか。アリアの許可を得てるんだから不法侵入じゃないぞ。帰れ」

ちなみに乾は見た目は美少女だが、どういうわけか俺がヒステリアモードになりにくい通称ヒスフリー女子の1人。なので比較的冷静に、そこまで挙動不審にならず対応できる。だから、きっと追っ払えるはず……！

「いても違法というわけではありませんが。実はこの家で、そのアリア先輩がいない間に物音がする——との、近隣の方々からの通報があったんです」

「音の原因が俺だと分かったところで帰れ。寮監とか教務科にチクったら訴えるからな」

「二、三、質問してもよろしいでしょうか」

「警察官職務執行法2条3項。職質に応じるかどうかは任意だ。俺は応じない。帰れ」

武偵高で習った警職法を出すと、遵法意識の高い乾は『コイツめんどくさ。一度帰って、アリア先輩がいる時にまた来ようかな』って顔をし……ドアの肩ロックを外しかけたが、

「むむっ、日本の警察か！」

そこでちょうど共用廊下に帰ってきたネモが、ものすごーく犯罪者っぽい——というかリアルに国際テロリストなんだけど——態度で固まったもんだから、乾はドアを再ロック。

「何やら複数いますね。日本警察に敵対的な人たちが。内2人は武偵高の女子制服を着ていますが、学校では1度も見たことがありませんよ」

俺も入ってるんかい、『警察に敵対的な人たち』に。その言い草。

——とっても怪しいぞ？　という顔をした乾は、スンスンスン。形のいい鼻を、鳴らし始めた。警察犬みたいに。

（こ、これは……コイツの特殊能力の話は、本当だったのか……!?）

かつてアリアが教えてくれた事だが、乾には『悪のニオイが嗅げる』という、なるほど警視庁絡みの特待生になれそうな力があるらしいのだ。何基準で善悪が判断されるのかはさておき、ルシフェリアとネモはレッキとした国際犯だし、それと連んでる俺からも悪のニオイがするかもだ。善なるリサの残り香でも中和できない高レベルの悪のニオイが立ち

こめてるハズだぞ、ここには多分。
案の定、乾は『うぇっ』という顔をして……からの、うわうわうわ、警察無線を出して
どこかにヒソヒソ通報してる！　付近のパトカーを呼び寄せてるのかっ？　いや、しかし
架橋生は警察署より武偵高を優先して応援要請をする規則があったハズ――
と思った通り乾は警察の隠語を使わず、武偵高の先生に話すような態度で喋ってる。
そして1～2分、何者かと会話してから、
「……えっ？　本当ですか？　いえ、教官を疑うワケではないのですが……」
と言ってから、困り顔でトランシーバー型の携帯無線機をしまった。その時にチラッと
見えた周波数は、確かに通信科のものだった。
「『そこに遠山がおるのか、電話するわ』だそうです」
という乾の発声とほぼ同時に、俺の携帯に……そのセリフで分かった通り、蘭豹からの
着信が。なので出て、
「あー……お世話になってます。遠山です」
『また怪しい女たちと一緒におるらしいな。片方はツノが生えてるとか言うとるで、乾』
「人を外見で判断しないで下さいよ。もうそういうのが許される時代じゃないんですよ？
ツノ……は、生えてますが、彼女は問題は起こしてません。なのにこのポリ子に絡まれて
困ってるんです。先生から言い含めて、乾を帰らせてもらえませんか」

『うーん。乾は食らいつくとスッポンみたいに放さんからなあ。警察無線(APR)で通報されると履歴が残るから、これを無かった事にするとウチも後で警察(サツ)に絡まれて面倒なんや』

乾め。武偵高には俺を割と買ってくれてる教師もいるから、この件を流される可能性があると判断して——いっぺん警察無線を使う手を打ったんだな。

『乾はお前が何らかの犯罪グループと一緒にいると睨(にら)んどる。まあ女が得意なお前の事や、どうせ色仕掛け(ロメオ)で構成員をホレさせて手先(エス)にして、その上を逮捕しようと(パクろうと)しとるんやろ？あー、合っててもハイとか言うなよ？』

確かに、ハイとは言えん。そう言ったら蘭豹が知ってたのに放置した事になっちゃって迷惑がかかるし。ロメオ云々(うんぬん)の部分は違うし。

『でも乾はそこが正義のヒロイン・神崎(かんざき)アリアの自宅やから、確証が持てないみたいや。それで、警視庁による捜査を要請するっちゅうとる』

「ちょ、ちょっと、それは……！」

『遠山、警察は来る。逃げられへんで。要請は乾の権限で出来るんやしな。ただ、ウチが捜査の形に手を加えてやるから。乾にも今話したんやけど、お前、上目黒(かみめぐろ)中学で子供らを扱うのが上手(うま)かったそうやないけ。大津(おおつ)校長からウチにお礼の電話があったで』

「……エンディミラと講師をやった件ですか。でもなんで今その話が……？」

『ちょうど明日、湾岸(わんがん)署と合同で——武偵高附属小で交通安全教室をやるんや。強襲科(アサルト)の生徒数人に先生の役をやらす予定だったんやけど、昨日ちょっと授業でそいつら全員入院させてもうてな。お前その怪しい女と一緒に代役で出ろや。中坊の面倒が見れたんやから、小坊の相手もできるやろ。署の連中も視察に来るんで、それを以て捜査って事にしろって言い含めた。湾岸署はクソ忙しいから、一手間で2つの仕事ができるこの話は飲むやろ』

……こ、交通安全教室……チャリから旅客機まで、乗った乗り物が無事で済まない事で有名な、この俺が……？

でも、これはありがたい話だ。警察がガサ入れをしてくるとなったら、ルシフェリアとネモは逃亡しなければならなくなる。そしたら、なんとか上手くいきつつあるこの生活が破壊されてしまうからな。蘭豹の作戦は、それを避ける有効な打ち手になり得るぞ。

「わ、分かりました。やります、交通安全教室」

『ん。気張って乗り切れ。で、今お前が当たっとる事件が解決したら一杯おごれや』

蘭豹がそう言って電話を切り、乾桜も、

「――そういう事ですので。ではまた明日」

と去っていく。最後まで……ルシフェリアとネモを訝しむ目つきをしながら。

夕方、帰ってきたアリアとリサをロフトに連れ込んで事のあらましを教えると――

「……そうだったの。桜はマジメだから、危ないところだったわね。あたしは小学生には講義とかした事ないけど、附属中の準教官は今やってるわ」

「リサは附属小で、ケガの手当てや救急車の呼び方の講習をした事があります。交通安全教室ではありませんが……」

この件それぞれ、中途半端にはキャリアがありそうだ。

「お前たちは俺の体質を知ってるから話すが、俺は女子小学生を前にしてもテンパるんだ。子供はその緊張を敏感に感じ取って異常を察するから、同じエレベーターに乗っただけで女児に泣かれる事もあるぐらいでな。警察に目をつけられたルシフェリアとネモも日本の交通ルールはウロだろう。お前たちのサポートが必要だ」

「分かりました、頑張ります。ご主人様」

「あたしも了解よ。ルシフェリアとネモには説明した？」

「大まかにしかしてない。作戦会議は、みんなが揃ってからの方がいいと思ったんでな」

と、俺たちはリビングへ降り……こっちを気にしていたルシフェリアとネモに、

「――さっきの件だ。俺たちは警察に疑われてる。疑いを晴らすために、ルシフェリアもネモも『自分は安全な市民です』ってアピールが必要になった。その機会が、明日の交通安全教室だ。俺たちと一緒に、小学生相手にそれをやるぞ」

まずは、そこを説明する。有無を言わせないムードで強引に言ったら、ルシフェリアがドキッとした顔でまた軽く目をハートにしてるのは何でなのか分からなかったが――

「うむ、分かった。私もやる。フランスでも小学校で似たようなイベントはあった。私は、受けた側だが……」

ネモは一応、最低限の空気が読めているっぽい。しかし、

「主様がやるなら我もやるが、コウツウアン？　ゼンキョウシツ？　どんな行為じゃ？」

こっちはダメそうだ。なので俺は、

「お前も外に出た時に見ただろ、この東京という街には車が多い。それでよく交通事故が起きるから、子供たちに交通ルールを教える。それが交通安全教室だ。そのため今から、お前たち2人に日本の交通ルールを勉強させる。一夜漬けだ」

と言ったらルシフェリアは、ゲッという顔をする。

「子供たちに教えるのは良いが、我は勉強なんかせぬぞ。勉強はキライじゃ」

「お前が知らなきゃ教えられないだろ。やってくれたら、カレーパンを10個食わせてやるから。お前は公園で子供の扱いが上手だったし、うまくできるハズだ」

俺がそう言うと、好物の件より俺に褒められた件に嬉しそうな顔をしたルシフェリアは、

「じゃ、じゃあ勉強する。ウフフッ、主様が、我は子供の扱いが上手いと褒めてくれた。それは子育てが上手いと褒めたのと同じじゃ。ひゃー、何十人産ます気じゃー」

とか、まだ不真面目な態度が見られるので——俺は、キリッとした顔で制する。

「ルシフェリア、真剣にやるんだ。日本の警察は差別的なレベルで外国人に厳しい。あと

最近はS&Wの拳銃（M360J）に置き換わりつつあるが、ヤツらのニューナンブM60は世界一精度が高い銃だ。射撃訓練も万全すぎるほどやってる。狙われたら最後、絶対当ててくるぞ」

何度か警察に銃を持って追い回された俺が言うと、真に迫るものがあったのか——

ルシフェリアは、こくこく。ツノごと、頭を大きく頷かせた。

「ネモもルシフェリアも、明日は決して不審な言動をするなよ。警察官たちは、注意力や直観力がハンパないんだ。乾もそうだったが、怪しい人物をすぐ見抜く」

「そうね。キンジなんか、任務で警邏してたら自分が50m置きに職質されてたし」

「こらアリア。そんな事は無かったぞ。失礼なデタラメを言うな。あの時は平均80m置きだった。それはともかく、ヤツらには重々気をつけろ。ルシフェリア、いいな？」

お巡りさんを怖がる無職の俺が、クドめに言うと……

「なぜそこまで警戒を促すのじゃ。我を見くびっておるのか？」

ルシフェリアは、ちょっと口を尖らせてる。

「そうじゃないが、お前の身柄は大切なんだ。負傷させるわけにはいかない」

「た、大切——とはどういう意味じゃ。んん？　主様は我を……その、は、はなはな花嫁として、認めてくれて、大切にしてくれるということか？　す、す、好きということか？……こ、こら、なんじゃアリア。放せ、勉強はするから。我は、主様に教わるんじゃあ。2人で、2人っきりで教わるんじゃあ——！」

ルシフェリアはアリアが後ろ襟をネコ掴みして、吊って持っていったが……ネモには、リサが交通ルールを教えてくれるようだ。俺は俺で、復習しておかないとな。

子供たちに授業や講義を行う——ここへ来て再び類族運命に係る流れを感じはするが、ルシフェリア……

（お前が前にお願いしてきてた事、ひとつ叶えてやれそうだな）

ルシフェリアは、自分の遠い血族でもあるかなでに会いたがっていた。

そして、蘭豹から送られてきた、交通安全教室に参加する附属小の生徒の名簿には——かなでの名前もあったのだ。だから明日、遠い親戚同士の2人は……改めて、再会する。全くの意外な形で、ではあるだろうけど。

かなでに、『明日、交通安全教室にルシフェリアが出るぞ。もう、さほど危険性は無い。お前に会いたがってたから、イベントの後で会ってやってくれ』とメールしてやると……すぐ返信があって、『楽しみです！』から始まる、ワクワクした文面が綴られていた。

5弾　侵掠の花嫁（ファム・ファタール）

翌日の午前中――武偵高附属小の体育館に行った俺たちは、舞台ソデでの打ち合わせを行う。俺、アリア、ルシフェリアは武偵高制服で、ネモにもかなでの制服を改めて着せた。他には乾桜、そして――東京湾岸警察署からキレイめの女性巡査部長と女性警部補が来た。

交通課の巡査部長は自己紹介してくれたが、警部補は所属を明かさず会釈してきただけ。つまり、この女が捜査官だ。この目つきの鋭さと、制服を着慣れてない感じ……所轄じゃなく警視庁公安部外事課、国家の敵をマークする警察官だな。こわ……

「今回の交通安全教室は第1部・第2部の構成で、寸劇を2回やります。急な出演なので、アリア先輩たちはセリフに詰まったりする事もあるかもしれません。そういう時は、私に振ってくださいね。このピーポニャンの着ぐるみに入ってますから」

今日は武偵高のセーラー服姿で現れた、乾が――いかにも子供ウケしそうな、警察章が額についたネコミミヒロインの着ぐるみを示して言う。

「では、第1部の寸劇の配役を決めます。司会をする『おまわりさん』役が1ないし2名、これは子供たちを緊張させないよう女性がやるのが慣例です」

と、乾が出してきた女性警察官の制服は――標準的なサイズのものだ。これはアリアや

ネモだとダブダブになるだろう。という事は乾もすぐ悟ったらしく、

「えーっと……ではリサさんとルーシーさん、とりあえずこの制服を着てみてください。そちらに衝立で着替えブースを用意しましたので」

しかし理由は言わずに、リサとルシフェリアを指名した。ちなみにルーシーというのはアリアが考えたルシフェリアの偽名である。

「あ、遠山先輩は衝立に背中を向けててくださいよ？　以前、女子の身体検査をノゾいていたみたいですし」

乾め。捜査官の印象が悪くなる前科を喋りやがって……それは去年、小夜鳴が女子から採血しようとしてた時に武藤とロッカーに入ってた件だろ？　もう時効にしろっての。

歯ぎしりしながら怖々探ると、２人の婦警さんは揃って俺をキタナイものを見るような目線で見てて——そしたらどういうわけか、ヒス性の血流が……？

そ、そういえば、女性警察官が大好きという奇特な武偵高男子たちの裏サイトに『あのまっすぐ向けてくる疑いの目がたまらない』とか書いてあったな。当時は高レベルすぎて意味が分からなかったが、俺も男として成長したのだろうか。

「き、着てきました」

「カッコいい服じゃのう、気に入ったぞ。ただ、帽子は無しで良いかの？」

リサとルシフェリアが衝立から出てくると、日本人女性向けに作られた婦警さんの服は

——子供たちの教育に悪そうなぐらい、2人とも胸がギチギチ。それを見た胸が平ための捜査官のお姉さんが、イラァッ……とした顔になったぞ。

「あのー……ルーシーさん、おまわりさん役には制帽が必要なんです。そのツノみたいな髪飾りを外して、かぶってもらえますでしょうか」

「これは母の形見じゃ。外しとうない」

乾がそこにツッコんだからヒヤっとしたが、ルシフェリアが昨日教えた通りのセリフを言ってくれてごまかせた。

「じゃあ、おまわりさん役はリサさんだけということで。次は『小学生』役が2人要るのですが……これは子供らしい、かわいらしい人が適任と思われまして……」

乾は分かりやすくアリアから目を逸らしながら、ゴニョってる。ここでヘタにモメると既に悪くなっている俺たちの印象がさらに悪くなるので、

「アリアとモネだ。やれ」

ここは素早く俺が指名。なお、モネとは俺が昨日考えたネモの偽名だ。

「……しょうがないわね」

「モネ？　ああ、私か。了解だ」

と、アリアとネモはそれぞれ乾から小学生の衣装を受け取り、衝立の向こうへ消える。

「それから『くるまくん』の中の人が必要です。この段ボールの車の中に入るんですが、

1人より2人で入った方が動かしやすいので、遠山先輩とルーシーさんにお願いします。前の人は内側からライトの目とバンパーの口を動かして、喜怒哀楽の演出もして下さい」

「じゃあそれは俺がやる。後ろはルーシーがやれ」

「主様と一緒か！　うん、やるやる。嬉しいのう」

　俺とルシフェリアは軽自動車ぐらいのサイズの白い『くるまくん』に入り、中の前後へ2本渡されてある平行棒みたいな支柱を左右の手で持つ。「せーの」で歩くと、学芸会のウマみたいな具合で前進・後進はできた。窓はマジックミラーで、スキマもあり、視界は良好。ちょうど足もタイヤで隠れる。後ろのルシフェリアも、結果的にツノやハイヒール、気に入ったらしく着たままだけど役柄と関係ない婦警服を丸ごと隠せた。

「大丈夫そうですか、遠山さん」

「ああ。車内のカゴにパトランプとか旭日章のエンブレムがあるんだが、これは何だ？」

「それは今日は使わないので、触らないでおいて下さい。外側に黒いプラ板をくっつけて『パトカーくん』にする時、付ける備品です」

　なるほど、それでくるまくんは白い車だったんだね。

「おおー、アリア、ネ……モネ、見事に子供に化けたのう。かわいいのう。ぷぷっ」

　くるまくん後部のルシフェリアが笑い混じりに言うので、見ると……アリアとネモが、それぞれ赤いランドセルを背負い、女児っぽい服に着替えて出てきている。髪型がツイン

テールな事もあって、2人とも悲しいほど小学生役に違和感がない。

「──ふんっ。仕事だからキッチリ変装しただけよ」

「私も任務には一切妥協しないから、ちゃんと小学生に見えるという事だ」

笑われたアリアとネモがくるまくんを撃ちそうな勢いで睨んでくるので、俺はライトの目を操作して『悲しみ』の表情を作る。

チラッと捜査官のお姉さんを見ると、俺たちを見てニコニコしてはいるんだが……その笑顔は形だけのポリス・スマイル。視線は完全に被疑者を見るものだぞ。怖すぎる。

その後、舞台ソデでリハーサルをやって──気がついたらいつの間にか、緞帳のスキマから見える体育館の床に附属小の生徒が大量に集まっていた。みんな体育座りで、開幕は今か今かと目をキラキラさせて待っている。しかしスカートの女子も体育座りというのはいかがなものだろうか。あと俺が子供だった頃は1つの小学校に1人いるぐらいだったが、最近は我が国も急速に国際化しているらしく──外国籍と思われる褐色肌の生徒や、金髪碧眼の生徒も1クラスに1人ぐらいずついるね。あ、かなでもいた。

そして、チャイムが鳴り……縫ってごまかした弾痕のある緞帳が開く。

「時間です。始めますよ、皆さん台本通りでよろしくお願いします」

ピーポニャンの着ぐるみ姿の乾がそう言い、リサを伴って舞台に出ていく。子供たちは着ぐるみが登場しただけでワイワイ盛り上がって拍手してるよ。

——まずは婦警さん姿のリサが、

「はーい皆さーん、こーんにーちはー」

子供たちに挨拶すると、「こんにちはー」とパラパラ声が返ってくる。

「おやおやー？　声が小さいですよー？　もういちど、元気に、こーんにちはー！」

「「こーんにちはー！！！」」

うるさっ。ガチ小学生だなあ。

それから乾とリサによる、「今日は良い子のみんなに、道路のルールを教えるニャー」

「みんなのために、湾岸署（わんがん）から本物のピーポニャンも来てくれたんですよー」などなどの前説が行われる。そして舞台の下手（しもて）で交通課の婦警さんが合図してきたタイミングで、

「わーい！　道路で遊んじゃおー！」

「車なんかこわくなーい！」

女子小学生のアリアとネモが、アホの子みたいなセリフと共に上手（かみて）から登場だ。

「あーっ、危ないニャー！」

「子供たちが、道路に飛び出してきちゃいましたよー」

乾とリサが驚く仕草をしたので、ここでくるまくんの出番。

「——ルシフェリア、行くぞ！」

下手から出た俺とルシフェリア入りのくるまくんが、アリアとネモの方へ小走りで迫る。

そこで音響係をやってくれてる交通課の婦警さんが、体育館のスピーカーからブレーキ音を響かせる。ここは子供たちに恐怖心を植え付けるために、かなり大きめの音で。

──キキィーッ！

で、寸止め……するところが、

「お、おいルシフェリア、止まれ止まれ止まれってッ」

「キヒヒッ」

後ろのルシフェリアが、足を止めない。支柱を持ったままだから、俺も止まれない。

そのせいで、どーん！　って……撥ねちゃった。アリアとネモを。

2人とも両足を真上に上げて後頭部から舞台にひっくり返るぐらい、思いっきり。

「……っ……」

くるまくんのスキマから子供たちを見ると、みんな真っ青。早くも涙目になってる子もいるぞ。かなでは、苦笑いだが。

「な、何やってんだよルシフェリア！　やっちまったじゃんか！」

「きひひっ。子供たちに、道路で遊んでいたら轢かれるという事を教えてやったのじゃ」

小声で言う俺に、ルシフェリアはニヤニヤ答えてくる。意図は分からんでもないけど、ショッキングすぎるでしょ！　ほら捜査官のお姉さんも眉を寄せてこっち見てるし！

リサ婦警も、ピーポニャン乾も、これには硬直してたが——

「そ、そ、そのまま、撥ねられちゃいましたねー……えーっと、これは……」

「わ——悪い車だニャ！　安全運転義務違反！　違反点数２点！」

今の光景との整合性を取ろうとしたのかもしれんが、アドリブが下手だな乾！　困った時は自分に振れって言ってたくせに。でも、ピーポニャンが言ってしまったセリフは取り返しがつかん。じゃ、じゃあ、くるまくんの瞼はＶ字形、口もＶ字形にして、悪どい顔にしよう。そして、ゆっさゆっさ。笑ってるかのように、上下動もさせてみたりして。

……で、ここからどうしましょう……？

という感じに目をリサと乾の方に向けるくるまくんだが、向こうもノーアイデアらしい。

そしたら、大の字に倒れて目を回したままのネモの隣で……ムクリ……と、起きてきたアリアが……げっ、額に『Ｄ』字形の青筋が立ってる！

「——に、逃げるぞルシフェリアっ！」

アリアがああなったら暴力を振るわれる確率が95％以上だと統計的に知る俺が、慌ててくるまくんを転回させると——

「う、うおっ？」

ルシフェリアがコケて、ツノに引っかかったパトランプが床に落ちる。それで、ファンファンファン……！　と、けたたましいサイレン音が鳴り始めてしまった。

俺はパトランプを拾って音を止めようとするが、覆面パトカーが使うやつと構造が違うオモチャだから止め方が分からん。ああっ、むしろ音が大きくなっちゃったよ。

「お、おい乾っ、これ、止めてくれよ……！」

くるまくんの窓のスキマからパトランプを出し、俺は慌ててピーポニャンこと乾の方へ歩く。そしたら転んだままのルシフェリアが車体下からズリ出てしまい――子供たちが、

「パトランプだ！　覆面パトカーだよあれ！」「パトカーが子供を撥ねたの!?」「どういうこと!?」「悪のパトカーだったんだよ！」「中から悪魔っぽい婦警さんが出てきたし！」とか、大混乱で騒いでる。怒り心頭のアリアは、のしぃ……のしぃ……とゴジラっぽくこっちへ歩いてきてるし、ああもうどうしたらいいんだコレ……！

「あれは、あれは――そうなんだニャ、悪のパトカーだニャ！　機動警察隊の車が子供を撥ねたんだニャ！　警務部の監察官に見つかったら懲戒免職ものだニャ！」

パニクってひどいアドリブを続ける乾――には、もう頼れんっ。

とにかくアリアを暴れさせるんなら、舞台の上じゃなくて外で暴れさせないと。子供の教育に良くない、凄惨な光景が繰り広げられちゃうから！

でもなんとか、ストーリーを成立させて終わらせないと……！　と焦った俺は、

「ウェへへ……こうなりゃ地の果てまで逃げてやるぜ。そうさ、オレ様は警察を裏切った

悪の覆面パトカー。マッポの手の内は読めてるぜ！　ゲヘヘヘ！」

　くるまくんを悪い目つきにしたまま、ルシフェリアが入ってない車体の後ろ半分を床に引きずりつつ、ダッシュで下手（しもて）へハケる。もうそうするしかない！

「うわうわ、主様（ぬしさま）、待ってくれ！」

「――待ちなさい、こらぁ！」

　ルシフェリアとアリアが追ってくる。さらに「ニャー！」と乾も着ぐるみの両手を振り上げて追ってきた。子供たちによる「やっつけてー！」「やっつけろー！」「ピーポニャンがんばれー！」の歓声の中、やっと起き上がったネモも女の子走りで走ってきた。

　俺が舞台ソデまで逃げ込むと、がばあ！　くるまくんをアリアがちゃぶ台返しみたいにめくり、俺を引きずり出し――馬乗りになって、ガツンガツボカッ！　ハンマーパンチの雨霰（あめあられ）だ。やっぱり子供に見せなくてよかったね！

「なんなのよバカキンジ！　全然シナリオと違うじゃない！」

「いたっ、いたたっ、ちがっ、これはルシ、ルーシーが、勝手に……！」

「キャハハ！　面白かったのう主様！　あの子供たちの盛り上がりよう、絶景じゃ！」

「わ、私が気を失っていた間に、いったい何が演じられていたのだ……？」

　ルシフェリアは婦警姿のまま腹を抱えて笑い、ネモは女児しゃがみでアリアと俺を見てキョトンとしてる。

　一方、1人で舞台に残されたリサは……乾に身振り手振りで指示をして、くるまくんの車体をズリズリ舞台に戻させている。そして、

「はーい。道路には、安全確認を怠る悪い車も走っているんです。だから皆さんも道路に飛び出したり、道路で遊んだりしたら、とーっても危ないということが分かりましたね。でも、その悪い車がまさか正義のパトカーに紛れていたとは——お姉さんも驚きでした。ですが安心してください。悪い車は、ピーポニャンに捕まったのでした！」

　かなりムリのあるまとめだが、なんとかそう言って場を収めようとしている。しかし、子供たちは今なお不可解そうな顔をしていたので……

「じゃあみんなで歌いましょう！　3、2、1、ハイ！」

乾にマイクを持たせつつ歌のお姉さんっぽく音頭を取り、「ぴーぽーぴーぽーにゃんは、けいさつかんだよ～」などと子供らを合唱させている。

　子供たちの方は、なんとかなった……という事に俺の中でムリヤリするにしても、

「……」

　覆面パトカーを悪役にしたせいで警察をディスられた感もあったのか、捜査官が今にも俺たちを逮捕しかねない目をしている……！　なんとか、第2部で挽回しないと……！

　交通課の婦警さんがホワイトボードを使い、子供たちに標識などを教えている幕間——

乾がプリプリ怒りながら、俺たちの最後の出番となる第2部の説明をしてくれる。

「もう失敗は許されませんよ、皆さんッ！　いいですか、第2部の時間帯には子供たちの集中力も落ちてきています。そこで『どうぶつの村』という人気のゲームを模した内容の寸劇をやります。交通の話題ばかりでも飽きられてしまうので、最後に『不審者についていかないように』というテーマも交えます。不審者役は遠山さんでお願いします」

なんで俺の役だけ即決で指定するんだよ。

という文句がノド元まで出かかったが、さっきあれだけの失態を演じたから逆らえん。

なので俺はやむなく、不審者のトカゲの着ぐるみを来て……

他の一同は、村人——村動物？　の役という事で、それぞれ動物の着ぐるみを着る。

アリアはペンギンの釣り人、ルシフェリアとネモはネコとネズミの農家、乾は警察官のウサギで、リサは村役場職員のイヌだ。

女子たちの顔以外の体が全て丸っこい着ぐるみで隠れるのは個人的にありがたかったが、打ち合わせをする時間はあまりなく——ほぼぶっつけ本番で、第2部が始まってしまう。

で、緞帳が上がった時点で舞台にいるルシフェリア・ネモ・アリアが、

「我は果物を拾い集めるのじゃ、にゃおー」

「私はお花を植えるんだよ、クイックイッ」

「ペ、ペェーン……ペェーン……おいしい魚を釣るんだペェーン」

とか、どうぶつの村を表現し始めた。個人的にはまずネモのネズミの鳴き真似の擬音がフランス流なのが気になる。あと、ペンギンってペーンペーンって鳴く？　アリアも迷いながら鳴いてるけど。それと今さらだが、ネコとネズミが一緒に生活してたら村の人口がある日突然1人減ったりしないですかね……？

「わんわん。私は村の役場に勤めてまーす」

イヌの着ぐるみを着たリサがトコトコ現れると、子供たちが「いぬえさんだー！」とか盛り上がってる。おおっ、何か知らんが人気キャラらしい。ウケてるぞ。

「さあさあ、この村にも道路が出来たピョン。でも道路が出来たら、交通ルールを学んでおかないといけないピョーン」

ウサギの着ぐるみを着た乾が舞台に出て行って、アリアたちが「交通ルールぅ？」とかアホっぽく首を傾げ……それから、信号や標識についての講義が始まった。

で、しばらくそれをやってると……今度は問題なく講義は出来ていたのだが、確かに、子供たちの集中力が落ちてきてる感じになってる。

そこで俺が登場し、最後のひと盛り上げをするって流れだ。よし、行くぞ。あれ、でもトカゲってどう鳴くんだろうな？　まあ不審者だから、不審な笑い声でいいか。

「――ゲッへゲッへ。この村にはカワイイ女の子がいっぱいいるなあ。さらってやろう。どの子にしようかなァ。ほらほら、アメをあげるから、ついておいでー？　ゲッへへへ」

そう言いつつ、トカゲの俺が登場したら……

……ざわ……ざわ、ざわ……

子供たちが、特に女子たちが思いっきり引いてるぞ。シナリオではここで一旦「わーいアメだー！」と寄ってくるべきネコ、ネズミ、ペンギンどももも後ずさってる。

（こ……これは……しまった、ハマリ役すぎたか！）

演劇に於いては——役者は、役にハマりすぎてもいけないと言われている。あまりにも役に合いすぎると、観客はそこにその人物が実在してるような気分になってしまう。特にそれが悪役だと本当に怖くなってしまい、楽しくなくなってしまうのだ。

そしてこの俺は生まれつき目つきが悪く、いつも女子に怯えてキョドキョドしており、根っからの暗い性格がオーラとなって黒々と発散されている遠山キンジだ。リアルすぎる不審者役が現れた事で、判断力の未熟な子供たちの頭は『本物の不審者がそこにいる！』とエラーを起こしてしまったらしい。

そしてエラーを起こしたのは、子供たちだけではなく——

「たっ……逮捕よ！」

お巡りさん役でもないのにドッタドッタと着ぐるみのまま襲いかかってきたアリアもだ。

「ちょっ、た、逮捕するのは乾の役だろっ……！」

アリアに押し倒される俺の体が、強襲科で習った技記憶——巴投げの動きを、反射的に再生してしまう。これが着ぐるみ同士の反発力とアリアの体重の軽さが相まって、会心の一撃になる。ペンギンは飛ばない鳥なのに、高々と宙を舞ったアリアは――

「――ぺぇきゃんっ！」

頭から舞台に落ちる瞬間までペンギン役を全うしたのは大したものだが、これ、また俺を悪役とした大混乱が始まるんじゃないの……？

と思ってゴロリと起き上がったら、これが意外にも、

「ど……どういう事!?」「トカゲはまだ何もしてなかったよ！」「先に襲いかかったのは、ペンギン！」「この村が悪の村なんだ」「トカゲがんばれ！」「やっつけてー！」

善悪二元論をこよなく愛する子供たちの解釈では、トカゲが正義って事になったらしい。こ、この純粋な声を覆すわけにはいかないぞ。またアドリブを考えなきゃ。えーと……

「そ、そうなのだ。この村は禁止薬物の元となる植物を栽培している。俺は村人の女の子から情報を集め、後で一気に摘発するためにやってきた――トカゲ戦隊なのだッ」

子供たちが好きであろう、戦隊ヒーローのフリをしたところ……

「戦隊じゃなくない!?」「1人じゃねーかよー！」「後のメンバーはどうしたんだー！」

男子たちがブーイングしてくる。クソッ、設定が雑すぎたか。

「さ……最初5人いたんだけど、他の4人はこの村の連中に殺られたんだ！　今日は弔い合戦に来て、まずはペンギンを倒した！　そういう事だッ」

「――それなら、我がそちを食ってやるぞニャオーッ！」

俺がムリヤリに作ったこの設定は、ネコのルシフェリア的にはお気に召したらしく――諸手を上げて襲いかかってきたので、これも背負い投げで舞台ソデまで投げてやった。

「やれー！」「やっつけろー！」「ぜんぶ殺せー！」「悪の村をブッ潰せー！」

さっきまで死んだ魚の目で交通ルールの話を聞き流していた子供たちが、大はしゃぎで声援を送ってくる。さすが武偵のタマゴたち、暴力展開が大好きだな。

子供たちは――丸めたパンフレットとかペットボトルのフタとかを悪い村の動物たちに投げ、トカゲを応援してくれてるぞ。こんな大勢の人に応援された経験なんかないから、俺も楽しくなってきた。

「クィィうぁあー！」

ネズミのネモがハイタッチパンチで襲ってくるが、これはお姫様抱っこで投げてやろう。

ウサギの乾もヤケクソになって、

「た……大麻草の密造がバレてたんなら仕方ありませんピョン！　イヌも戦いますよ！」

「え、ええー？」

困り顔のイヌのリサと共に、トカゲに襲いかかってくる。コイツらをドロップキックと体落としで舞台の上手下手にそれぞれ転げさせて――

「――討ち取ったりィ！」

歌舞伎みたいに手を突き出し、トカゲの俺がキメポーズを取ると……もうしょうがないという顔で、交通課の婦警さんが緞帳を下ろしていく。

「――でも子供たち。暴力は最後の手段だぞ。無闇な争いは何も生まない。動物も人間も、皆どこの誰とでも仲良くしよう。これだけ殺っといてアレだが、俺との約束だぞ」

そう言い残して、トカゲは緞帳の向こうに消えていき……武偵高附属小の子供たちは、大喝采で観劇を終えた。

フラフラと舞台ソデでマイクを拾った乾が、

「……じ、実はあのトカゲは、この私、ピーポニャンが送り込んだ潜入捜査官だったんだニャ！　みんなも悪い事をすると、あのトカゲが来るんだニャ！」

声だけになると確かにさっき演じたピーポニャンと同じなので、そう付け加えてる。

「危険な薬物を見かけたら、１１０番に電話しましょうね。めでたしめでたし！」

リサもなんとか、そうスピーカーで子供たちに教育的指導をして……

子供たちの笑顔が名残惜しくて、俺はちょっと緞帳の隙間から体育館を見る。そしたら内容が難解だったせいもあり、まだ日本語に慣れていないのであろう外国出身の生徒には周囲の子供たちが説明をしてあげていた。

トカゲの訓示は蛇足だったたな。俺が教えるまでもなく――子供たちは、元から誰とでも仲良くできる純粋な心を持っているものなんだ。そのまま大きくなってくれよな、みんな。

その後、婦警さんが持ってきたポラロイドカメラで記念撮影をするイベントが行われた。本来はピーポニャンの乾だけが子供たちと撮るはずだったんだが、男子たちが「トカゲがいい！」「トカゲと撮りたい！」と騒ぐので、俺も一時的に再び着ぐるみを着たよ。

体育館の一角では、アリアがヘリウムを注入した色とりどりの風船を、婦警姿のリサとルシフェリアが子供たちに優しい笑顔で配ってる。風船を持たせると、背の低い子供でも横断歩道を渡る時に車から存在を認識しやすくなるからな。ネモも風船を配っていたが、自分も小学生みたいなサイズなのにお姉さんぶってたのは面白かったね。

そうして、子供たちが体育館から出ていき……俺たちはどうにか、交通安全教室という勤めを終える事ができた。これで警察の嫌疑が晴れたのかは、全く分からないが。

公安の女性警官は、体育館の片隅にいる制服姿の俺たちには話しかけてこない。誰かと携帯で電話してるのでコッソリ読唇してみたところ、どうも蘭豹と話してるみたいだ。

彼女は乾や交通課の婦警と話し、うんうん頷いてる。それから、3人でこっちへ来たぞ。ネモは、ルシフェリアの分も持ってきていたフランスとイスラエルのパスポート……多分、偽造の……をコッソリ準備してる。

「今日はありがとうございました。子供たちがこんなに楽しそうに、最後まで話を聞いてくれたのは初めてです。普段は寝てたり、携帯を見てたりするんですよ」

まず俺たちに声を掛けてきたのは、交通課の婦警さんだ。

しかし本題から入られないのはもうまどろっこしいので、俺は――

「……公安の方ですよね」

質疑応答を脳内でシミュレーションしつつ、もう1人の女性警官に声を掛ける。

「はい」

「この2人が悪人かどうか、見に来たんだと思いますが……」

俺が庇おうとして、ルシフェリアとネモを示すと――女性警官は、笑顔で首を横に振る。

「見に来たのは確かですが、私には見る目はありませんよ。見る目があるのは、子供たちです。子供ほど善悪を見抜くものはいません。そして、子供たちの目が言っていました。ルーシーさんとモネさんは、悪い人ではないと。それに、悪人は見ず知らずの子供たちにあんなに優しく接しません。蘭豹先生とも話しまして……神崎・H・アリアさんがついていれば当面は大丈夫だろうと、そう考えました」

思ったより融通が利く人だったのか、警視庁のリソースが足りてない事情もあるのか、彼女は寛大な事を言ってくれる。よかった、ネモに偽造公文書行使をさせずに済んだよ。

「ただ、やはり少し常識に欠ける人もいるようですので……きちんと、神崎さんがついていてあげて下さい。その条件を飲んで下さるなら、これ以上の捜査はしません」

「分かりました」

アリアが頷（うなず）くと、公安の女性警官は俺の方を向く。

「あともう一つ条件があります。遠山武偵（とおやまぶてい）」

「は、はい。何でしょう……」

ゴクリと生唾を飲んだ俺に、彼女は警察手帳を開いてペンを差し出し……

「サインもらえませんか。警視庁公安部ではけっこう有名人なんですよ、あなた。各国の公安警察から『この男について教えてくれ、スカウトしたい』と問い合わせがくるんで」

聞きたくなかった情報と共に、ニカッと微笑（ほほえ）んでくるのだった。


警察の2人は、パトカーで乾（いぬい）と共に去り……

俺たちはようやく、体育館裏で一息つくことができた。

「なんとか乗り切れたみたいですね。良かったです……」

「うむ。特に前半はリサのおかげで助かったのじゃ。礼を言うぞ」

リサとネモが、ペットボトルの紅茶を手にそう語り合い……

「ほんと、相変わらずねキンジは。無茶苦茶（むちゃくちゃ）な事になるけど、結果なんとかなる。それがあんたの人生なのかもね」

「……結果だけ欲しいよ」

「じゃあ帰りましょ」

「あ、ああ。って……えっ……!?」

帰ろうとするアリアに手を繋（つな）がれて、テンパった俺（おれ）が——

もっとテンパる事態が、今、起きてる。ど、どういうことだ。

アリアのスカートが、ふわ……と、めくれ上がっているのだ。たくし上げてるワケでもないのに。主に背面側が。

「……ッ……!?」

さらに、ネモのスカート、リサのスカートまで、ふわ、ふわり。指1本触れてないのに、めくれていく。お、俺も超能力——念力の術に覚醒したというのか？　だとしたらもっと有益な使い方があるだろう念力には！　なんでスカートめくりなんかに使うんだよ俺！

「——きゃっ！　何よコレは!?」「ひゃあっ……！」「……？　わぁぁ！」

アリアが、リサが、ネモが、赤くなってスカートの前面を引っ張り下ろす。だが3人のスカートは背面が持ち上がって広がったままだ。

「ウフフフッ。まるでトリの尾羽じゃの」

笑ってるルシフェリアのスカートだけが、元の位置にあって——

俺にはやはり超能力など無かった事が、分かった。アリアたちのスカートの後ろ側に、風船がクリップでくっついているのだ。その浮力で、スカートが引っ張り上げられてる。

ルシフェリアのイタズラだよ。ほんと……世界を侵略できる力の持ち主なのに、やる事のスケールが小学生レベルだよな。

背後の出来事に気付かない3人がキャーキャー言いながらグルグル走り回るのを横目に、

「主様、上へ逃れよう。家族だけで話もしたいしのう」

どうやらこれで人払いをしたかったらしいルシフェリアが、俺の手を引いてくる。

スラリと伸びやかな反対の手で、青空の下、体育館の屋上を指しながら。

ああなるとアリアがまた罪の無い俺を理不尽にボコるだろうから、俺もルシフェリアと共にエスケープ。体育館の上へ、屋根点検用のアルミ梯子を使って上がった。

今日は晴天で、そよ風も気持ち良く、ここは清々しい。高さがあるので、キラキラ輝く東京湾もよく見える。

「あっ風船！　キンジの仕業ね！　風穴開けるわよ！」「ご主人様ったらもう。いけない人ですね」「あの愚か者はどこだ！　レーザーで撃つ！」

俺を探す騒ぎが下で聞こえるが、その声もあさっての方角へ遠ざかっていく。

これにて、一件落着……

「ルシフェリア――お前、子供たちに優しかったな。風船配ってる時とか」

「我は子供が好きじゃからな。主様のトカゲも懐かれておったではないか」

「うーん……まあ、男子は戦うキャラが好きだから。普段は嫌われるさ」

俺は女児を避けがちだし、文化の異なる外国の子を前にすると構えちゃうところがある。でもルシフェリアは、どんな子供にも優しかった。生まれながらの王族だからなのか、態度に分け隔てというものが一切無かった。偉いよな、そういうところは。

——見た目は悪魔っぽくても、ルシフェリアの心には聖人みたいな慈愛がある。

ナヴィガトリアで俺に立ちはだかった時も、その態度には艦内の部下たちを侵入者から守ろうという真摯さがあった。それが王者のプライドゆえにだったとしても、弱きを助け強きを挫こうと単身戦うのは、なかなか出来る事じゃない。

そしてあの児童公園で見た、子供たちに愛されるルシフェリアの姿。さらにさっき風船配りをしてた時の、ルシフェリアの笑顔——

自分の子孫を際限なく増やそうと企んでたり、何やら恥ずかしい性癖があるっぽいのはともかくとして……かつてはその本性を疑っていた自分が、恥ずかしくなってしまう。

ルシフェリアは、部下や子供——自分より弱い者たちへの慈しみの心を常に持っている。それを感じさせられると、どこか神聖な人に思えてしまう程に。長く接しているうちに、それが理解できてきたよ。この鈍い俺にも。

——この体育館の屋上でルシフェリアと待ち合わせてたらしい、かなでが……うんしょ、うんしょと梯子を上がってきて、

「ルシフェリアさん」

「かなで」

ルシフェリアと歩み寄り、手に手を取り合っている。

最初は髪や瞳の色が似てる事ばかり目に付いたが、今はそういう外見だけじゃなく――2人の内面の共通点にも、俺は気付けている。それは純粋さ、無邪気さ、胸の奥底にある心の綺麗さだ。だから今は、2人がまるで姉妹のように見えている。身長とか顔形とかが、かなり違っていてもだ。

それから俺たちは3人で車座になり、

「交通安全教室、楽しかったです。元気そうな姿を見れて、安心しました」

「海に沈んだ時は、心配をかけたのう。今はもうこの世界を走って一周できるほど精気に溢れておるぞ」

楽しげに話す、かなでとルシフェリアに……俺も幸せな気分になる。

そうして、しばらく水入らずでお喋りは続き――

「主様、ありがとう。主様は我にまた、大切なものを教えてくれたのう」

いつしか、かなでの肩を抱き寄せていたルシフェリアが言ってくる。

「大切なもの？」

「我はナヴィガトリアで『ルシフェリアに家族は不要』とも言った。じゃが、主様に今、こんなにも可愛らしい親族に会わせてもらって――我はあれが誤りだったと学んだよ」

幸せそうなかなでに頬ずりする、幸せそうなルシフェリアが……

それを理解してくれたのなら、きっと話さなければならないのだろう。今から、俺は。

この幸せな時間に水を差すようで気が引けるが――ルシフェリアの血族、モリアーティ教授の事を。曾孫娘のルシフェリアにならば働きかけられるかもしれない、Nの首領の事を。

と、ルシフェリアの方を改めて見た時……気付いた。

彼女の向こう、ずっと先、この屋上の片隅に、

（……っ……？）

人がいる。

ランドセルを背負った、女子小学生。

おかっぱ頭の髪型のせいもあって、日本人形のような印象のある少女。

遠目にもルシフェリアを見つめているのがハッキリ分かる、目力のある子だ。

――その少女が無言で、こっちを見ている。

俺に気付かれても、気付いた俺を見て振り返ったルシフェリアと目が合っても、少女は微動だにしない。ただ、ルシフェリアを見続けているだけだ。

態度的にも、タイミング的にも……さっきの子供たちみたいに、写真や風船が欲しくて来たんじゃなさそうだな。

「ヒノトさん？」

かなでがその子に気付いて、キョトンと名を呼んでいる。

「……同級生か？」

「はい。夏休みが終わった後、5年A組に転入してきた子です。南ヒノトさん……」

と、かなでが俺にだけ聞こえるぐらいの小声で囁くと、

「それは私の名の一部、この国での通名に過ぎません」

遠くから、よく通る声が返ってくる。大きく発声したワケではなく、声を風に乗せた。

つまり、風……空気の流れが、読めている。只者じゃないな。

──何なんだ。あいつは。そしてなぜ、ルシフェリアを見続ける。狙うかのように。

俺が少し警戒感を持って立ち上がると──

ルシフェリアも、スッと立ち上がる。その大きな眼を、より大きく広げて。

「そちは……」

「……」

ルシフェリアと見つめ合う、ヒノトが……とこ、とこ……と、こちらへ歩み寄ってくる。

そして、俺たちのすぐそばまで来て立ち止まると、

「──ルシフェリア様」

その名を、呼んできた。

ルシフェリアの名前を……知っている。今日、ルシフェリアはルーシーと偽名を使って

いたのに。会話を盗み聞きされてたのか？　いや、それでも、様付けしてきたのは不審だ。

そう思う俺の目の前で、ヒノトの黒い髪の耳の辺りから……さわさわ──と、出てきたものがあった。

それは、小さな、白い翼。

……レクテイア人……！

「嗚呼、お懐かしい。こちらの世界でルシフェリア様への拝謁が叶うとは。しかして北の皇女様が、何故斯様なお所に。なりませぬ。残り僅かしかないその命のお時間を、本日のような遊興に浪費されるなど。ルシフェリア様には、大いなる御使命があるはず」

ふわり、と、香のようなヒノトの匂いが、涼風に乗って届く。

発言内容には不明点が多いが、ヒノトはNの人間ではない。Nなら『なぜここに』とは言わないハズだし、ルシフェリアを海から掠った俺をまるで存在しないかのように見ないこの態度はおかしい。

ヒノトが人間ではないと気付いて、かなでが少し引いたのを見て──ヒノトは、

「……遠山かなで様。私がこの学校に入ったのは、ルシフェリア様の縁戚にあたる貴女がいると知ったためです。ただ、かなで様が御自分の血筋を自覚されているか分からず……お近づきになるべきかどうか、考えておりました。そこに本日、ルシフェリア様ご本人がいらしたという次第です。嗚呼、ルシフェリア様。大いなる侵掠者様。私共はお待ちして

いたのです。永い、永い間……」

――レクテイア人は……

　こっちの世界にも、いる。様々な時代に、様々な経路で、やってきている。

　その1人が、武偵高の附属小にもいたんだ。俺たちが気付いてなかっただけで。

「……シエラノシアか」

　ルシフェリアにその名前で呼ばれたヒノトは、ほろり……と、その表情に乏しい目から一筋の涙をこぼす。

　おそらくルシフェリアに会えた感激と、自分の存在を知ってくれていた感動で。

「嗚呼。この世、この国に渡り、幾星霜。その旧き名をお呼びいただける時を夢見ておりました。私めは南・ヒノト・鶴・シエラノシア。南の皇女の末裔に御座います」

　そしてルシフェリアの前で――ヒノトは正座し、三つ指をついて、頭を下げ――改めて、ルシフェリアを見上げた。

　突如その顔に、ゾッとするほど凶悪な笑みを浮かべながら。

「古の婚約に従い、本日只今より私はルシフェリア様の花嫁。ルシフェリア様は私の花嫁。さあ、この奸悪を窮めし世界に、共に、速やかに行いましょう。ひとかけらの慈悲もなき――侵掠を！」

Go For The NEXT!!!!!!

あとがき

ステイホーム生活で増えた体重を12kg落として、むしろ前より細くなりました！

赤松(あかまつ)です。


XXXV巻では、リサが袋ラーメンを調理するシーンがありますが……恥ずかしながら私は、今までの人生で袋麺を食べた経験がほとんどありませんでした。不要不急の外出を自粛し自宅に籠もる日々で初めて色々な種類を食べ、「こんなに美味(おい)しかったのか！」と気付かされたのです。キンジの言う『味覚のメーターが振り切れた』ってやつですね！

まず『チャルメラしょうゆ味』は、食べた瞬間に涙ぐむほどの懐かしさを覚えました。この味は私が少年時代に美味しい美味しいと喜んで食べた、場所も名前も覚えていない町中華の醤油ラーメンそのものの味だったのです。小さなころ憧れたヒーローがあの日の姿のまま帰ってきて、大好きだった必殺技を見せてくれたようでした。その立役者は粉末スープとは別に付いている秘伝のスパイス。鼻腔の奥で甦(よみがえ)る、二度と戻れない子供の頃の記憶——理由は個人的なものですが、赤松の推し麺はこれ。格闘家に喩(たと)えるなら、急所を的確に打つ、稀代のボクシングチャンピオンです。

次に『サッポロ一番塩ラーメン』。無を想起させる半透明のスープの宇宙に見出される、数多のようなチキンとポークと香辛料の味わい。全方向に隙の無い、いかなる局面、いかなる相手にでも対応できる、空手家のようなラーメンですね。

ラストエンペラー溥儀が末期の食事に望んだという、日清『チキンラーメン』。たまごポケットの便利さに、生卵ばかりトッピングしていませんか？　他に無いオンリーワンの味を持ちながら、ネギ、コーン、チーズ、どんな武をも受け入れるＭＭＡファイターです。

サッポロ一番塩ラーメンの兄貴分、『サッポロ一番みそラーメン』。ガツンとぶちかます重量級の味噌味は、袋ラーメンの横綱です。日本一売れてる袋麺とも言われていますね。

ご当地袋ラーメンのパイオニア『うまかっちゃん』も、とんこつ味の一芸に秀でた油断ならない柔術家です。食欲をそそるあの香りに捕まったら最後、寝技に引き込まれます。

――などと1人で袋ラーメンを格闘家に喩えながら毎日どんどん食べていたら、体重がメキメキ増えてしまった赤松なのでした。その後のダイエットの辛かったこと、辛かったこと……でも、このあとがきを書いてたらまた食べたくなってきました。マルちゃん正麺、中華三昧、昔ながらの中華そば、出前一丁――明日は何を食べましょうかね？

それでは次は、次こそは、この世紀の災厄が終わった世界でお会いしましょう。

2021年6月吉日　赤松中学

アリア
35巻
■ルシフェリア、今までで1番
露出度が高い気がするので
どういう反応をいただけるか
大丈夫かちょっと心配です
描く方は楽しいのですが…！
■ではまた次巻でお会い
いたしましょう！
こぶいち

MF文庫J

緋弾のアリアXXXV
侵掠の花嫁（ファム・ファタール）

2021年6月25日　初版発行

著者　赤松中学

発行者　青柳昌行

発行　株式会社 KADOKAWA
〒102-8177 東京都千代田区富士見2-13-3
0570-002-301（ナビダイヤル）

印刷　株式会社廣済堂

製本　株式会社廣済堂

Printed in Japan　ISBN 978-4-04-680514-0 C0193

●お問い合わせ（メディアファクトリー ブランド）
https://www.kadokawa.co.jp/（「お問い合わせ」へお進みください）
※内容によっては、お答えできない場合があります。
※サポートは日本国内のみとさせていただきます。
※Japanese text only

◇◇◇

この小説はフィクションであり、実在の人物・団体・地名等とは一切関係ありません

【 ファンレター、作品のご感想をお待ちしています 】
〒102-0071 東京都千代田区富士見2-13-12
株式会社KADOKAWA　MF文庫J編集部気付「赤松中学先生」係「こぶいち先生」係